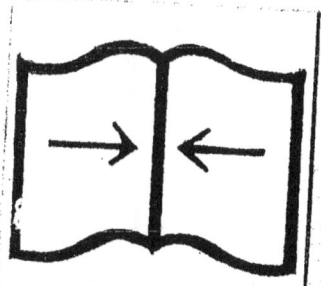

RELIURE SERREE
Absence de marges
intérieures

Couverture inférieure manquante

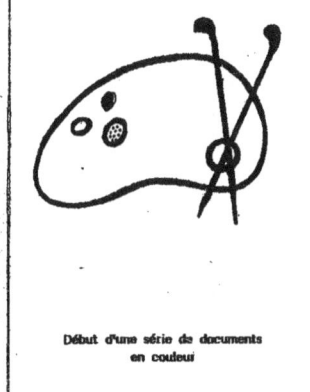

Début d'une série de documents
en couleur

VALABLE POUR TOUT OU PARTIE
DU DOCUMENT REPRODUIT.

Fils adoptif

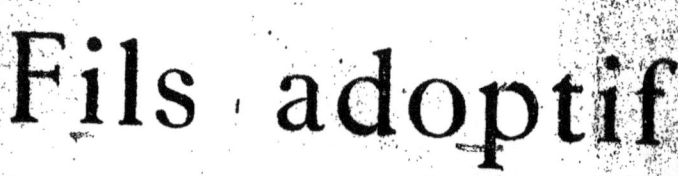

PAR

L. P. de BRINN' GAUBAST

PARIS

A LA LIBRAIRIE ILLUSTRÉE

7, RUE DU CROISSANT, 7

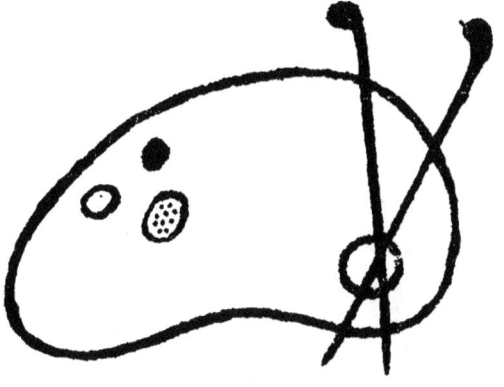

Fin d'une série de documents
en couleur

q_2Y^2

41910

F.ILS ADOPTIF

DU MÊME AUTEUR

Sous presse :

SONNETS INSOLENTS.

En préparation :

COLLE FORTE, roman.

PÉTRARQUE, drame en 5 actes, en vers

VERS INSOLENTS.

ÉMILE COLIN — IMPRIMERIE DE LAGNY

L.-P. DE BRINN'GAUBAST

FILS ADOPTIF

PARIS

A LA LIBRAIRIE ILLUSTRÉE

7, RUE DU CROISSANT, 7

PRÉFACE

A mon ami Alfred VALLETTE.

Ce Fils Adoptif est un essai de ce que j'appellerai le roman vériste. — Qu'on se rassure : je n'ai pas la prétention de me poser en initiateur; et après tant de mots en isme, honte éternelle de notre langue, je ne lancerai point le vérisme ! Seulement, placé de manière à pouvoir observer une situation très intéressante, j'ai ressenti le désir, puis le besoin d'en tirer une œuvre composée de choses entendues, vues ou vérifiées, d'éléments tout a fait réels, empruntés uniquement à cette situation. Alors j'ai réfléchi aux méthodes employées, aux théories formulées.

a

par les chefs de l'école du vrai dans le roman
contemporain ; j'ai comparé ces méthodes, ces
théories, avec les ouvrages où elles se trouvent
plus ou moins appliquées ; et j'en ai conclu : que
ladite école n'a pas encore achevé son évolution ;
que le roman VRAIMENT VRAI reste à faire ; et
que, passé certaines extravagances du Natura-
lisme, voici venir les jours de la VÉRITÉ VRAIE,
D'AUTANT PLUS SUGGESTIVE. Je me propose de
résumer ici mes idées sur l'essence et les caractères d'une œuvre qui, volontairement conforme
à cette VÉRITÉ VRAIE, toutefois demeure une
œuvre d'art, dans le sens absolu du terme.

Que l'on n'aille pas, au moins, m'accuser d'ou-
trecuidance, parce qu'implicitement j'oserai juger
des hommes doués de talent, parfois même d'un
peu plus encore ; je dis toute ma pensée, demain
seul montrera si j'en avais bien le droit. D'ailleurs, des raisons de convenances, qui s'impo-
sent à la modestie d'un débutant, m'empêche-
ront de donner toujours, à l'appui de mes
conclusions, des exemples, souvent nécessaires,
cependant : mais, Dieu merci ! l'avenir est vaste ;
et c'est pourquoi, si peu synthétique, si peu artiste, que SEMBLE le jugement de notre grand

public ; si dispersés que soient les jeunes écrivains, enfermés chacun dans une esthétique soi-
disant personnelle et fréquemment prétentieuse ;
si peu de chances que j'aie, par suite, de trouver,
dans ce grand public, des gens DÉSIREUX de
comprendre, et, parmi ces jeunes écrivains, de
sympathiques encouragements, — j'affronte sans
peur, en cette PRÉFACE, l'inintelligence de la
masse lisante, l'égoïste indifférence de l'élite let-
trée, le scepticisme affecté par tels plaisantins de
chronique et voire de critique... J'essayerai, pour
cette fois, d'aller au plus pressé, et de parler la
langue de tout le monde, la moins abstruse possible en des questions si hautes.

Ici, d'aucuns prophétiseront : que quiconque
raisonne tant de son art, — et si jeune, — ne
peut guère produire de belles œuvres. Il serait
trop facile de citer quelques noms, pour réfuter
cet argument ; mais, du reste, je ne vois pas ce
que perd le génie créateur à se montrer revêtu
de rationalité, dégagé de tout caractère instinctif
et VÉGÉTAL ! Dans l'artiste, complètement digne
de ce titre, il y a l'homme de sentiment ou
l'homme passionné, et l'homme d'ordre. Or, en
ce qui concerne ce dernier, Baudelaire d'abord,

puis Th. Gautier, ont démontré, en termes excel-
lents (je les leur emprunte) : .que le hasard doit
être son plus grand ennemi ; l'analyse, les combinaisons, les calculs, concourir à l'élaboration
de notre littérature, qui n'est rien si elle n'est
VOULUE ; que posséder le gouvernement de son
idée, et le maniement de son outil, c'est le seul
moyen de répondre à ce double goût contradic-
toire, de l'esprit humain, pour la symétrie et pour
la surprise ; que, sans doute, la modération n'est
pas l'indice d'un tempérament artistique vigoureux, qu'il y faut toujours de l'outrance inconsciente par quelque côté, mais que, néanmoins, le
véritable écrivain provoque, dirige, modifie, à
volonté, cette mystérieuse puissance de la création littéraire; enfin que, si l'on se conforme au
mot de Cl. Bernard : « modifier la théorie pour l'appliquer à la nature », on peut aussi se conformer
au précepte d'Edgar Poë : « Tout dans un poème
comme dans un roman, dans un sonnet comme
dans une nouvelle, doit concourir au dénoue-
ment ; un bon auteur a déjà sa dernière ligne en
vue lorsqu'il écrit la première (1). »

(1) Cf. Baudelaire, l'ART ROMANTIQUE, *passim* ; et Th. Gautier,
NOTICE, en tête de l'édition définitive des FLEURS DU MAL.

En vertu de ces axiomes, et pour adapter, à ma thèse, des paroles célèbres, de Liszt, sur les opéras wagnériens, on se résignera à ne chercher, dans FILS ADOPTIF, aucun de ces morceaux détachés qui, engrenés l'un après l'autre sur le fil de quelque intrigue, composent la substance de nos romans les plus naturalistes ; mais peut-être trouvera-t-on un singulier intérêt à suivre, durant plusieurs chapitres, la combinaison profondément réfléchie à l'aide de laquelle il faut, au moyen de plusieurs détails principaux, serrer un nœud mélodique qui constitue toute l'œuvre... A bien considérer l'ensemble de ce livre, on reconnaîtra, je l'espère : que j'ai voulu en synthétiser le sujet réel dans une forme excellemment concordante avec le fond. Qu'on ne s'y trompe pas : il y a, dans cette simple phrase, toute une méthode de création. Le principe du Beau, loin d'être UN, hiératique, ne doit-il pas varier, d'un ouvrage à l'autre, selon le cachet spécial que leur auteur entend imprimer à chacun de ces ouvrages ? Ainsi, pour FILS ADOPTIF, j'ai mis ce principe dans le vrai, dans le VRAI CONCRET, aussi absolu que possible, et dans l'APPROPRIATION, par suite, des mots et du rythme, du style, à la nature des détails

choisis : avec lesquels ce style a une intime, fatale et correspondante connexion. Peut-être, un
jour, étudierai-je ailleurs les raisons historiques
qui me semblent avoir préparé dans notre littérature, cette fusion nécessaire, en un seul fleuve,
des deux rivières, — le fond, la forme, — coulant séparées, depuis longtemps, vers le vaste
océan de l'art... Aujourd'hui, négligeant le POUR-
QUOI, puisque, aussi bien, la place m'est mesurée,
je m'occupe surtout du COMMENT, afin de ne point
élargir, sans pudeur, une question encore personnelle.

Donc, en France, au XIXᵉ siècle, un transfor-
misme latent effeuille les strates superposées des
écoles classique, romantique, réaliste ou naturaliste, et, au-dessus des SUBDIVISIONS MULTIPLES
de ces écoles, élève un système quaternaire de
vérité pure. Le mouvement naturaliste fut une
réaction contre le Romantisme, qui, lui-même,
avait secoué le poids des règles classiques. Voici
que, proscrivant l'outrance, commune aux parti-
sans des deux dernières écoles, nous réclamons
enfin cette vérité que de grands artistes nous an-
noncent depuis tant d'années, mais que nous re-
cherchons inutilement dans leurs œuvres : telle,

du moins, que nous espérions l'y découvrir ! En
effet, quand on nous promettait de prendre l'étude
de la nature aux sources mêmes, de remplacer
(il eût fallu dire : COMPLÉTER) l'homme métaphy-
sique par l'homme physique, et de ne pas le séparer du milieu qui le détermine, — n'avions-
nous pas le droit d'en attendre des romans beaux
jusqu'à la réalité, et réels jusqu'à la vie? On
croirait que, reculant devant l'application des
seules méthodes logiques, les écrivains naturalistes (j'attaque surtout les théoriciens et leurs
caudataires), aient eu présente à l'esprit cette
phrase de V. Hugo, dans la PRÉFACE de MARIE
TUDOR : « L'écueil du vrai, c'est le petit » : et ils
avaient l'intelligence tournée de sorte à vouloir
faire grand. Or. la même phrase ajoute : « L'écueil
du grand, c'est le faux. » Voilà pourquoi, voulant
faire vrai, ils ont vu petit ; et, voulant faire grand,
ils ont démesurément exagéré les petites choses
qu'ils avaient vues... Par malheur, un tel procédé
n'aboutit qu'à la caricature.

Un écrivain, quel qu'il soit, aura beau être
doué de ce fameux SENS DU RÉEL, dont parle,
quelque part, M. E. Zola : le roman vrai, que cet
écrivain annonce le désir de produire, restera

toujours un roman d'imagination, — admirable, il se peut, la question n'est pas là, — mais un roman d'imagination, s'il persiste à l'appliquer, ce sens du réel, à d'autres moyens que : l'observation directe ; l'expérience directe, antérieure au livre ; l'exposé ou l'appréciation, dans le livre, des hypothèses vérifiées par l'expérience. Le sculpteur qui VEUT créer une figure idéale prend les cuisses de tel modèle, les seins de tel autre, etc., et, du tout, compose un type vrai dès que l'on se place au point de vue synthétique, général, symbolique. Mais que diriez-vous de l'artiste, si, SE PROPOSANT de rendre le corps même qu'il a sous les yeux, il agissait comme dans le cas précédent, sous prétexte d'expérience ? Belle peut-être, son œuvre n'en demeurerait pas moins fausse : par rapport au but proclamé... Eh bien ! tel est, à mon sens, l'inévitable résultat des méthodes employées, des théories formulées, par les chefs de l'école du vrai dans le roman contemporain ; je constate que, talent ou génie mis à part, ces méthodes ou ces théories n'ont pu, le plus souvent, leur permettre d'arriver : ni à la vérité abstraite, ni à la complète réalité concrète.

Étudions, par exemple, M. E. Zola. Lui, dont

pourtant, si je ne m'abuse, médiocre est la tendresse pour les livres à thèses, — il avoue, comme
point de départ, pour tel de ses romans superbes,
une idée A PRIORI... Qu'en advient-il ? Arbitrai-
rement, si cette idée est celle d'un milieu,
les personnages seront créés pour les besoins
de ce milieu, — et créés, chacun, avec des
traits qui appartiennent à plusieurs modèles
vivants, donc à des modèles dissemblables. Quant
aux faits, quoique empruntés à la réalité quotidienne, ils seront imaginés, et n'apparaîtront
« là que comme des développements logiques des
personnages. » En somme, le milieu seul sera
observé intégralement d'une manière directe ; le
romancier ne remonte pas d'un acte réel à son
auteur propre, et de cet auteur propre, unique,
aux circonstances qui l'ont prédisposé. Il induit,
il déduit, il suppose, et finalement nous donne
son livre, non comme le résultat d'hypothèses
vérifiées, d'expériences décisives, mais comme
une série d'hypothèses, ou comme étant lui-même
l'expérience.

Eh bien! mon avis est que l'observation plus
ou moins consciente, plus ou moins voulue, et
non l'idée A PRIORI, doit seule : déterminer tout

a.

travail artistique tendant à l'expression du vrai concret ; produire la sensation, le sentiment, l'idée ; mener à l'expérience par le raisonnement et l'hypothèse ; et demeurer, dans le livre, observation, sans que le romancier conclue ou intervienne, si l'expérience a échoué...

— Et la logique ? Et l'intuition ? Et...

— Je vous entends : parbleu ! je les admets comme vous ; n'est-ce pas grâce à elles que j'aborde, que je fais parler, agir, que j'éprouve mes modèles, afin de dresser le procès-verbal de ces paroles et de ces actes ? Mon roman vraiment vrai, VÉRISTE, est un recueil, un CHOIX raisonné de scènes que je photographie ou que je peins d'après nature, de conversations que je *phonographie* ou que je résume, après les avoir soit observées, soit provoquées. Le vôtre, au contraire, place, dans des milieux photographiés ou peints d'après nature, des faits et des personnages LOGIQUEMENT IMAGINÉS. — Logiquement imaginés : mais prenez garde ! rien de plus traître que la logique ainsi employée ; d'un seul point faux, vous tirerez tout un caractère, tout un chapire, tout un ouvrage faux ; d'une remarque générale, vous déduirez une suite de suppositions

particulières, que vous présenterez comme des
certitudes : mais qui, même légitimes, même
exactes au point de vue HUMAIN, pourraient bien
ne pas se vérifier pour tel cas spécial, INDIVI-
DUEL, étudié par vous. Car si vous dites : « Mais
nos personnages, par exemple, se composent
chacun de détails presque tous observés, patiem-
ment « *rapportés* », ajustés et combinés, je
vous répondrai : soit! mais les sphinx, les sirènes,
et tous les êtres chimériques, n'ont pas été créés
d'une manière différente : chacune de leurs parties, considérée isolément, provient d'êtres réels,
aussi dissemblables, entre eux, que les deux premiers hommes venus; indépendamment de sa
valeur en art ou comme symbole, l'ensemble,
cependant, s'affirme chimérique !

Je sais bien que M. Zola écrit ceci : « Pour
nous, romanciers expérimentateurs, qui balbu-
tions encore, L'HYPOTHÈSE EST FATALE. » Sans
doute, quand un tel maître déclare *balbutier*, c'est,
de sa part, coquetterie pure, habile modestie ita-
lienne de bourru bonhomme... et si fin : M. Émile
Zola parle et chante, au contraire, et il parle et il
chante très haut, très consciemment, avec un magnifique organe. Pourtant, s'il n'avait pas été fort

supérieur à sa méthode, certes elles l'aurait fait
« *balbutier!* » Car ma sincère admiration pour lui
ne m'empêche point de contester, absolument,
cette « fatale » légitimité de l'hypothèse, si elle demeure hypothèse, dans un roman qu'on essaye
vrai. Comme vérité momentanée, l'hypothèse se
comprend dans les sciences : là, on opère sur des
phénomènes susceptibles de se réitérer, spontanément ou non ; mais, en littérature, on opère
sur des êtres mortels, sur des situations passa-
gères, sur des milieux changeants !

Toutes les fois donc que l'expérience, ou bien
échoue, ou bien ne peut se faire directement sur le
sujet observé, l'écrivain VÉRISTE, au lieu de le
soumettre à des circonstances arbitraires, ne
devait-il pas le peindre tel qu'il le voit? certainement, il y aura toujours là un travail de « DÉFOR-
MATION SUBJECTIVE » (dirait M. Moréas), analogue
à celui qui se manifeste chez le peintre créant
d'après le modèle ; le tout est de ne pas inventer,
au sens propre du mot : il suffira d'approprier au
fond les moyens d'exécution, de transposition, et
de suggérer une hypothèse conforme au tempérament du lecteur. Ce dernier donc, s'il veut, en
pareil cas réfléchit et conclut.

J'estime, en effet, qu'on a le droit de présenter, comme définitifs, les seuls comptes-rendus des suppositions contrôlées sur la matière vivante et pensante. « Un expérimentateur n'a pas à conclure, » proclame M. E. Zola. Et pourquoi donc? Bien sûr, je ne demande pas l'immédiate intervention du romancier; mais enfin, quand je me suis imposé la peine d'acquérir une certitude, pourquoi, pourquoi n'aurais-je pas le droit de devenir critique, et, dans une forme moins strictement impersonnelle, de dégager, d'une scène CONCLUANTE, toute la somme, — d'humour, je suppose, — comportée par cette scène?

... Tels sont les points importants, sur lesquels j'ai cru nécessaire d'insister : dussé-je me redire et réserver, pour une étude moins concise, une foule de développements secondaires... Toutefois je veux encore, en peu de lignes, montrer ici comment, à mon avis, la question de méthode et la question de rhétorique ne sont pas distinctes : « Tout, forme, mouvement, nombre, couleur, parfum, dans le spirituel comme dans le naturel, déclarait déjà Baudelaire, est significatif, réciproque, converse, CORRESPONDANT... Il ne doit

pas, chez les bons écrivains, y avoir de mot,
d'image, qui ne soit d'une adaptation mathéma-
tiquement exacte : parce que les mots sont puisés
dans le fond de l'UNIVERSELLE ANALOGIE. » Une
école est venue, insensée, qui pousse, jusqu'à
leurs ultimes conséquences, ces idées absolument justes. Pour ne parler que d'un *Symbo-
liste* : « Si le son, dit M. René Ghil, en cet
étrange TRAITÉ DU VERBE, si le son peut être
traduit en couleur, la couleur peut se traduire
en son, et aussitôt en timbre d'instrument (1). »
A la lettre, ces prétentions me paraissent
plutôt puériles ; mais, ce qui l'est sans doute
un peu moins, c'est le fondement de vérité

(1) Arthur Rimbaud avait coloré les voyelles. M. Ghil revoit
sa vision et proclame: A, noir ; E, blanc ; I, bleu ; O, rouge ;
U, jaune. D'autre part il explique comment les orgues sont
noires ; les harpes, blanches, etc., et comment, par suite, A re-
présente les orgues, E. les harpes, I, les violons, etc. Le poète
devra donc s'exprimer « en allant quérir, selon l'ordre de sa
VISION CHANTANTE, les mots où le plus souvent se nombre la
voyelle demandée, » et en groupant, autour d'elle, les consonnes
et diphtongues qui lui correspondent le mieux : par exemple,
« IE, IÉ, et IEU seront pour les violons angoissés », avec,
pour consonnes correspondantes, « les S et les Z loin aiguisés, et
les LL mouillées et dolentes et les V priants », etc., etc. Pour
lui donc, attitudes, gestes, sensations et pensées peuvent se ré-
duire au rythme ; tout rythme confine à des couleurs sonores
qu'il synthétise, et tout spectacle de corps vivants n'est qu'un
« décor ouï. »

sur qui leur extravagance pose ; c'est, noté par
Alfred Vallette, le caractère infiniment sugges-
tif que possèdent un mot bien placé, la musique
d'une allitération heureuse, la beauté d'une in-
version TROUVÉE, l'effet d'un groupement de vocables réflétant l'un sur l'autre, empruntant l'un
de l'autre un sens particulier, irrendable sans ce
groupement. La disproportion du ton avec le sujet
peut séduire un fantaisiste, comme un puissant
ressort comique : mais le vrai ne porte-t-il pas
son comique en soi? J'espère l'avoir prouvé en
maints endroits du présent livre : dans la peinture d'une amitié de collège, d'un premier amour
platonique, d'une vocation naissante, etc., etc.,
j'ai du moins essayé de mettre objectivement, en
ma phrase, tour à tour toutes ces choses que tel
personnage sent et n'ose s'avouer, mais qui de-
meurent les *substrata* de ses désirs, de ses volontés, de ses actes ; et le vague à la fois et la
précision du monologue intérieur, avec les am-
phibologies, les obscurités, les incorrections de
son mécanisme ; et l'imprévu et l'incohérence
des consécutions d'une rêverie, reliées entre elles
comme les pièces d'un jeu de patience, mais par
des joints combien plus subtils, plus ténus, fins,

assez fréquemment, jusqu'à sembler nuls ; et l'en-
chevêtrement et le décousu des souvenirs, et la
naïve conviction d'un lyrisme peu à peu accru,
sans que sa victime ait conscience de poser en
présence d'elle-même ; et, suggéré par les lon-
gueurs du style, l'ennui, pour les plus sûrs amis,
des confidences les plus sérieuses ; et l'emphati-
que exaltation des douleurs les plus sincères, les
plaintes, ridicules en leur exagéré, tout le mauvais goût sentimental, à certaines heures, des
plus apitoyantes souffrances... Or, tout cela, l'é-
crivain l'exprime avec d'autant plus de vérité :
s'il se résigne à voir, dans l'art, une affirmation,
non de son propre individu, mais de la Nature et
de la Société dont il est le produit ; si, contrairement aux bons conseils (absurdes !) de M. Guy de
Maupassant, il joue réellement le rôle de chacun
de ses personnages ; s'il transporte en lui-même
ses modèles ; si, au lieu de se demander : « Que
ferais-je, que dirais-je, à leur place ? » il regarde
ou écoute ce qu'ils font ou disent, eux ! et nous
le rapporte fidèlement à sa façon.

Maintenant, si quelques-uns m'ont suivi,
attentifs, jusqu'au bout de cette démonstra-
tion, INÉVITABLEMENT aride, pédantesque, et

point drôle, je les en remercie et je me résume.

Le roman VÉRISTE est un roman dont aucun détail, aucun, n'a été imaginé : l'invention y consiste
dans le choix et la disposition des parties (1). Les
hypothèses intuitives n'y ont droit de cité que si
elles se sont vérifiées. Un personnage quelconque
s'y crée, le plus objectivement possible, au moyen
des observations et des expériences pratiquées
sur son modèle vivant, — unique (2). La question de forme et la question de fond ne sont pas
distinctes : la forme est une série d'arabesques
sonores, variées, dessinées par le fond ; le style

(1) « Le choix des idées est invention » (LA BRUYÈRE).
(2) Ses paroles sont rapportées dans l'intégralité de leur
forme ; ses réflexions, dans l'intégralité de la forme qu'elles
revêtiraient s'il les exprimait (en ce cas, des lettres, un JOURNAL
intime, etc., constituent de précieux moyens d'information). —
Certes, avec une pareille méthode, on a chance de créer des
personnages qui ne se généraliseront pas de manière à faire
dire : « C'est un CECI, c'est un CELA. » Il s'agit de savoir si l'on
veut présenter des TYPES, ou des hommes en chair et en os.
D'ailleurs il sera toujours utile, pour la pensée humaine, d'a-
voir des points de repère comme Tartuffe, Harpagon, etc., types
synthétiques, ou comme Œdipe, type symbolique, et JE ME
RÉSERVE LE DROIT D'EN COMBINER AUSSI. Mais il reste
bien entendu que ce sont là des produits de l'imagination alliée
au sens du réel, des conceptions élastiques, donnant, PAR
EXEMPLE, la somme d'une catégorie de personnages dans une
société, et non la somme d'un ensemble de sentiments divers
dans un même être.

est encore de la pensée. L'auteur n'intervient
(d'une manière implicite, du reste), que si une
entière certitude, spécialement acquise, lui com-
munique le droit de suggérer ses conclusions
personnelles. Çà et là, pour produire l'illusion de la vie, il intercale une conversation
banale, une courte scène, moins directement
liées au sujet ; mais toujours il doit connaître,
et pouvoir expliquer pourquoi n'importe lesquels de ses documents, de ses assonances,
etc., furent choisis et placés suivant tel ou tel
mode.

Je viens de montrer que Fils Adoptif est un
livre, non de vérité abstraite et générale, mais de
réalité concrète et particulière : un livre vériste,
comme je dis. J'ajouterai que c'est, avant tout, un
roman de situation : assurément, les mœurs, les
milieux, les caractères, y sont étudiés ; mais leurs
traits les plus développés sont ceux qui peuvent
exercer, directement ou non, une influence quelconque sur cette situation. Je n'ai donc pas essayé de mettre ici : toute la vérité, rien que
la vérité, mais « rien que la vérité, toute
la vérité des détails choisis » : vouloir tout

rapporter c'est s'exposer à ce que dans le roman
tout éclate, rien ne se laisse distinguer et conserver par la mémoire ; plus il sera complet comme
détails, moins il aura de chances d'être complet
comme œuvre d'art.

LOUIS-PILATE DE BRINN'GAUBAST.

Février 1888.

FILS ADOPTIF

PREMIÈRE PARTIE

I

Dans sa chambre Jean d'Yme travaille, grave et perplexe, à la traduction d'un chapitre de Corne-lius Nepos. La tête courbée encore sous le poids idéal, mais lourd, de sa mauvaise place en version latine, — connue cet après-midi-là, il n'a plus rien, sur la figure, du radieux épanouissement dont elle s'ensoleillait le matin : quand, sous les yeux émer-veillés de ses camarades, il venait de jeter, digne-ment, ses cahiers et ses livres, aux pieds de son dé-sespéré professeur de mathématiques. Cette décon-venue du soir, après ce triomphe d'un instant, fait songer le pauvre écolier à la brièveté des joies humaines, — irréfutablement prouvée par son rang de neuvième en version latine : — lui qui avait été second !

Un coup de sonnette retentit ; la bonne va, tout de suite, ouvrir. Et le petit Jean d'Yme, tellement absorbé dans ses réflexions philosophiquement tristes, ne pense même pas à sa mère adoptive : sa tante Rosine d'Ohet, qui revient de faire des visites. La porte s'ouvre, brusquement ; les yeux hébétés et comme vides, il se retourne, tout d'une pièce.

— Eh bien ! mon chéri : et cette place ? Voyons, c'est-il meilleur, cette fois ?

Et, en réfléchissant seulement à la possibilité d'une réponse négative, — d'un regard de Méduse elle pétrifie Jean d'Yme ; et l'enfant baisse la tête, et, désespérément, fixe, gros de larmes rentrées, ses yeux sur les planches du parquet.

— Allons, allons ! je te vois venir : n'est-ce pas que c'est encore mauvais ?... Et toutes les semaines, des places pareilles, et toutes les semaines !...

Et comme, pour protester, l'enfant remue les lèvres :

— Tais-toi ! tu devrais être honteux ! Ne dirait-on pas, ma parole ! qu'il va me faire des observations ? Je voudrais voir ça, par exemple ! Faites donc des *sacrifices !* pour un être comme ça : enfin, est-ce

que les autres sont toujours à la queue, comme toi ?
Hier encore, madame Lelangon me disait : « Je n'ai
pas à me plaindre du mien : il reste dans les cinq
premiers. » En voilà un, au moins ! qui fait ce qu'il
peut, pour faire plaisir à ses parents. Tandis que
moi... Mais je ne suis pas ta mère, misérable !... Tu
n'es qu'un *mendiant !...* un *va-nu-pieds !* Je t'ai ra-
massé par charité : tu devrais baiser les traces de
mes pas !... Ah ! sans-cœur !

Jean d'Yme écoutait, assommé.

— Elle n'était pas sa mère ? Oh ! elle n'avait pas
besoin de lui répéter : il le sentait à ses coups, à ses
gifles; il ne savait, mais il lui semblait que, d'une
vraie mère, ça lui aurait presque été doux... Et puis !
il eût volontiers accepté les horions qui tombaient
sur sa maigre échine : à la condition de ne plus
entendre les phrases dont on les accompagnait. Ce
qui lui fendait l'âme, c'était d'ouïr, à tout propos,
ces implacables mots de *mendiant* et de *va-nu-
pieds :* ces reproches, qu'on lui renouvelait, d'avoir
perdu son père et d'avoir été recueilli par son oncle
et sa tante d'Ohet.

Chaque fois qu'on lui avait craché ces paroles
horribles au front: toute sa petite nature nerveuse
s'irritait et inconsciemment devenait, à force de
terreur, presque hypocrite, féline et cruelle... Et
quand la mégère s'en allait, la face violette et con-

vulsée de fureur, ivre du sang que ses ongles lui
faisaient couler de partout, du nez, de la bouche,
des oreilles ! — alors, il subissait des crises de rage
folle, impuissante, et, par suite, d'autant plus in-
tense : Jean jetait ses bouquins ; martelait, à coups
de pied, les murs de sa chambrette; gesticulait'des
gestes insensés...

Mais, son tempérament moral étant presque tout
féminin, après la colère lui montaient les sanglots
à la gorge, les larmes aux yeux ; et, au cerveau, un
découragement sans limites, — la morne certitude
lassée de sa faiblesse en présence de l'injustice
aveugle et de la brutalité irraisonnée; après les cris,
après des vomissements d'épithètes injurieuses,
après toute cette griserie d'une inutile surexcitation,
il se mettait à pleurer, bêtement, des larmes et des
larmes d'enfant malheureux...

Malheureux! et Jean d'Yme ne l'était bientôt plus
pourtant, en ces minutes où son esprit s'abandon-
donnait, peu à peu, à l'âcre volupté d'une rêverie
inconsistante. Même il vivait heureux, alors, sans
le moins du monde s'en douter. Plus tard seulement, quand un bruit le faisait sortir de son inertie
physique, il comprenait combien il est bon, — oubliant Cornelius Nepos, — de ne songer à rien du
tout, les yeux vaguement errants sur le ciel bleu,
grisâtre ou rose ; et d'on ne sait où lui venaient des

idées bizarres, quelquefois : comme celle-ci que les fous sont bien bénis, les fous !

Pour se consoler tout à fait, il prenait un volume de vers, et longtemps se laissait bercer par leur rythme et par leur musique...

Mais trop souvent aussi, pour voir si l'enfant *travaillait*, madame d'Ohet montait, cauteleuse, et les pantoufles à la main : de peur de trahir sa présence par un claquement de leur semelle. Et, soudain, la porte s'ouvrait ! Et, d'instinct, le petit Jean d'Yme, furtivement, fermait son poète, précipitait son bras vers le *Cornelius Nepos....* Trop tard, malheureusement, trop tard !

— Comment ? grand fainéant ! encore dans tes sales vers ? Je devrais jeter encore ce livre-ci au feu... Que je t'y rattrape : et tu verras !...

Et Jean voyait : il voyait une main sèche s'abattre sur sa joue, tandis que l'autre lui arrachait cheveux, oreilles, tout ! Et son petit cœur se révoltait ; il songeait qu'il existe une Société, vraiment ! pour protéger les animaux : et qu'on en devrait bien fonder pour les enfants qu'on martyrise.

II

Quand sa famille et lui vivaient en Amérique, à quelques milles au nord de Nouvelle-Orléans, ils possédaient une maison vaste, en bois, élevée sur de hautes roues qui roulaient au besoin.

Son père était « *médecin des prairies.* »

Les grandes plaines, de prés, de forêts, dont se compose la Louisiane, servaient de patrie aux des- cendants d'émigrés français, à des colons d'autres races, et, en ce temps-là, à leurs esclaves : des nègres, des mulâtres. Il arrivait que, parfois, ces gens devenaient malades ; et que, croyant à la mé- decine, ils envoyaient chercher son père.

Or, en des colonies pareilles, les maisons étaient bien à un mille l'une de l'autre : grâce à d'épais fourrés de bois vierges encore, et à l'extension des *corals* où l'on enfermait les bestiaux. Et puis, toutes les eaux débordant, moindre, ainsi, s'affirmait le danger, pour chaque habitation ; le plan uniforme des plaines ne laissait point, d'ailleurs, se former de vagues ; mais leur vastitude permettait aux flots de s'épandre à leur aise, sans trop de hauteur, sur un lit moelleux de verdure.

Il se trouvait seulement que, traversant ces lieux, beaucoup de personnes périssaient ; encore qu'elles fussent à cheval (l'eau ne demeurant guère assez profonde pour les canots) : quelquefois, tout d'un coup, elles disparaissaient avec leur monture. De plus en plus ses soubresauts les enfonçaient dans l'asphyxie, les empêchaient de dégager des étriers leurs pieds ; la bête, en ruant, s'avançait, traînant et secouant son cavalier, dès lors perdu ; l'éloignement des habitations enlevait tout espoir de salut. Et, l'égoïsme aidant, on avait bien fini par s'y habituer...

Aussi, à quels périls était livré son père !

Chaque fois qu'il partait en tournée, ses baisers ressemblaient à des baisers d'adieux ; bien souvent il y crut rester. Mais c'est surtout quand il fallait traverser les taillis envahis par les eaux, tout fumants de miasmes lourds, que le danger croissait extrême : les sentiers, invisibles ou méconnaissables, eux-mêmes se hérissaient d'arbustes déracinés ; des vipères, des crotales, et la solitude plus que tout, en compagnie de ces amis étranges, n'étaient pour rassurer personne.

Son père allait, serein, à travers toutes ces choses...

Et le soir : revenu ; prenant, de ses enfants, les plus petits sur ses genoux, et les plus grands autour de lui, il leur contait, de sa bonne grosse voix vibrante et naturelle, comment il réduisait un serpent à sonnettes, si ce dernier avait le mauvais goût d'être irrité par sa présence. Il contait : leurs jeunes cœurs battaient à l'unisson ; et, devant ce simple héroïsme, leurs bouches béaient muettes, longtemps, d'admiration et de respect...

Il eût été facile, pourtant ! pour éviter les accidents causés, soit par les bêtes, soit par les troncs brisés cachés sous l'eau perfide, d'établir des chemins de piquets émergeant de la surface : moins d'hommes se seraient égarés, un moins grand nombre aussi perdus à tout jamais.

C'était sans doute, d'ailleurs, au croupissement de ces mares, surchauffées de soleil, sur des terres où la soudaineté de leur invasion avait déterminé la fin, puis la décomposition de tant d'animaux surpris : — c'était, sans doute, à ce phénomène, que Jean devait la mort de son père.

Le médecin revenait, un soir, d'on ne savait trop,

quelle excursion botanique : rapportant des plantes inconnues ; tout joyeux malgré des blessures, malgré des douleurs produites par la réaction de la chaleur après le froid des eaux. Comme de coutume, sur ses genoux et près de lui, tous ses enfants : et, la *Genèse* ouverte, il faisait la lecture. Mais la famille, moins attentive que d'ordinaire à suivre la parole divine, remarquait avec inquiétude la morbidité de son œil, le traînant de sa voix profonde, et la fébrilité soudaine de ses doigts tournant les feuillets. Dans ces vieilles familles protestantes, on inscrit, sur une page de la Bible commune, les dates de naissance et de mort, pour chacun de leurs membres ou de leurs amis ; et tous, en ces minutes de recueillement suprême, — pensaient à la funèbre page !

La fièvre jaune avait éclaté à Nouvelle-Orléans : Édouard-Gabriel-Léon d'Yme soignait quelques-unes des premières victimes ; et les regards, au lieu de se lever au ciel, tristement s'attachaient à lui : qui, avec un grand calme, lisait ou priait haut. Les souffrances, cependant, contractaient son visage, d'instant en instant plus poignantes ; les signes pour lui-même étaient trop évidents de la proximité d'un mal inévitable, gagné au dévouement de l'humanité.

Le lendemain, Edouard se couchait, et puis, en

1.

deux journées, mourait. Bientôt après, du même
fléau, sa fille Louise, la sœur de Jean... Et tous deux
souhaitaient que le trépas des leurs fût, — malgré
la tristesse de la séparation, — doux autant que leur
propre fin, et tout illuminé par le radieux espoir
d'une quiétude prochaine au sein de l'*Eternel*. Oui,
le père et la fille, avant de s'en aller, souhaitaient
que les leurs, toujours, conservassent la même foi
naïve ; et ils l'avaient eue, tous, et tous ils étaient
morts : Jean restait presque seul, hélas ! mais lui ne
croirait plus jamais.

A douze ans, il ne croyait plus ! C'est qu'il avait
tellement souffert, tellement lu et tellement pensé !
Déjà il était une de ces victimes du livre, dont parle
Jules Vallès en son volume des *Réfractaires*. Il ne
croyait plus en un Dieu : et pourtant, par saccades,
il sentait qu'il en existe un...

Dans ses désespoirs de chaque jour, Jean d'Yme
ruminait ces souvenirs : les seuls précis, en sa
mémoire, de son séjour en Amérique.

Il se rappelait aussi, vaguement, un passage en
Océanie, après l'affreuse mort de son père. — Deux
proches, avec sa mère, ses petits frères et sœurs, et
lui, étaient allés, à Tahiti, tenter une fortune impro-
bable. Pourquoi là ? Et de quelle manière ? tous ces
détails lui échappaient ; car il avait quatre ans seu-

lement, lors de ce départ vers l'ouest. Mais toutes les particularités extérieures, physiques, des îlots polynésiens, lui revenaient distinctement à l'esprit : embellies encore par sa vive imagination, sensible aux grandes beautés naturelles ; par certaines lectures de Loti ; par son regret de vivre désormais, *si précoce*, concentré en soi, sous le brumeux ciel de Lille en Flandre, — et martyrisé par ses parents adoptifs...

Aujourd'hui, pour la centième fois, après cette colère de sa tante, la rêverie de l'enfant se posait loin : vers Tahiti !

Elle se posait sur les hautes crêtes, les *mornes* larges aux silhouettes dentelées, sur les cascades s'épivardant en mille gerbes d'argent fluide, au milieu de l'énorme calme océanien, monotone, traversé par des vols de phalènes en velours, aux ailes bordées d'yeux violâtres... Ah ! la vie était douce, là-bas ! auprès des sources mystérieuses, des vastes nappes dormant dans un silence étrange, abritées de goyaviers noirs et de sensitives, de mimosas et d'arbres à pain ! Toujours un globe brûlant, là-haut, serti dans l'immense voûte d'azur incandescent ; un globe d'or, en fusion dès le lever du jour, et rouge, le soir tombant, d'une rougeur apocalyptique. Toujours la même immobilité de l'atmosphère morte, toujours la plainte sans fin des mers sur les blancs récifs corallins. Et sur des rives lointaines, loin-

taines, les sauvages beuglements des trompes de
coquillages, ou l'idyllique chanson des *vivos* de roseau.

A terre, les longs villages, aux cases étroites et
toutes pareilles : un toit de pandanus ; le sol en galets
noirs ; et, pour murailles, des tiges, fort espacées,
de bourao.

Dans ces cases et autour, — des femmes : *vahines*
d'aspect antique, presque blanches, rarement laides :
infinis yeux roux ou noirâtres, infinis yeux à fleur
de tête, voilés de sombres cils superbes ; nez court et
fin, presque hellénique ; lèvres charnues et sen-
suelles, fendues ainsi qu'une grenade mûre ; cheveux fauves et soyeux, parfumés au sandal, flottant
sur les épaules, couronnés de couronnes d'hibiscus
ou de roses ; tatouages sur le front pour leur faire
un diadème, tatouages aux chevilles pour leur faire
des bracelets ; pagnes candides, tuniques légères, ou
bien la nudité toute nue, sous des chapeaux aux
plumes de neige ! Des songeries et des bains, des
chœurs et des promenades, et de sonores plongeons
dans la fraîcheur des eaux ; d'interminables siestes,
à l'ombre, avec des cigarettes ou d'excitants fruits
au gingembre : l'existence nonchalante, insoucieuse,
bienheureuse, des tribus qui ne sont pas condam-
nées au labeur.

Les hommes : le torse nu, rouge ou brun ; les

jambes nues ; les reins ceints du *paréo* large, pourpre
et bariolé de jauue; d'autres, couverts de chemises,
dont les doubles pans, si candides, flottaient grotes-
quement au vent : — les hommes rêvaient des jours
entiers, accroupis au seuil de leurs cases, ou balancés aux fibres des hamacs en aloès; ils rêvaient,
toujours ils rêvaient, regards devant eux, sans
bouger, stupéfiés par le charme inaltérable de leur
île, par le silence immense de leurs bois sans
oiseaux...

Il faisait bon quitter les plages resplendissantes
et dures, pour s'en aller là-bas, vers le centre, où il
n'y a pas de vivants, et où les *esprits* sont chez eux.
C'était partout, sur les hauteurs, une confuse tristesse souriante, issue de l'isolement profond de l'ar-
chipel : cimes de montagnes, englouties pour jamais
peut-être, ou qu'un cataclysme soudain peut, toutes
droites, jeter hors des flots. Avec cela, le vent de
l'Océan aboyait, tournoyait, se heurtait aux troncs
gigantesques des arbres ! Et ce vent ; et la voix des
eaux houleuses, en bas, sur les brisants; et la nuit
transparente sous les palmes des cocotiers, sous les
mornes végétations, entre lesquelles les bises souf-
flent avec des bruits d'armures; et tout, dans cette île
enchantée : c'était assez pour frapper de mélancolie,
à toujours, l'enfant délaissé que sa mère et ses proches
envoyaient y rôder, sous la garde d'un domestique.

— Oh! les parfums ambrés des gardénias tout blancs de fleurs, des citronniers tout blancs d'étoiles! Et les figuiers démesurés, dont les racines prenantes portaient des femmes assises! Et les roses du Bengale dont elles se couronnaient pour danser, le soir, jusqu'à des heures très avancées! Et les tapis de fraises odorantes, tout brodés par les découpures exquises des capillaires et des mousses! Et les corolles carnées des pervenches tropicales!...

Tout cela était bien loin, bien loin : loin dans ses souvenirs, loin dans ses regrets !

Loin aussi, ses admirations, sans cesse renouvelées, devant ces petits poissons, d'une nuance indéfinissable : qui passaient comme des prismes, au milieu des récifs, sous la crue lumière du soleil! Loin les lacs calmes, au sommet des grands *mornes* : miroirs des tiges de cocotiers, fluettes et longues ! Loin les rires clairs des filles offrant des cocos frais ; loin les rires doux des mêmes, le soir, sous les dômes d'orangers!

— Loin le bonheur, et loin l'enfance du malheureux Jean d'Yme : bien loin !

III

Hélas ! ces envolées de sa mémoire vers le passé, vers les rares joies de son passé d'enfant, étaient trop peu fréquentes, trop brèves ! Et toujours, après avoir ruminé ces souvenirs lumineux, fatalement il se ramenait à en comparer l'objet avec la vie qui avait suivi ces voyages.

Toutes les tentatives de sa mère, de ses proches, pour relever leur chancelante fortune, réussissaient seulement à la détruire plus complètement. De jour en jour une nostalgie plus grande de la France venait à Jeanne ; là, du moins, elle gardait des lambeaux de son cœur : des parents, des amis, qui jadis l'aimaient bien. Jean lui-même et sa petite sœur Édeline, survivant seuls de huit enfants (les autres avaient été ravis par la fièvre jaune, après leur père, tous en un mois !), aspiraient ardemment

à voir cette terre maternelle, dont on leur parlait
sans cesse; nul pressentiment des malheurs qui les
y attendaient: leurs esprits enfantins se passion-
naient à l'idée de voyager encore; leur mobilité
intellectuelle s'accommodait, par avance, d'un
changement de pays, de situation et de relations.

Un jour, on avait réuni les débris de la prospérité
passée; et l'on était parti, — la mère avec ses deux
enfants : laissant à Tahiti les deux associés, qui
s'obstinaient.

Bien longue, si longue! cette traversée : des tempêtes, d'imprévues escales, pour réparer les avaries.
Jean et sa sœur pleuraient sans repos; et, continuellement enfermés par la sollicitude de Jeanne, ils
passaient de mains de matelots en mains d'officiers;
tous les pourrissaient, littéralement, de friandises :
heureux de plaire à la jeune veuve, si jolie dans ses
vêtements noirs, et flattée de ces hommages d'hommes, — où elle ne voyait pas malice.

Puis, à mesure qu'*accourait la terre,* Jeanne était
devenue plus triste; les petits avaient beau redou-
bler leurs caresses; quand ils lui demandaient les
causes de son chagrin, elle fondait en larmes, les
pressait plus vigoureusement sur sa poitrine :
l'œil farouche, — comme hallucinée et craignant
qu'on ne les lui prît.

C'est que sa pauvreté, définitive, allait lui imposer

le plus dur des sacrifices : afin de pouvoir vivre seule,
et bien chichement, elle devrait se séparer d'eux !

Justement l'un de ses deux frères : Louis d'Ohet,
demeuré en France, et dentiste, s'était marié avec
une femme sèche et stérile, mais riche ; et tous deux
souffraient fort de n'avoir point d'enfant ; — une
sœur de son mari : Adolphine-Suzanne d'Yme,
directrice d'une institution, offrait de recueillir
Édeline chez elle, où l'orpheline serait adorée, et
recevrait gratuitement une éducation digne de sa
famille et de son nom...

Jeanne avait longtemps hésité. Car enfin, à la rigueur, elle pouvait vieillir avec ses mignons, en
les plaçant de bonne heure, après leur avoir fait
donner une instruction sommaire ! Mais en ce cas
sa fille, déjà sans dot, ne possèderait même plus,
pour se marier, si elle aimait, cette ressource d'être
capable, en tous points, d'occuper un rang honorable dans la Société. D'autre part, faudrait-il se
résigner à voir inutilisée cette vive intelligence de
Jean : faudrait-il en tirer un ouvrier, un bureaucrate ?

A ces seules pensées, et surtout en prononçant
intérieurement les mots qui les expriment : Jeanne
sentait se révolter son sang patricien.

— Eh bien ! se disait-elle, je travaillerai : caissière,
dame de compagnie, quelque chose enfin, *chez les
autres !*

Mais encore faudrait-il pouvoir ! Et, elle le comprenait parfaitement : les rébellions de son orgueil
la feraient chasser de partout où elle occuperait une
position subalterne ; certes, c'était bête, imbécile !
mais elle s'en fût voulu, quand même, de penser
autrement. Et puis l'avenir de ses enfants, même
instruits, même convenablement élevés au prix de
cette humiliation, en serait-il moins compromis ?
Quelle que fût l'élévation de son esprit, quel homme
vraiment distingué, riche, se résignerait jamais,
sans arrière-pensée, à épouser la fille d'une mercenaire ?... Car, tout en demeurant absolument désintéressée dans ses projets : Jeanne, intelligence auto-
ritaire, rétrécie par un sens bourgeois de toutes
choses, ne séparait pas l'idée de richesse et celle de
distinction ; elle plaignait plus qu'elle n'aimait les
humbles, les petits, les malheureux ; et, pour elle,
la charité demeurait plutôt un devoir, qu'un besoin
de son âme virile....

Aussi avait-elle consenti à ne point garder ses
enfants : puisque Dieu, croyait-elle, lui envoyait,
en même temps, deux occasions si heureuses de les
faire instruire en se brisant le cœur. Et c'est pourquoi, sur le paquebot qui les ramenait tous trois
en France, elle serrait si fort, quelquefois, sur sa
poitrine, Édeline et Jean.

IV

Jeanne d'Ohet descendait d'une ancienne famille
de Touraine : famille d'assez petite noblesse, mais
d'une noblesse qui remontait à un archer du trei-
zième siècle, — anobli, après Taillebourg, par le
roi Louis IX. De père en fils, depuis ce temps, les
d'Ohet devenaient de braves soldats, d'une piété
étroite, fanatique, haïssant les juifs et huguenots.
C'était une race forte, sanguine et bilieuse, peu
sensible aux influences féminines. Fidèle à la
royauté legitime, mais rude, bourrue et sans sou-
plesse, impropre aux emplois de courtisans, elle se
perpétuait ainsi jusqu'en 1805.

Le père de Jeanne, né cette année-là, devait, le
premier, rompre la tradition familiale. Sans doute,
il conservait les signes physiques, physiologiques,

pathologiques de son ascendance; mais, outre la
séculaire indépendance de caractère, héritée de ses
ancêtres, il avait acquis, de sa mère, plus de largeur
dans l'intelligence et les principes. Donc, grâce à sa
fortune, neuf mille livres de rente, il se tenait à
l'écart des fonctions civiles, militaires, ou quelcon-
ques. Il se contentait d'adorer sa femme : une
petite bourgeoise sans dot; elle lui avait donné deux
fils : Louis, Edmond, et une fille : Jeanne ; et tous,
elle les éleva elle-même, son mari étant mort en
1842. Une douce et tendre créature, cette mère;
elle laissa ses deux fils suivre leurs penchants naturels : Louis étudier la dentition, chez un de ses
oncles, à Lille; Edmond se placer, comme aspirant-
comptable, chez un grand fabricant de robinets en
cuivre.

Quant à Jeanne, mise au monde en 1840, à mesure qu'elle grandissait, — d'abord près de sa mère,
puis au couvent, puis de nouveau près de sa mère,
— de plus en plus elle faisait preuve d'un jugement
étroit, comme les d'Ohet. Toute la fougue concen-
trée, toute l'austérité de leur tempérament bilioso-
sanguin se manifestaient en elle ; la mère se déses-
pérait de n'y rien pouvoir. Douée d'une impressionnabilité vive, d'une imagination ardente, cette
enfant chérissait Jésus : passion fauve, exclusive,
sauvage. Courageuse, batailleuse, active comme un

soldat, elle avait le caractère vigoureux, mais in-
constant et irrésolu. Irascible, violente, facilement
satisfaite d'elle-même, elle aimait, écoutait sa mère,
mais sans comprendre ses tendresses, son dédain
des titres et du passé. — Presque une Gauloise,
moins l'enjouement.

Édouard d'Yme, son mari, avait eu pour père le
meilleur ami des d'Ohet. Il était le dernier rejeton
mâle de toute une race fureteuse : légistes, érudits,
médecins : une race de protestants, naguère victimes
de l'Édit de Nantes, et dispersés un peu partout :
en Brandebourg, en Hollande, en Suisse, — en
Louisiane.

Son père avait fait, sous les ordres de La Fayette,
une partie de l'expédition d'Amérique. Puis, revenu
en France, emporté par le grand mouvement de
1789, il rendait à Tours, où il vivait comme les
d'Ohet, force services au parti girondin ; échappait,
non sans peine, aux persécutions terroristes ; enfin
se mariait, sur le tard, avec une nerveuse Proven-
çale, qui lui créait Edouard en 1825, et Adolphine-
Suzanne, l'institutrice, deux ans après.

Lorsqu'Edouard, ayant terminé ses études médicales à Paris, rentra dans Tours, s'y établit, et commença de fréquenter régulièrement chez les d'Ohet,
il avait trente ans, et Jeanne quinze.

Tout de suite il s'était passionné pour cette fille
mystique, réservée et même un peu sombre, à qui
Edouard plaisait aussi : un beau garçon, très svelte,
à l'œil noir, expressif; aux traits fortement accen-
tués, mais singulièrement fins encore, et mobiles
malgré une physionomie à laquelle la fixité de la
pensée, une chasteté relative, et son austère foi
protestante, avaient imprimé un cachet particulier.
Avec cela : capable des plus grands élans, presque
inexplicables pour quiconque connaissait son apparente froideur, sa ténacité raisonneuse de bilieux;
imbu, contrairement à beaucoup de protestants,
d'une tolérance universelle, d'une vaste compré-
hension dans l'esprit... Jeanne donc, avec ses yeux
d'un bleu dur, ses cheveux bruns, son teint riche-
ment coloré, sa force et sa santé exemptes d'em-
pâtement, le séduisait de prime abord, malgré les
différences, — à cause des différences, peut-être, —
de tempérament et d'âge.

Ils se mariaient. Et, par sa fermeté, son obstination, sa douceur aussi, Edouard, peu à peu, la con-
vertissait à sa foi : sans réussir, tout au contraire !
à lui élargir le jugement. Bien vite il se faisait, à
Tours, une clientèle ; puis, brusquement, par une
de ces sautes de passion, — contradictions intermit-
tentes de son naturel posé, il bravait les malédic-
tions de tous les siens, et s'en allait pour l'Améri-

que. Là, installé en Louisiane, à Opelousas, s'a-
donnant fiévreusement aux longues courses, aux
excursions botaniques ; et dès lors, en pleins bois,
près du Mississipi, après s'être éloigné de la ville,
de plus en plus il menait une existence libre, héroïque, studieuse, consacrée à l'amour de Jeanne, à
l'éducation de ses huit enfants, à la surveillance de
ses plantations et à l'élevage de ses bestiaux : jusqu'au jour où, en 1867, la fièvre jaune le fou-
droyait.

Jeanne, écrasée par tant de morts : son mari, six
de ses enfants, — s'était vigoureusement appliquée
ensuite à relever sa fortune, à Tahiti.

Mais, avec cette inconstance des organisations
nerveuses et sanguines, elle se lassa des insuccès du
début. Et alors, isolée près de ces deux parents,
dont elle ne partageait pas les vues ; incapable, par
son moral rebelle aux extérieures tendresses, de se
soulager le cœur aux caresses d'Édeline et de Jean,
elle regagna la France, — absolument découragée.

Elle répétait qu'une fatalité la poursuivait : déci-
dée, en fin de compte, à vivre, égoïstement et douloureusement, dans son coin, détachée de tout
sentiment étranger à ses souvenirs. Toutefois, la
résolution prise, d'une séparation nécessaire, elle
demeurait assez perplexe. Son père, sa mère, n'exis-

taient plus. Se fixerait-elle à Tours, où ne lui restaient que des parents fort éloignés? ou à Paris près
de sa fille? ou à Lille près de son fils Jean? Ses
ressources : dix-huit cents francs de rente, ne lui
permettaient pas de changer souvent de résidence...
Comme toujours, elle s'était mise en prières, sup-
pliant Dieu de l'inspirer, et finalement avait opté
pour Paris; elle y verrait sa fille, et, le cas échéant,
serait plus à même, jugeait-elle, de faire, sans
retard, telles démarches : auprès d'anciens amis de
son mari, maintenant presque tous nantis de fonctions officielles, — ventrus, parvenus, influents.

\

Tout de suite, dès l'arrivée en France, Jeanne s'en
était allée vers Lille, où son frère Louis, le dentiste,
habitait avec sa sèche et stérile *moitié* riche.

Et Jean s'étonnait de surprendre, à chaque instant, sa mère larmoyant dans des coins ; sa sœur
Edeline, plus âgée, plus raisonnable, faisait comme
Jeanne, s'enveloppait de mystère, avec un air à la
fois d'importance risible et de navrante tristesse,
et de perpétuels soupirs à lui arracher du corps
l'âme... Dans le wagon, ni l'une ni l'autre ne parlait.

On traversait Paris, sans s'y arrêter presque : une
course de voiture, le soir, par l'énorme ville monstrueuse, bourdonnante, vibrante de lumière et de
bruit ; un repas à la hâte, dans un restaurant à prix

2

fixe, sur un boulevard voisin de la gare du Nord; et des larmes, des larmes encore, et toujours ces airs mystérieux, et ces chuchotements dans les coins...

Et puis, de nouveau, la fuite folle, — de quatre interminables heures ! — la fuite folle d'un express à travers les campagnes, vers le département du Nord. Et, durant ces minutes mortelles, dans le silence et dans l'ennui, Jean pressentait, confusément, un terrible malheur pour tous : sa mère n'était pas plus troublée, après la mort de M. d'Yme; sa sœur, quand il l'interrogeait, se détournait, en sanglotant.

Alors, pour se distraire un peu, pendant son anxieuse insomnie : dans cette nuit de juillet, lumineuse, chaude et parfumée, il avait mis au vent son petit nez rose, et regardé, de tous ses yeux, les vagues paysages, qu'estompés d'ombres transparentes, la rapidité du voyage n'empêchait point de deviner. Des plaines et des plaines et des plaines; peu d'arbres, des blés, des avoines : de grandes tiges frêles qui remuaient doucement, avec un lent friselis voluptueux et sourd; de ci de là quelque forêt, tache bleuâtre sur l'horizon; ou la rouge lueur d'un haut-fourneau; ou béantes, brillant comme des yeux, les croisées des fabriques où l'on veillait encore. Une impression de platitude physique, d'uniformité monotone, de foule pullulante,

endormie ou quand même debout, entassée dans des
villes noires, mornes, dans des usines isolées, enfu-
mées, dans d'importantes bourgades emplies de sif-
flements, d'un industriel bruit sans fin. A mesure
qu'on approchait de Lille, les lumières se multipliaient; des deux côtés le chemin de fer était
bordé de masures basses, habitations d'ouvriers,
boutiques de petits commerçants; et toujours, toujours des fabriques, dont les hautes cheminées
fumaient, et où, comme des ombres chinoises, passaient des veilleurs circulant, regardant parfois,
machinaux, dans le trou de nuit translucide, sous
eux filer le train avec sa voix d'enfer, son sourd
grondement, ses yeux sanglants blessant l'espace,
ses wagons cahotés, les premières tout illuminées,
les secondes plus sombres, moins vides. La voie
s'élargissait; des rails, toujours des rails luisaient,
comme de l'argent. Et des centaines de prunelles
multicolores, et des locomotives crachant leurs
poumons vers le ciel, et des gerbes d'étincelles
s'envolant en tourbillons brusques, avec un grand
souffle puissant; des constructions en demi-cercle,
grosses de monstres rangés, prêts à s'élancer de
leurs portes, cuirassés de fer et de cuivre, dar-
dant des regards flamboyants; puis des grues, allongeant leurs ombres mobiles; des plaques sur lesquelles on roule à lourd fracas, comme si elles

couvraient des abîmes ; un tunnel où s'enfonce le
train, avec un sifflement strident, aigu, désagréable ; et, sous une voûte surmontée d'un toit pointu,
une gueule qui bâille, démesurée : le hall d'une
gare pleine de ténèbres, d'éblouissantes lumières,
de cris, de gens qui courent, de petits chariots à
trois roues, traînés avec des tintamarres ; un homme
agitant une lanterne ; enfin, tout au fond, en colossales lettres de gaz : BUFFET...

— Allons, réveille-toi, mon chéri. Nous arrivons.

— Mais, petite mère, je ne dors pas, je n'ai pas
dormi ; j'avais bien trop *du* chagrin à te voir pleurer tout le temps, et Liline aussi. *Pourquoi tu*
pleures, dis, petite mère ?

— Prends tes affaires, mon petit Jean : ton petit
pardessus, ton petit foulard, ton parapluie... Là !
Viens que je t'embrasse. Voyons ? je n'oublie rien ?
j'ai bien tout ? Ah ! mon mouchoir, sur la banquette...

Depuis dix minutes, Jeanne renfonçait des larmes,
tamponnant ses pauvres paupières brûlées, creusées,
rougies, meurtries ; la figure défaite, *en bouillie* ;
toujours serrant, contre elle, ou son Édeline ou bien
son fils.

— Lille ! tout le monde descend !... A gauche donc,
madame, à gauche !... Lille ! Lille !... Lille, tout le
monde descend !...

Une marche machinale sur le trottoir du hall ; les
billets remis, comme en rêve, à des employés impolis, dans un bousculement de cohue ; le sac de
voyage, les paquets, inconsciemment tendus aux
mains tatillonnes des *gabelous*. Et les voilà au
milieu d'une foule de gens qui attendent, jettent
des exclamations, embrassent des arrivants, font
claquer leurs lèvres ; les voilà cherchant autour
d'eux, cherchant quelqu'un qu'ils ne voient pas.

— Jeanne, Jeanne ! par ici...

Une forte voix d'homme a dit cela : et de loin,
gros, apoplectique, barbu, Louis ouvre à sa sœur
des bras énormes et tremblants. Et tout de suite :

— Comme tu es changée ! Essuie donc tes yeux.
Je te présente ma femme, Rosine ; embrassez-vous
donc, toutes les deux... Et Jean ? ah ! le voici... Et
Liline ?... Est-il grand ! est-il gentil ! Tu n'es pas
fatigué, mon petit ?... Et toi, en voilà, une grande
fille ! Elle sera jolie comme sa mère.. Mais, voyons,
nous causerons après... Julie ! Julie !... Où est-elle
encore ?

Une petite bonne, noiraude et sale.

— Monsieur m'a appelé ?

— Oui, ma fille. Jeanne, donne-lui ton ticket de
bagages. Vous irez chercher ces bagages, et vous
retiendrez un commissionnaire et un cocher. Nous
vous attendons ici.

2.

— Voici les clefs, si l'on visite.

Cependant les femmes s'étaient embrassées, et maintenant elles se dévisageaient, les mains dans les mains, avec méfiance. Déjà Rosine n'abandonnait plus Jean, lui saisissait les doigts de force, et le baisait, accroupie auprès.

— Dis moi : *petite mère*, à moi aussi. Tu me feras tant plaisir, mon petit Jean !

— Pourquoi ? je n'ai qu'une petite mère.

— Allons, dis-le, intervenait Jeanne, se faisant violence à elle-même. Il faut bien qu'il s'y habitue, pauvre chéri !

Mais le cœur de l'enfant, trop gonflé, éclatait ; il pleurait bruyamment, assis à terre ; repoussait tout le monde ; répétait, lançant, dans le vide, des tapes molles :

— Tu ne m'aimes plus ! petite mère ne m'aime plus ! Tu es une vilaine petite mère !

Julie revenait ; il fallait prendre Jean, malgré sa résistance ; il sanglotait, se débattait, frappait sa mère, sa tante, sa sœur ; et, incapable de crier rien autre chose, râlait toujours :

— Tu ne m'aimes plus ! tu ne m'aimes plus !...

VI

— Et maintenant, il avait douze ans !... Il y avait donc sept grandes années, de son arrivée dans ce Lille ?... Et comme c'était loin, toutes ces choses !

Pourtant, pas un détail n'échappait à sa mémoire; et il s'obstinait à se faire souffrir en en cherchant d'autres encore, en y poursuivant le souvenir des plus insignifiantes paroles, comme aussi des scènes importantes, postérieures à ce voyage triste...

Oui, oui, il se rappelait, à présent !

Il avait, toute cette première nuit, couché seul dans une petite chambre, dans un joli petit lit blanc: seul, en son sommeil effrayé, pour la première fois de sa vie, pleurant et criant, s'éveillant, se rendormant et s'éveillant de nouveau; repoussant tout le monde, même sa sœur. Il dormait longtemps, bien

longtemps, rêvait que Jeanne, Liline, se rembar-
quaient pour l'Amérique ; et là-dessus, définitive-
ment, sursautait, se dressait, appelait :

— Maman ! Liline !.. Maman, maman !

Et Rosine répondait, Rosine, avec un doux
sourire horrible, qui contractait ses maigres traits :

— Liline dort encore, mon petit Jean. Ta mère
aussi. Mais moi aussi je suis ta petite mère.

Et, en disant ces mots, elle se penchait vers lui,
allongeant, vers sa bouche d'enfant, ses lèvres
minces ; déployant, au bout de bras secs, ses longues
mains avides, comme des serres : ses longues mains,
dont les ongles avaient des airs de griffes...

Alors, brusquement, il avait compris : sa mère
ne voulait plus de lui, l'abandonnait à son frère, à
sa belle-sœur ! C'était donc pour cela qu'elle pleurait
tant sur le bateau, depuis, — toujours ?

Et Liline : oh ! la méchante sœur, pourquoi ne
lui avait-elle pas dit ?... Une jalousie se levait, en lui,
contre cette pauvrette innocente : tante Rosine ne
voulait pas la forcer, elle, à l'appeler : *petite mère*
comme Jeanne !

Et, pour ce cœur si tendre d'ange, c'était terrible
cette idée, que jamais plus il n'aurait une petite mère
unique.

Il se plantait debout, sur sa couchette, devant
Rosine :

— Où est petite mère ?... — Petite mère !

— Mais c'est moi maintenant, mon chéri.

— Non ! je veux voir petite mère Jeanne !

Mais l'oncle Louis survenait :

— Elle n'est plus là, ta maman Jeanne !

Un haussement d'épaules de Rosine, puis une furieuse mimique amenant un geste du dentiste : « Que veux-tu ? Je m'en lave les mains... »

En effet, Jeanne était partie : n'ayant pas la force de rester, craignant de faiblir, de ne pouvoir, au moment suprême, consommer son dur sacrifice. Malgré les sanglots de Liline, elle l'avait emmenée avec elle, sans lui permettre même d'embrasser son petit frère : est-ce qu'elle l'embrassait, elle, la mère ?

L'oncle disait à Jean tout cela, tâchant d'adoucir sa voix forte, de lui expliquer tendrement, avec des maladresses de gros homme sentimental :

— C'est moi ton papa, à présent. Rosine aussi est ta maman... Ne pleure pas, mon petit : *pourquoi faire* ? Elle n'est pas morte, ta mère Jeanne ! Elle reviendra. Tu la verras. Et nous t'aimerons bien, tous les deux... Hein ? Tu n'es pas content d'avoir un nouveau papa ?...

En résonnant encore au fond de ses oreilles, après tant d'années séculaires, chacune de ces paroles, d'une affreuse inconscience d'égoïsme, rouvrait la blessure qu'elle avait creusée jadis en son cœur.

— Non, certainement, il n'était pas content d'avoir un nouveau papa : est-ce que les autres enfants en avaient, comme cela, de nouveaux, quand le premier n'existait plus ? Est-ce que Liline en avait un nouveau ?

— Et encore, ça se serait compris, à la rigueur, cette bêtise-là ! Mais vouloir lui donner deux mères ! Est-ce que les autres en avaient deux ? Est-ce qu'il voulait de cette Rosine ?

— C'était donc pour cela qu'on lui vantait la France, là-bas ? On désirait se débarrasser de lui : parce qu'il était trop petit !... Édeline était grande, on la gardait, elle !

Et des tas, comme celle-là, de raisons enfantines ; et une fixité de ses idées immobilisées sur un point unique : cette séparation imprévue, imméritée, sans cause ; cette nouvelle famille en un jour ; et sa mère, sa sœur, à des lieues, bien loin, il ne savait où : se figurant, en sa détresse, Paris loin tout comme Tahiti...

VII

Mais on le mettait au lycée, et il comprenait vite, alors ! que Lille n'est guère loin de Paris ; cependant, jamais plus il n'avait vécu, même une heure, avec sa mère Jeanne.

Pourquoi ne venait-elle pas, de temps en temps, à Lille ? elle ne l'aimait donc plus du tout ? Sans doute, elle lui écrivait : mais des lettres si courtes, et pas pour lui tout seul ! des lettres enfermées dans celles qu'elle adressait à l'oncle Louis ! Toutes disaient les mêmes choses, ressassaient les mêmes recommandations :

— « Sois bien sage, bien obéissant vis-à-vis de tes *nouveaux parents, ton père Louis, ta mère Rosine*. Tu ne sauras jamais tout ce que tu leur dois, cher enfant : ils te donnent une instruction que je n'aurais pu te donner, maintenant que ton père est mort... Aime-les bien ; ne sois jamais ingrat envers eux : songe quelle peine ce serait pour moi d'avoir mis au monde un enfant ingrat... Comprends quels *sacrifices* ils font et feront encore pour toi... »

— Ses *nouveaux parents* ? Toujours, alors ! et pour toujours?

— *Son père Louis? sa mère Rosine*? Alors pourquoi, à Tahiti, les lui faisait-on appeler : *oncle Louis, tante d'Ohet* ?

— *Une instruction*?..... Et pourquoi donc? Il n'avait pas besoin, d'instruction; il n'avait besoin que d'une chose : ne point quitter sa maman Jeanne!

— Et ce grand mot de *sacrifices*, continuellement rabâché ! Certes, il n'en percevait pas encore distinctement toute la portée ; mais ce mot e n particulier l'horripilait, le faisait enrager. Or, les parents de presque tous ses petits camarades l'avaient sans cesse à la bouche: « Que de *sacrifices* déjà pour l'éducation de Gaston, — de Pierre, — de celui-ci, de celui-là ! » Et patati, et patata !... Ça leur était donc bien pénible, de se *sacrifier* pour leurs enfants?... Lui, Jean d'Yme, il le sentait trop : pour demeurer avec sa mère, il en aurait accepté, des sacrifices, et bien d'autres ! et de plus grands assurément : oui, tous ceux qu'il aurait fallu !

Si encore il avait pu lui écrire, en son langage

enfantin, tout ce dont débordait son cœur ! et la supplier de ne plus répéter : *Ton père Louis, ta mère Rosine*, oh ! oui, *la mère Rosine* surtout ! Mais est-ce qu'il restait jamais seul ?... Même pas le droit de sortir sur le trottoir, pour courir, s'ébattre un peu avec les petits voisins : « N'es-tu pas honteux, misérable ! de vouloir jouer dans la rue, comme les voyous ?... » Les voyous ? Mais ils étaient fort bien, ces voyous ; ils s'amusaient au moins, ceux-là !... Oh ! s'il avait pu être parfois un peu seul, dans sa chambrette : quel bonheur d'écrire, furtivement, des lettres qu'on ne lui dicterait pas ! Car on les lui dictait, hélas ! et toujours Rosine était là, surveillant le travail, les jeux ; appliquant un coup de règle sur les doigts qui tenaient mal la plume ; et, sous tous les prétextes, s'épanchant en gifles.

— Jean ! il faut répondre à ta mère : déjà trois jours qu'elle t'a écrit.

— Oui, ma tante.

— Veux-tu m'appeler *ta mère,* enfin?

— Oui, ma tante.

Une gifle ! Mais l'enfant ne l'avait pas appelée *sa mère*. Aussi, croyant le punir gravement, lui disait-elle : *Vous*, et dictait :

— Écrivez. Ici : « *Lille, le 10 Juin 1875* ». Deux lignes en blanc...; bien. « *Chère mère* », sur la troisième ligne, au milieu... Au milieu, je vous ai dit !

3

Vous êtes donc sourd? — Donnez-moi cette feuille...

Une gifle! et la feuille déchirée en mille morceaux.

— Ça vous apprendra! Recommencez... Là! c'est bien, cette fois-ci. Allez : « *Je viens te dire aujourd'hui ma dernière place en Orthographe* », deux points. « *C'est encore une très mauvaise place* », virgule ; « *car je ne suis que troisième* », point. « *Père Louis se porte bien* », virgule; « *mère Rosine aussi* », virgule; « *et tout le monde* », point. « *J'espère qu'il en est ainsi de toi et de Liline* », virgule ; « *et je suis toujours* », virgule à la ligne... ; maintenant là, au milieu de la ligne : « *Ton petit Jean dévoué* », point.

Et ne pas pouvoir lui dire combien il l'aimait, la regrettait, aurait voulu l'embrasser! Mais aussi il avait écrit : *oncle* Louis, au lieu de : *père*; et : *tante* Rosine, au lieu de : *mère*; et il était fier de lui-même.

— Voyons ça, que je le relise?

Une gifle!

— Vous n'avez pas mis ce que j'ai dicté.

— Mais si, à peu près, tante Rosine.

— Vous recommencerez autant de fois que vous n'aurez pas voulu le mettre.

— Toute ma vie alors, tante Rosine?

L'enfant disait cela tranquillement, sans se reculer, — mais avec ce geste des enfants battus, qui, du

bras, se protègent sans cesse la tête contre les coups ;
et les coups tombaient, en effet, après des réponses
comme celle-là ! coups de pied, coups de poing, et
les gros mots, et les reproches !

— Mendiant ! va-nu-pieds ! meurt-de faim ! Après
tant de sacrifices !... Je te renverrai à ta mère, va ! Tu
seras propre alors : ouvrier ! oui, petite saleté ! ouvrier...

Généralement, malgré son stoïcisme, Jean se sau-
vait dans la cuisine : là, en présence des domestiques, sa tante n'osait plus le frapper, l'insulter, lui
parlait même avec une hypocrite douceur ; ou bien,
attiré par le bruit, le dentiste quittait son atelier ;
et, avec son bon sens de gros homme ennuyé d'être
dérangé, il intervenait :

— Laisse-le donc tranquille, cet enfant ; ce n'est
pas ainsi qu'il nous aimera... Viens, mon petit Jean,
viens près de moi. Allons, console-toi. Elle n'est pas
méchante, maman Rosine, mais elle est vive, et tu
lui fais toujours de la peine. On croirait que tu le
fais exprès.

Ah ! Jean l'aimait bien, celui-là ! il ne se rendait
pas compte que sa bonté était faite d'égoïsme. Il
pleurait alors, protestait :

— Mais c'est *elle* qui me fait de la peine. *Elle* veut
que je l'appelle maman...

Et, là-dessus, Rosine bondissait :

— « *C'est elle* », « *elle veut* » : vous l'entendez, et vous ne dites rien ? Alors, je suis *Elle*? Ce sale enfant m'appellerait : *Ça*, que vous le laisseriez encore dire !... *Elle! Elle!...* tenez, vous n'avez pas plus de cœur que lui !

Souvent le bonhomme s'en allait, la tête basse, retournait à ses mâchoires, pour avoir la paix; mais, d'autres fois, il se fâchait, et ses colères étaient terribles; et terrible aussi ce regard d'enfant, fixé sur les deux époux criant, s'injuriant, se jetant leurs familles à la tête : — ce regard d'enfant, joyeux de voir qu'au moins il ne souffrait pas seul.

VIII

Ce frère de Jeanne, Louis d'Ohet, avait, dès son enfance, été mis en pension, par sa mère, au collège de Lille. Un oncle de madame d'Ohet possédait, dans ce chef-lieu, une belle clientèle de dentiste; brave homme, célibataire, il engageait sa nièce à lui confier Louis : elle payerait l'internat, les livres; il se chargerait de l'entretien, le ferait sortir le dimanche, l'irait voir la semaine, l'enverrait ou l'accompagnerait à Tours pendant les vacances... Madame d'Ohet, que la mort de son mari laissait fort inquiète pour l'avenir de ses enfants, avait consenti.

Et tout de suite, dès qu'on l'eut placé devant des cahiers et des livres, Louis manifestait pour l'étude une insurmontable aversion. Habitué, malgré son naturel un peu indolent, à librement s'ébattre chaque jour, en plein air, dans les campagnes tourangelles, il étouffait entre les murs de cette véritable prison de brique et de pierre: le collège aux cours exiguës, sombres comme les couloirs, les classes, et comme aussi, au fond, le caractère de tout ce peuple du Nord.

Dans l'inertie forcée de cette vie enfermée, au milieu de la lourdeur et de la brutalité wallonnes de ses camarades, sous la déprimante température de ce climat terne, monotone, ses chairs molles s'étaient encore amollies, son système lymphatique enrichi et engorgé; sa respiration, sa digestion devenaient plus lentes; et, de plus en plus, ses membres volumineux tombaient à une significative flaccidité de mamelles vieilles. Il avait besoin de longs sommeils, — et d'une alimentation riche que l'on ne lui octroyait guère. En conséquence, tous les rouages de cette organisation prenaient, dès lors, l'habitude de fonctionner faiblement. Avec cette impressionnabilité paresseuse, cette imagination presque négative, cette lenteur à s'émouvoir, chez lui tous les actes cérébraux se frappaient comme d'un cachet d'extrême fainéantise inconsciente. Certes, il aimait les siens, mais d'une affection tiède; très docile, généralement choyé de ses professeurs, et méprisé de ses condisciples moins apathiques, vis-à-vis de ces derniers

il gardait du reste, à cause de sa particule, un dédain latent mal justifié par ses apparences épaisses,
son manque de finesse et de ressort en toutes circonstances. Et ainsi : *bon élève*, faisant toujours le
strict nécessaire, évitant également les excellentes
et les mauvaises places, irrémédiablement médiocre,
sans être encore prétentieux, — il suivait ses classes
jusqu'à la troisième.

Il en avait assez, dès lors; son oncle, jovial et bonhomme, ne croyait pas à la nécessité d'une instruction plus complète, pour un dentiste : s'appelât-il
d'Ohet par un *d, apostrophe :* et il le conservait auprès
de lui, comme apprenti, lui donnant deux francs le
dimanche pour sortir seul ou avec des camarades,
boire des chopes, courir les *ducasses* et *faire le
diable*, c'est-à-dire courtiser les filles.

Mais par tempérament, sinon par goût, Louis se
montrait déplorablement vertueux: la vérité est
que ses sens restaient paresseux, ses organes géni-
taux peu actifs. Il n'était pourtant pas vilain, avec ses
souples cheveux blonds, son teint modérément rosé,
que les femmes trouvaient *distingué*, et ses joues
un peu molles encore vierges de poils. Cependant,
à entendre parler *ce vieux capon de praticien*, de plus
en plus il lui empruntait, nécessairement, son voca-
bulaire gaillard et salé : un fonds gaulois et rabelai-
sien de lieux communs plaisants, sur toutes choses :

qui semblait en contradiction avec la placidité de
ses habitudes et de sa nature. Jusqu'à vingt ans, ses
camarades le raillaient sur son indifférence en présence *du sexe ;* c'étaient des gorges chaudes à n'en
plus finir ; l'oncle lui-même disait à ses amis, en
désignant le bon jeune homme :

— Hein ! croyez-vous qu'à son âge, oui ! ce grand
escogriffe *l'a encore ?*

Alors, fouetté par ces moqueries, honteux de son
ignorance pratique, et encouragé par son oncle, il
se lançait, toute une année, dans des *noces* où il
croyait s'amuser et payait pour les autres, qui abu-
saient de sa bonasserie ; il y perdait le peu de force
virile qu'il avait reçu en partage.

Il n'en demeurait pas moins, toujours, un excellent ouvrier ; il tenait une vraie poigne d'arracheur
de dents ; et lorsque l'oncle insinua :

— Tu as vingt-cinq ans, mon garçon ; j'en ai assez
de rafistoler des maxillaires, et de plomber des dents
pourries ; marie-toi et reprends ma *boîte,* il est temps
d'être homme, sacrebleu !...

— Oui, mon oncle, répondit-il sans hésiter.

Des dîners eurent donc lieu, de petites réceptions
bourgeoises, des soirées intimes : où l'on causait fa-
milièrement, jouant au whist, au loto, au trente-et-
un, avec une passion extraordinaire. Trois, quatre
mois se passaient ; et l'oncle s'étonnait du silence

de Louis; enfin, impatienté, un jour il lui jetait brusquement:

— Eh bien! et les amours: ça va-t-il, mon gaillard?

L'autre paraissait fort surpris:

— Les amours?... Quelles amours, mon oncle?

Et ce dernier devait en rire: n'ayant pas, devant un tel flegme, la force de se mettre en colère, — surtout après qu'on lui eut dit:

— Enfin, qui prendriez-vous, à ma place?

— A ta place!... A ta place! Je prendrais celle qui me plairait... Maintenant, veux-tu m'en croire? Eh bien! épouse la petite Rosine Leclert. Je peux me tromper; mais, mon garçon, je la crois un peu prise pour toi.

En effet, cette petite Leclert prouvait des distractions étranges, dans les hebdomadaires lotos; trois fois déjà, elle avait oublié de crier: « Quine! », et toujours elle coulait, vers l'élève dentiste, des regards langoureux de colombe blessée. Elle n'était pas la seule, du reste; car, si les traits de son visage, ainsi que les extrémités, s'affirmaient assez grossièrement modelés chez le jeune homme : il n'en restait pas moins un fort beau garçon, comme on dit, — au milieu de l'avachissement de toutes ces peaux flasques du Nord.

3.

Quant à lui, il penchait vers mademoiselle Eugé-
nie Bersot : une fille de notaire, — nerveuse cependant, aux yeux noirs, aux cheveux noirs, et dont les
pieds moqueurs taquinaient, sous la table, son incorrigible apathie. Lorsqu'il eut avoué cette préférence au gai bonhomme :

— Eh bien! oui... mon garçon! répondit le vieillard. Je comprends aussi ça, parbleu: les contrastes,
disait mon père, ma pauvre chère bonne pâte de
père... Cette petite Eugènie!... Sans doute: des yeux
d'Espagnole... et une taille! Ces Espagnols, ma foi!
quand ils étaient ici, ils ont dû en faire, de ces frasques! Je lisais ça, ce matin, dans l'*Echo du Nord;* et
on croirait que c'est vrai à la voir, cette mâtine!...
Ah! oui, tu n'as pas mauvais goût; mais lui plais-tu?
Voilà le *hic!*... Elle est fière: une fille de notaire!
Carrière libérale, mon ami: il est vrai que d'Ohet,
d, apostrophe: d'Ohet... Ça ne fait rien, je ne m'y
frotterais pas; elle doit être ardente, cette fille-là:
un volcan, – toi qui l'es si peu... Elle te cocufierait,
mon fils! Et moi qui ne me suis pas marié *pour ne
pas l'être:* songe un peu! Non, décidément, ce n'est
pas ton affaire!.

Louis était trop mou pour ne point suivre ce conseil; de plus, il ne se sentait ni la force de suffire
aux besoins de cette organisation féminine, ni le
courage d'affronter dignement les périls que lui pré-

disait son oncle, en cas de mariage avec Eugénie
Bersot.

Il en avait donc pris facilement son parti; et,
pour se consoler un peu, partout il répétait:

— Ah! bah!... Une *hystérique*...

IX

Quant à Rosine Leclert, qu'il avait épousée, celle-là
n'était pas hystérique, certes non !

Sa mère, ouvrière en dentelles, s'était laissé séduire : par lassitude de travailler, par désir d'être
utile aux siens, et surtout à elle-même, elle avait
écouté, dans sa mansarde, après une fort longue
résistance apparente, les propositions d'un vieux
garçon de quarante-cinq ans : Anastase Leclert. An-
cien commis de préfecture, cet homme, pour quelques filles de fabrique, mises à mal, s'imaginait
avoir « *mené une vie de Polichinelle* » ; malgré ses
précoces rides et sa profonde patte d'oie, il conservait des prétentions à l'amour de tous les tendrons ;
sa fatuité, son aisance, tombaient, il est vrai, en
présence d'une bourgeoise de Lille ou d'une femme

du monde provinçiale, — ce genre de femmes du
monde si peu intéressantes, en général, pourtant !
— A vingt-six ans, il avait eu la chance de faire un
très gros héritage ; mais cet argent ne pouvait lui
donner ni l'éducation, ni la hardiesse qui lui manquait en certains milieux. Bref, dégoûté des filles
par telle maladie secrète, il décidait de s'en tenir,
sur le tard, à l'attachement *filial* d'une seule femme,
— ouvrière, de préférence : elle continuerait de
travailler dans un appartement modeste, modeste-
ment meublé par lui ; elle lui coûterait, en somme,
peu de chose, et lui assurerait la santé : quand il
lui aurait enseigné tous ses *trucs* vicieux de vieillard
anticipé.

Mais rien n'avait marché selon ses prévisions.
Femme de tête, rapace, intéressée comme ses ascendants rustiques, la mère de Rosine cédait au
moment précis où une plus longue resistance eût
découragé le vieux garçon. Et comme sa virilité dé-
cadente le servait mal dès leur première entrevue,
elle profitait de cette circonstance pour le retenir par
la honte, lui insufflait le désir de devenir père pour
racheter ce ridicule, et, une fois accouchée, se faisait
épouser, indispensable à force d'habitude et de
menus agréments intimes.

Rosine grandit à l'ombre de ces deux êtres, au milieu d'incessantes criailleries. Car, dès son installa-

tion dans la vie d'Anastase, en possession d'un contrat et d'un testament qui lui assuraient ses douze
mille livres de rente, — l'ex-ouvrière ne se gênait
plus pour se venger, à sa manière, de ce mariage
sans amour, — qu'elle avait pourtant voulu, préparé, accompli! — et pour se remparer dans une
débauche de pruderie, de vertu conjugales, qui dé-
sespérait son mari. Gâteux à peu près, celui-ci, de
plus en plus, après de rares révoltes, satisfaisait
toutes ses fantaisies d'insolente parvenue.

Quand sa fille eut douze ans, elle exigea qu'on la
mît en pension ; elle devait *faire toutes ses études,
comme une institutrice... On ne sait pas ce qui peut
arriver.* Aussi l'enferma-t-on, à Lille même, dans
un grand couvent sombre du faubourg d'Esquermes.
Elle *sortait* chez ses parents, tous les dimanches ;
et comme M. Leclert, pris de goutte, demeurait incapable de quitter la chambre : elle coulait, entre sa
mère et lui, de mortelles journées de congé : lisant
des livres imbéciles, *à l'usage de la jeunesse chrétienne* ; ou tambourinant sur les vitres, en regardant, rue des Fleurs, les rares passants endimanchés
se promener graves, l'air de remplir, avec conscience,
une fonction hebdomadairement obligatoire....

Anastase Leclert était mort, d'abrutissement et de
désillusions.

Et, à dix-huit ans, Rosine abandonnait le couvent :

un peu stupéfiée encore par toutes les superbes
fadaises dont on y avait intoxiqué sa pauvre cervelle
d'enfant studieuse; un peu triste; desséchée par
une alimentation débilitante; affaiblie par cette
âcreté du sang, si fréquente chez les enfants de
vieux : conçus sans naturels désirs, sans passion
aveugle, au hasard d'un accouplement lent et pré-
cautionneux... Aucune pensée n'avait pu germer
dans cet esprit enfantin, trop mal préparé, par la
fatalité de son origine, à la croissance d'élans vi-
vaces, d'expansions luxuriantes, de sentiments pro-
fonds. Dès son bas âge, à travers l'aigreur des
quotidiennes récriminations, la vie lui était apparue,
grise et morne. Son père ne lui témoignait guère
d'amour : juste assez pour n'être pas troublé dans le
machinal fonctionnement de son égoïsme découragé; il lui en voulait, du reste : sa naissance ne
lui avait-elle pas imposé le besoin, le devoir, d'é-
pouser une femme si acariâtre, et qu'il considérait,
décidément, comme fort indigne de lui-même ?
Quand Rosine arrivait, le dimanche, par la voiture
du pensionnat, mécaniquement et sèchement il lui
rendait son baiser sec et mécanique de poupée arti-
culée; et chez ce bonhomme bête, en rupture de
rond-de-cuir, jamais de confidence, et, de tendresse,
jamais.

Quant à la mère, à mesure qu'approchait l'âge

auquel il faudrait lâcher une dot, sa familiale
rapacité de paysanne se révoltait ! Cependant, *pour
le monde*, il faudrait bien le faire ; elle ne pourrait
être moins large que son ancienne patronne : qui
venait de marier sa fille avec soixante-quinze mille
francs ! Et elle se montrait encore désolée'de ses
ambitions primitives concernant l'éducation de Rosine : entre elle et l'enfant, peu à peu, une sourde
hostilité tout inconsciente se développait. La fille
s'apercevait de l'infériorité sociale, intellectuelle, de
la mère ; même elle en devenait honteuse, jusqu'à
rougir, jusqu'à la *reprendre*, — en présence d'Anastase Leclert ! Revenue du couvent, dans le désœu-
vrement de sa vie, elle goûtait ainsi, chaque jour
davantage, un malicieux plaisir interne à taquiner
son ignorance. En outre, à travers les murmures
haineux des domestiques, Rosine avait parfaitement
su deviner l'infamie momentanée de cette femme,
naguère, aux yeux du monde, et ses calculs intéres-
sés pour se faire épouser : de là un certain mépris,
que *l'affection exigée par le devoir filial*, comme
disait la Supérieure, ne pouvait parvenir à vaincre
absolument.

De sa race plébéienne, toutefois, quelque chose
lui était resté : non cette amativité foncière des
braves gens, mais cette sentimentalité bébête qui tire
aux ouvriers des larmes, aux plus grotesques pas-

sages des romances de café-concert. Ainsi que toutes
ou presque toutes ses petites amies de pension, et
malgré la fréquence des *scènes* à la maison paternelle, elle se combinait, du mariage, un vague idéal
de béatitude céleste ; souvent, dans ses rêvasseries
de femmelette sèche et revêche, elle s'attendrissait
à contempler, en imagination, un jeune homme,
rose et joufflu comme un angelot d'images religieuses, mais avec une large carrure, une barbe
blonde, fine et frisée, des cheveux de la même
nuance, des prunelles d'un bleu très profond. Peu
la préoccupaient ses qualités morales : car, pourvu
de semblables avantages physiques, bien entendu il
ne pouvait qu'être parfait. Quant à sa profession...
elle serait riche pour deux, et il y a des gens très
nobles, dans n'importe quelle position ; cette
maxime, son sang la roulait, le sang de sa parvenue
de mère. Elle comptait bien, au demeurant, être,
comme cette dernière, maîtresse chez son mari. Et,
parce qu'elle devait avoir quelque fortune, elle ne
pensait guère au peu de charme de sa propre physionomie...

Au moment où, afin de marier son Louis, le vieux
dentiste commença de « *recevoir* », Rosine était une
petite personne aux cheveux châtains, aux yeux
d'un bleu pâle et grisâtre, au nez régulier, fendu
par le bout, avec une bouche trop vaste aux lèvres

toujours gercées, un menton rond coupé en deux,
des oreilles disgracieuses et des mouvements de
maigre : bref, un insignifiant ensemble ; pas d'agré-
ment ; et, malgré cela, rien de trop rebutant : sinon
une dureté, un cassant dans la voix, — toute une
révélation, cette voix :

— Même quand elle veut dire une douceur, elle
est *trop courte*, déclarait Eugénie Bersot.

Toutes deux étaient les filles d'anciens camarades
au vieux dentiste : bourgeois égoïstes qui n'avaient
rien de sa rondeur, de sa jovialité, de son en-dehors,
types caractéristiques de toute une classe momifiée
parmi la population du Nord ; parlant un patois gras,
un français stupéfiant et lourd ; buvant de la bière,
mangeant beaucoup, digérant bien, et surtout jouant
aux boules, *les dimanches et jours fériés...* Ces enfants, qui, jamais, n'allaient ni au bal, ni au théâtre,
vivaient dans la vulgarité ambiante du foyer pater-
nel, l'orgueil de leur instruction supérieure, l'intime
mépris de leurs parents ; leurs ambitions, leur inexpérience, leurs rêveries, faisaient désirer à leurs
âmes ou entrevoir le mariage et l'existence sous le
le plus faux de tous les jours.

Aussi Rosine crut-elle, tout de suite rencontrer
son idéal dans la personne de Louis d'Ohet ; le vieux
dentiste n'ignorait ni les particularités de sa naissance, d'ailleurs régularisée, ni le caractère aigre et

le manque de tact, de prestige, — spéciaux à madame veuve Leclert. Mais son désir était si grand : — vivre de ses rentes, établir Louis, pour dégager toute sa responsabilité!... Il n'avait nullement hésité à lui conseiller cette union.

X

Le mariage s'était fait. Madame d'Ohet, avec son
fils Emile et sa fille Jeanne, venait de Tours à cette
occasion; Emile, séduit par les offres d'un ami du
vieux dentiste, demeurait à Lille, dans l'espérance
de devenir un jour comptable, chez ce grand fabricant de robinets en cuivre. Excepté lui, chacun, ensuite, retournait chez soi : Madame d'Ohet rongée
de craintes, touchant le bonheur de Louis; le praticien satisfait de se retirer enfin dans son coin, de
pouvoir digérer à ses heures, expédier une supplé-
mentaire partie de billard, jouer régulièrement, le
soir, au piquet, dans un café d'habitués, en discutant un peu politique.

La veuve Leclert, installée au milieu du jeune ménage, lui abandonnait même, chose singulière

toute sa fortune, en échange d'une rente annuelle :
deux mille cinq cents francs, plus la table et le loge-
ment.

Les nouveaux époux allaient tous deux, d'abord,
accomplir leur voyage de noces à Paris : un mois
de séjour. Mais, en ces premiers instants de vie commune, Rosine, de plus en plus, se désabusait sur le
compte de son mari. Dès la nuit nuptiale, en effet,
il avait fait preuve d'une timidité ridicule, d'une in-
suffisance qu'on ne put bientôt plus attribuer à l'é-
motion du moment critique. Certes, son tempérament, à elle, n'était guère exigeant en pareille matière ; mais encore eût-elle voulu éprouver cette
grande volupté étonnée que lui laissaient deviner,
comme attachée à cette révélation, les confidences de
ses amies déjà mariées, et certains passages des livres
défendus, lus naguère, secrètement, sous le pupitre
à demi levé, ou bien dans les dortoirs, les cabinets,
en récréation. Comparant donc son sort avec celui
des autres femmes, elle s'habitua vite à mépriser
Louis comme mâle ; lorsqu'ils revinrent de Paris,
déjà, à peine au lit, ils se tournaient le dos, sans
désirs, ainsi que des conjoints aigris par une coha-
bitation difficile de plusieurs années.

Quant à Louis, tout honteux, au fond, de cette
impuissance intermittente, qu'il n'avait pas crue
aussi irrémédiablement invétérée en lui, il en gar-

dait, par une ordinaire singularité, une profonde
rancune à Rosine. Le soir, sous la lampe, elle faisait, tout en tricotant, des allusions aux hommes
usés avant le mariage, à ceux qui *n'y voient qu'un
calcul* ; il répliquait par d'autres allusions à ces
femmes sentimentales qui se sont créé, de l'amour,
une idée *d'après les livres* ; à celles qui accusent
leurs maris de leur propre infécondité.

Grâce à leur relative apathie réciproque, leur
existence se fût peut-être arrangée de l'indifférence;
malheureusement, toujours madame veuve Leclert
était là, prête à défendre sa fille, à exagérer ses épigrammes, à les assaisonner de fiel. Devenue dévote à
l'excès, elle se livrait, avec ostentation, à une prodi-
gieuse dépense, dans les églises, de petits cierges,
pour que Rosine eût un enfant. Mais neuf mois,
quinze mois s'écoulaient; nul symptôme de gros-
sesse ne se manifestait.

Dès lors, quand Louis se rendait dans la salle à
manger : une cuisine-vérandah où les deux femmes
se tenaient constamment, — en entendant sonner
ses pas dans le couloir, elles improvisaient d'insul-
tants bouts de dialogues, haussant la voix pour
qu'il n'en perdît rien, et, sitôt qu'il entrait, s'interrompant brusquement, comme surprises, déran-
gées au milieu d'expansions et de confidences douloureuses.

— Ma pauvre fille ! ma pauvre fille !... je prie pourtant bien le bon Dieu, concluait généralement la vieille, avec d'obliques regards : *Consolez-la, voyons !* dirigés vers son triste gendre, et de furieux haussements d'épaules, s'il étendait les bras pour signifier :

— Est-ce de ma faute ?

Ces réticences, cependant, irritaient, à la longue, ce bonhomme si calme et foncièrement doux. Lui, qu'avant ce mariage, jamais on ne voyait en colère, éclatait maintenant, chiffre énorme ! au moins deux ou trois fois par mois :

— Quand vous me ferez des signes, dites donc ? Ça ne prend pas, ces simagrées-là ! Qu'est-ce que vous me voulez encore ?

— Vous le savez bien, ce que je veux. Va, ma fille, laisse-moi avec ton mari.

— Oh ! pour ce que j'ai à vous dire... Encore pour un enfant, n'est-ce pas? Je ne suis pas le bon Dieu, après tout ! Est-ce ma faute si elle est stérile, votre fille ?

— Stérile? Jésus mon Dieu ! C'est vous qui étiez fini quand je vous l'ai donnée, pauvre chère ange ! Vous ne m'aviez pas dit cela, n'est-ce pas ? ni votre vieux malin d'oncle non plus... Ah ! si j'étais plus jeune d'un an, et savoir ce que je sais !

— Vous allez vous taire, entendez-vous ? vous allez vous taire ! Je suis chez moi !

— Chez vous? Et avec quoi, espèce de propre à rien ? Avec nos écus, je suppose !

— Je m'en fiche un peu, de vos écus ! Vous pouvez les reprendre, par exemple, — et votre jolie fille avec !... C'est moi qui serais débarrassé !

— Ah ! tenez, je suis vraiment trop bonne ! Ma pauvre fille !... Et si ce n'était pas pour elle !... Ah ! tenez, je m'en vais, tenez ! Mais le bon Dieu vous punira !

Louis se maîtrisait pour ne pas la frapper ; généralement, afin de se calmer, il s'en allait à l'atelier, à moins que, annonçant la présence d'un client, la bonne ne vînt les séparer :

— Encore un que je plains, celui-là ! grommelait alors la veuve Leclert.

— Qu'est-ce que vous dites ?

— C'est bon, je m'entends, je m'entends !

Il eût fallu le plaindre, en effet, aux mains d'un dentiste nerveux : heureusement, Louis ne l'était guère... Pourtant ses embarras croissaient. Malgré des circulaires, lancées dès l'ouverture du nouveau *Cabinet de Prothèse Dentaire*, avec des en-tête emphatiques, malgré les recommandations du vieux praticien, les anciens clients de celui-ci ne pou-

vaient prendre confiance en ce blanc-bec d'hier ;
tous cependant le connaissaient, avaient eu affaire,
en ces dernières années, à lui plus souvent qu'à son
oncle ; mais, par méfiance irraisonnée, ils se faisaient
soigner ailleurs.

Au reste, Rosine d'Ohet n'était point sympathique ;
sa mère aussi restait peu aimée des gens, Boulevard
de la Liberté et dans le quartier, à cause de sa mor-
gue : on se montrait friand des médisances que l'im-
prudente distillait sur son gendre : mais on se
racontait, derrière elle, des *horreurs*, — les moyens
dont elle aurait usé, jadis, pour se faire épouser par
le stupide Leclert.

En outre, souvent l'une, ou l'autre, sans souci du
patient autour duquel s'empressait Louis, du calme
dont il avait besoin, venait, sous un prétexte insignifiant, frapper à la porte du cabinet : Toc, toc,
toc, — surtout quand elles le savaient enfermé avec
une *dame* jeune et jolie. Et, s'il tardait à lui répondre, c'étaient, dès qu'il ouvrait enfin, de courtes
scènes à voix basse : coupées de regards haineux
vers la femme qui riait, profitant de son mal, à
chaque parole entendue ou devinée, pour cacher sa
gaîté soudaine dans son mouchoir... Puis, la consul-
tation finie, Rosine s'épanchait en reproches ; sa
mère l'approuvait ; et tous les trois criaient ensemble, s'injuriant :

— Pourquoi ne m'avez-vous pas ouvert tout de
suite ?

— Pourquoi ?...

— Oui, pourquoi ?.. Vous cherchez vos mots ! Ah !
je le sais bien, moi, — pourquoi. Et après, ça viendra se plaindre de ne pas avoir d'enfant !

— A qui la faute ? Et puis, d'ailleurs, ce n'est pas
de cela qu'il s'agit. C'est vieux, cette histoire-là, ça
ne fait plus d'effet; vous feriez bien de chercher
autre chose !... Comment? je m'*esquinte* à travailler,
pour retenir la clientèle: et, pour une des anciennes
qui revient, vous osez m'embêter jusqu'en mon
cabinet ?

— Une *ancienne* ! tu l'entends, maman ? Non,
c'est trop fort ! Mon Dieu, que je suis malheureuse !
Mais qu'est-ce que j'ai donc fait, mon Dieu ! pour
que vous me punissiez ainsi ?...

XI

L'enfant que ce ménage criailleur avait adopté, — par un besoin de s'attendrir, de se créer un autre lien que leur commune tendance aux récriminations : Jean d'Yme, était, à cinq ans, un superbe enfant, à l'intelligence précoce, à la santé luxuriante.

De sa mère et de ses ancêtres maternels il semblait déjà tenir la richesse du sang, l'ardeur, le courage, le goût de bataille, l'activité de soldat, la violence, l'irascibilité, un peu aussi le facile contentement de soi-même ; mais son enjouement, sa grâce, tempéraient cette pétulance ; et, de plus, sa volonté s'annonçait ferme, autant que le caractère de son défunt père Edouard.

Jean eût été fort laid, que Rosine et Louis l'auraient quand même chéri, ainsi, peut-être plus que leur propre progéniture ; mais, tout au contraire, à cinq ans, il était sinon beau, du moins joli, charmant, avec la sveltesse de sa taille, le serpentin de ses mouvements, la finesse de ses blanches menottes, la rondeur et l'incarnat de ses joues fraîches, l'éclat de ses larges yeux verts, la pureté de son petit nez à la fois court et aquilin, le cou robuste, bien attaché, les cheveux bruns, soyeux, longs comme des cheveux de fille, et dont les tire-bouchons lui descendaient aux reins... Avec cela, un léger zézayement de créole, et quelques-unes, dans le gosier, des articulations gazouillantes, petit-nègre, acquises en fréquentant les bons domestiques de couleur, employés jadis par Edouard, austère protestant, sans qu'il les traitât en esclaves...

— Ah! les braves gens, auxquels il songeait en pleurant! Mais il se souvenait aussi d'en avoir vu d'autres, durant la guerre civile, — son père parti dans les armées du Nord, comme chirurgien : des hordes noires, ou blanches, envahissant, pillant, mangeant tout, brûlant tout, crevant bêtement les bêtes, sans profit pour personne ; et sa mère, Jeanne d'Yme, éplorée ; et les serviteurs nègres, tremblant d'épouvante ; et sa sœur, sa grande sœur Louise (emportée par la fièvre jaune), répétant devant le soleil, qui se levait dans une splendeur ensanglantée :

— Dis bonzou à Zésus, qui est dans le soleil ; prie bien Zésus, l'ami de Zan, pour son papa, avec Louise...

Et puis la mort, et Tahiti, et la traversée, et la séparation, et tout !

Et voici qu'il avait douze ans ! Et, parmi l'embrouillaminis de ses réminiscences précises, il revivait, littéralement, ces cinq années de bonheur auprès de ses parents, et ces sept siècles de martyre, depuis la funeste adoption.

Certes, il le comprenait vaguement, il le comprit mieux dans la suite : cette Rosine n'était pas, peut-être, si méchante ! Mais aussi, quelle idée de vouloir, sans transition, se faire appeler : *Maman* par un enfant de cinq ans, qui n'avait jamais quitté sa mère ! Ce brusque départ, de Jeanne d'Yme, lui-même n'était-il pas une faute ? on aurait dû l'accoutumer, un peu à la fois... Certains jours, n'ayant pas revu Jeanne, il tramait, tramait des projets : s'évader, mendier sur les routes, aller jusqu'à Paris, pour voir. Car enfin, ce n'était pas naturel ! on ne quitte pas son fils comme ça ! Il en arrivait à croire qu'elle avait été empoisonnée ; que ses lettres... parbleu ! de fausses lettres ; qu'il existait, contre lui, toute une conspiration, afin de lui cacher le crime. Oh ! ces tempêtes, ces profondes rages, dans cette imagination puérile, qui s'exaltait jusqu'au délire !

4.

Et ces amertumes, quand il se disait que pourtant
c'était vrai : qu'il restait seul au monde, sans famille ; autrement, à quoi bon lui dicter ses lettres?
car on les lui dictait, après tout, et si froides ! sans
doute pour détacher, de lui, Jeanne encore un peu
davantage, lui persuader qu'il ne pensait guère à
elle, que ce petit : pas un gramme de cœur!... D'ailleurs, si l'on avait tué sa mère, n'est-ce pas? Edeline
le lui aurait écrit, fait savoir, — à moins qu'elle
aussi... mais non ! ce gros oncle Louis était incapable de tant de scélératesse...

Comme il l'exécrait, tout d'abord, cet homme à
ventre, rouge et vulgaire, si différent d'Edouard
d'Yme ! Et cependant, *cet homme* avait toujours été
son unique protecteur ! Il cherchait à se faire aimer,
déployait, autour de l'enfant, des grâces éléphan-
tines, se convulsait la face en contorsions grotesques, afin de lui tirer des rires, si anxieusement
guettés ! Il le portait à cheval sur ses tombantes
épaules, lui confectionnait des cocottes, des bateaux
doubles en papier, animait, sur les murs, des ombres
de lapins, avec ses doigts, l'admettait même au
sanctuaire : son laboratoire de dentiste, le défendait
contre les coups, répétait, avec quelle tristesse :

— Cet enfant ne m'aimera jamais! non, il ne
nous aimera jamais...

Eh ! si : peut-être qu'aujourd'hui il le détestait un

peu moins... Sûrement moins que madame Leclert, dans tous les cas !

Oh ! madame veuve Leclert, *celle-là !* de quelle inexpiable haine il la gratifiait en son âme ! *Celle-là* avait un rhumatisme articulaire, puis encore d'autres *rhumatizes*, affirmait-elle : tous les rhumatismes du monde ! Tout le jour elle geignait, égrenant des chapelets, marmottant :

— Quel monstre d'enfant ! Peut-on avoir recueilli ça ! car enfin, c'est une bouche de plus ! faisait des scènes durant un mois, à chaque nouveau vêtement que l'on achetait pour lui ; atteignait sournoisement Jean d'Yme, dans les couloirs étroits, avec la canne sur laquelle elle s'appuyait : sous prétexte qu'il s'y plaçait exprès, pour entraver sa marche et boucher le passage. A présent encore, malgré lui, Jean la comparait à ces vieilles fées, mégères horribles, ridées, grimaçantes, malfaisantes, des contes naïfs de son enfance : mais aucun danger, par exemple ! de voir ce visage dépouiller son masque de colère, ces mains crochues lâcher leur baguette noueuse, ces membres contournés, ankylosés, quitter enfin leurs vêtements de pauvresse ou d'avare, — reprisés et luisants !...

Cependant, au bout d'une année, naguères, — il se le rappelait : il s'était un peu apprivoisé. Rosine, Louis, la vieille Leclert elle-même, l'accablaient de douceurs, de sucreries, de paroles mielleuses; à six ans, six ans et demi, il les aimait presque : par une jalouse rancune contre sa mère, et par la certitude, logiquement acquise, qu'elle ne pouvait le garder près d'elle... On se pliait si bien, alors! à ses caprices d'idole : et aujourd'hui, il se reprochait de s'être, en ce temps-là, souvent trompé ; d'avoir appelé : *père, mère, grand'mère*, ce trio d'inconscients bourreaux. C'est que Rosine se donnait tant de mal pour lui faire apprendre ses lettres, aligner des bâtons ! Rarement des coups, vite compensés par des caresses, qui en facilitaient l'oubli : Jean étant câlin et fort tendre... Louis le secouait si bien sur ses épaules, en revenant du Théâtre, voir *Orphée aux enfers* !... On retournait sur ses pas si volontiers, quand il voulait absolument passer, tapant des pieds, sur les sonores plaques des égouts ! On mettait une telle patience à remplir, alternativement, d'eau et de vin le verre de Jean : quand il en jugeait le contenu ou *trop rose*, ou *pas assez rose!*

Heureux jours, trop vite écoulés! Tout ce bonheur avait cessé, depuis qu'on prétendait l'obliger à sans cesse dire : *père, mère, grand-mère;* depuis que l'on cherchait à lui persuader, que Jeanne était sa tante seulement :

— Oui, mon petit Jean, c'est ta tante. Elle ne t'aime pas du tout, vois-tu. Ainsi tu lis maintenant, n'est-ce pas? tu es un grand garçon : eh bien! lis ça; tu vois? c'est un contrat, un... papier, signé par ta mère, *ta tante* Jeanne, et elle déclare qu'elle renonce à toi. Elle te laisse à nous autres toute la vie; tu comprends bien?... nous ne t'avions pas avoué ça tout de suite, pour ne pas te causer de peine. Mais puisque tu ne veux pas de nous, malgré tous nos *sacrifices*, il faut bien s'y résoudre, enfin!...

Quelle terrible semaine il avait passée là, après cette édifiante lecture! Ainsi, sa mère ne l'aimait plus? c'était écrit : et, comme les très naïfs esprits des paysans ou des petits, Jean ne croyait alors qu'aux choses écrites .. Que de larmes! que d'illusions perdues! Eh bien, ce n'était pas possible, il y avait quelque chose là-dessous... Un jour qu'on parlait de faussaires :

— Qu'est-ce que c'est qu'un faussaire? mon oncle, demanda-t-il.

Et, le mot expliqué, réflexions et silence; mais son opinion était faite : on lui avait montré un faux *papier*, sa mère n'avait pas signé ça. Toutes sortes d'historiettes, lues un peu partout, lui revenaient, relatives à des enfants volés; il se jurait de ne jamais considérer ces gens que comme des malfaiteurs; quand il serait grand, il les poursuivrait en justice, les attaquerait par tous les moyens, délivrerait Jeanne, bien sûr en prison quelque part! et, d'avance, il se sentait fier, très fier de son héroïsme...

Mais, hélas! depuis ce serment, la vie horrible commençait! Rosine n'osait plus s'en aller en visites, avec ce *mendiant* si ingrat; ses bonnes amies riaient de ses longues et grises mines, quand Jean répondait: « Oui, ma tante ». Louis lui-même, attristé, aigri, dans sa grossière sentimentalité, par le manque d'un cœur au foyer, ne lui disait presque plus rien. La vieille fée avait choisi Jean comme un docile souffre-douleurs: c'étaient de furtifs coups de bâton, d'irréparables mots mâchonnés à mi-voix, des affronts en présence des gens, des menaces de l'enfer, des tentatives de conversion au catholicisme, des monologues :

— Pardine! c'est le diable qui est en lui! Il est possédé, ma parole; c'est un damné! une perdition!... Il attirera le malheur ici!...

Le frère de Louis: Edmond d'Ohet, et sa très insignifiante femme, se vantant de *mener* leur fils Emile *à la baguette*, proclamaient qu'ils sauraient bien, eux! dompter *cet enfant de sauvages!*... — « Mais Louis est trop mou : tu es trop bon, vraiment! » Or ils gâtaient, à le pourrir, leur rejeton insupportable, vrai gamin de rues provinciales.

Enfin le vieux praticien, les amis, interrogés, conseillaient la patience: fâchés d'être dérangés dans leur égoïsme :

— Voilà ce que c'est, ma chère, de réchauffer un serpent dans son sein !

— Le fait est, murmurait Rosine...

Elle avait eu pourtant, elle avait de bonnes heures, des retours de tendresse où, poussée par Louis, elle raisonnait ou suppliait l'enfant, insensible aux prières et muet sous les coups. Ce petit cœur éprouvait, toutefois, des besoins de se dégonfler : seul, Jean pleurait, parlait, gesticulait, — tour à tour furieux ou désespéré, et découragé moins souvent...

A sept ans, il reçut une maîtresse de français et de calcul ; à neuf, grâce à cette aimante femme, il ne commettait plus une seule faute d'orthographe. Il l'adorait, cette bonne *Madame* ! il lui avait, si fréquemment, conté ses infinies douleurs ! Comme elle sanglotait avec lui ! Et comme, hypocrisie sublime, après des quarts d'heure de confidences, de consolations, d'encouragements, — comme elle savait, imperturbable, si tout à coup Rosine entrait, — changer de thème :

— Bien, très bien !... Et *surcroît*, comment l'écrivez-vous ?...

Pourtant, du moins en apparence, elle ne prenait jamais parti pour lui, la bonne *Madame* ; souvent il s'écriait, injuste :

— Vous ne m'aimez pas non plus ! je vous déteste, *na!*

Mais elle avait des yeux si désolés, sous ses lunettes, qu'il se jetait à son cou, appelait Rosine du nom : *maman*, une ou deux fois devant *Madame*, à seule fin de lui faire plaisir, quitte à se venger du trio par toute une journée de mutisme.

Le mutisme, en effet, était sa meilleure arme ; mais sa santé souffrait beaucoup de cette continuelle contrainte, de ce reploiement, sur soi-même, d'un enfant né pour les ébats au grand air salubre. Le sang s'appauvrissait, il devenait un paquet de nerfs en perpétuelle vibration. L'expression du visage s'affinait; une gravité rendait les yeux plus fixes; parfois les gaietés refoulées éclataient en fusées qui ressemblaient à des sanglots : saccadées, terminées en spasmes, en pâmoisons hébétées, inquiétantes comme des rires interrompus de fou.

Il jouait peu, confiait peu ses tortures à ses petits camarades: un voisin, Adolphe Blondel; la sœur de ce dernier, Ninie, une blondine, *femme* de Jean, déjà coquette, coquette et cruelle, l'innocente ! et son cousin Emile, chargé de l'espionner.

Cette contention d'âme avait développé l'originalité de l'esprit, chez Jean. Il aimait peu les exercices violents, qu'on ne lui permettait jamais ; ses muscles ne se fortifiaient point; le superbe Jean de jadis resterait maigre ou mince, méprisé des athlètes brutaux, des condisciples plus avigourés que lui par la gymnastique et les promenades quotidiennes. Aussi des jeux toujours paisibles : d'architecturales con_ ceptions, des idées d'ingénieur, tunnels dans le sable, mignons chemins de fer; des batailles rangées, sur une table, entre des combattants de plomb, avec des projectiles de pain ; des lectures, surtout des lectures! De chansons, il n'en savait pas, aucune de ces rondes si jolies, de ces beaux refrains pué- rils; seul, dans toute cette maison, l'oncle Louis fredonnait, loin de sa terrible femme, des imbécill- lités patoises, auxquelles Jean ne comprenait rien... Comme promenades: faire le marché avec Rosine, afin de porter le panier, d'un poids effroyablement lourd ; le dimanche, tenu par la main, aller, sur l'Esplanade, écouter la musique; les soirs d'été, pour respirer! marcher, toujours accompagné, le longs des puants quais de la Deûle: noire, sinistre- ment gargouillante, encombrée de bateaux béants; ou le long du canal bitumeux et clapotant, avec d'in- fâmes relents de poix, de goudron, d'ordures remuées, d'égouts reçus, déversant là leur vomisse- ment... Et perpétuellement *donner la patte*, comme dit la fée; répondre à des questions de gens qui souriaient en dessous; ne pouvoir courir en avant, avec les amis tolérés, sinon avec l'espion Emile!... mieux valait se faire punir, enfermer les jours de congé, au pain sec, à l'eau, le nez dans des livres, les yeux se fatiguant, dans l'ombre, à déchiffrer des caractères, l'esprit se diluant en rêveries embrumées, jusqu'à l'écrasement du sommeil dans la petite couchette de fer... Heureux quand on ne le condamnait pas à écosser des pois, des fèves, à éplucher l'oseille destinée aux conserves !

Pour les heures de cachot dans la chambrette, la bonne *Madame* oubliait, comme par hasard, des bouquins vite dissimulés, avec quelles ruses ! par le coupable... Elle en oubliait si souvent, que madame veuve Leclert la remerciait un jour, malgré les larmes de tous deux : la fée avait ouï les confidences, derrière une porte... Pauvre *Madame!* encore une qu'il rechercherait, plus tard, comme sa mère Jeanne, et qu'il dédommagerait, oh ! oui...

Puis, on le mettait au Lycée. Il avait neuf ans : la Huitième. Il se souvenait de sa visite, avec Rosine, chez le proviseur, M. Kirsch, un bon gros homme tout blanc, la boutonnière fleurie d'une rosette rouge :

— Je vous le recommande, n'est-ce pas, monsieur?... Nous l'avons adopté, c'est notre neveu; sa mère le détestait. Et, après tant de *sacrifices*, il serait malheureux d'en faire encore, s'il devait être un mauvais élève...

. — Je ferai le possible, madame.

Mêmes paroles chez M. le censeur, mêmes paroles chez le professeur, M. Buridan.

— Nous le dresserons, soyez tranquille! avait-il dit de son ton bref: roulant, dans son visage rubicond de buveur, ses larges yeux bêtes et féroces grimaçant un oblique sourire, sous les crocs de ses moustaches rousses.

Certes, Jean se le rappelait, ce *sous-off*, comme le surnommaient les petits, tandis que les maîtres d'études semblaient extrêmement satisfaits d'eux-mêmes, après l'avoir appelé : *cet âne de Buridan*. Oui ! le terrifiant homme, avec ses coups de poing sur la chaire, ses sauvages roulements de prunelles, sa voix tonnante, mais enrouée, criant :

— D'Yme, vingt-cinq fois *Rosa!*...

— D'Yme, tenez-vous droit!...

— D'Yme, encore une leçon mal sue?...

Et d'Yme, et d'Yme, et toujours d'Yme ! Le zèle de Buridan était devenu tel, que tous les jours, après les devoirs terminés, les leçons récitées, l'enfant peinait, en compagnie d'une bonne, jusqu'à minuit, pour achever d'immenses pensums. Et on le réveillait à six heures :

— Allons, grand fainéant! il faut repasser vos leçons. Et tâchez de les réciter sans faute, vous entendez? Et avec le ton !

Il fallait réciter *Templum, le Temple,* avec le ton...
Puis quand les leçons repassées, rerécitées, — *avec
le ton,* l'horloge marquant à peine sept heures, on ne
savait que lui faire faire :

— Je puis jouer... ou lire, ma tante ?

— Voyons votre copie, d'abord... c'est honteux !
vous allez attraper un zéro ; recommencez-moi ça.
A-t-on jamais vu ce gribouillage ?

Et des calottes, des regards durs ! et des ricanements de colère ! Ah ! tout était bien pire, déjà, que
du temps de la bonne *Madame!...* Rosine n'imagi-
nait-elle pas, pour accélérer les progrès, de forcer
le dentiste à revoir son latin ! Et le gros homme
valait à peindre, se remémorant, à mi-voix, les
déclinaisons, les conjugaisons ; suant, soufflant, auprès de Jean, sur des mot-à-mot d'*Epitome!* Quelquefois, comme il était bon, il bâclait, en cachette, ses
interminables pensums. Mais, pour le diriger, plus
il se donnait de mal, plus se multipliaient les notes
mauvaises, les mauvaises places : vingt-cinquième
en latin, sur trente ! car tout le reste se maintenait
assez satisfaisant. Madame d'Ohet en profitait pour
invectiver son mari, qu'elle méprisait de plus en
plus ; et, seule avec sa fille, la vieille fée concluait,
en appuyant sur les sous-entendus :

— Evidemment ! il n'est pas plus propre à ça que
pour *le reste:* bon à rien, bon à rien, c'est le mot.

Et on parle des malheureuses qui font des traits à leurs maris !

Enfin Jean déclarait qu'il voulait essayer de travailler seul; en effet ses devoirs, quoique déplorables, étaient encore supérieurs à ses compositions, et son professeur lui disait :

— D'Yme, vous vous faites aider : vous êtes un fainéant ! un cancre !... Eh bien ? vous avez l'air de rire : retenue simple !... Ah ? ça vous est égal : retenue de promenade ! *sans ex*, vous entendez ? *sans ex!...*

Jean n'avait plus assez de jeudis, de dimanches, pour purger toutes ses punitions; dans ses méfiances d'enfant, il en venait à croire que le dentiste, exprès, commettait des fautes pour le faire *coller*. Et, véritablement ! à peine commençait-il à se tirer, lui-même, d'affaire, que, de vingt-cinquième, il devenait dixième, puis troisième, et chaque jour ensuite progressait. A la fin de l'année scolaire, il remportait tous les prix, sauf celui de latin : ce qui lui valut une sérieuse *tripotée*, malgré le plaisir de Rosine à promener le petit prodige chez ses amis, en affirmant :

— Ah ! dame, si je ne m'en étais pas tant occupée, *et Louis aussi!...* Il eût pu faire mieux, mais enfin !...

Alors comme aujourd'hui, madame d'Ohet avait

surtout la passion des visites officielles; elle jugeait
utile de demeurer en communication avec les professeurs de son fils adoptif. Avant la rentrée, aux
étrennes, à Pâques, après la distribution des prix,
elle s'informait de leurs familles, accablait leurs
enfants de sacs de bonbons, leurs femmes d'a-
vances, eux-mêmes de remerciements et de protestations! La veuve Leclert blâmait ces dépenses,
mais encourageait aux visites, *car enfin il faut
tenir son rang*.

Cependant, quelques éloges qu'il eût mérités,
quelques résultats qu'il eût atteints, jamais on ne
récompensait Jean : deuxième ? il aurait pu mieux
faire, les maîtres, le censeur, le proviseur, tout le
monde! le lui serinait sans repos; premier ? note
de copie trop basse... Et, depuis trois années, il
s'entendait rabâcher ça, partout et par tous : Jeanne
elle-même!...

— Et la Septième ? encore une classe! les remon-
trances d'un professeur brutal, toujours mécontent,
qui battait ses élèves, aimé d'eux malgré tout,
parce qu'il mimait les chapitres de l'*Epitome Græcæ*,
simulait la folie de Solon — à s'y méprendre... Et
la Sixième ? les calembourgs de M. Renard, qui le
surnommait *Didyme*, ce pédagogue! sans que Jean
ou ses camarades y comprissent rien...

— Ah! la sale vie! ah! la sale vie! Jamais de

jeux ; des promenades ! qui n'en étaient pas ; des reproches, et des cris, et des coups !...

Et maintenant qu'il avait douze ans, maintenant qu'il en était en cinquième, lisant et lisant et lisant, c'était pire que jamais auparavant : Quinte-Curce, la Chrestomathie, les lettres dictées pour sa mère, pour Edeline, les gifles à chaque : « Oui, ma tante», le bâton de la vieille Leclert dans les couloirs, ses anathèmes de sorcière catholique et fanatique, et les visites, et les visites, et les imbécillités désespérantes de Cornelius Nepos et de Lucien, trop vides, trop puérils pour la précocité de sa raison assombrie...

Il gardait, cependant, quelque chose d'enfantin, de candide, grâce à la grande pureté naïve où le laissaient ses ignorances : n'entendant rien aux billets d'amour que se faisaient passer les pensionnaires durant les classes, aux rendez-vous dans les dortoirs, quand le pion serait endormi ; son isolement le préservait de toute cette ordure, car on allait le conduire, le chercher au Lycée. Pendant les récréations, une de ses joies était de regarder certains internes ratisser leurs petits jardins, tandis que les violents jouaient à la main chaude, aux barres, à saut-de-mouton, aux voleurs et aux gendarmes, aux billes, le trouvant *trop fier* pour même lui proposer leur société, à *cet aristo* ! Sans doute, il se battait aussi, toujours contre les forts avec les

plus faibles, — dédaigné des uns et des autres, à
cause de sa gracilité ; bien plus, il jouissait d'un ennemi personnel : un jésuitique colosse, hypocrite,
rapporteur, nommé Gauche, qui tapait dans le vide,
en jurant, harcelé par ce *gringalet* plus brave et
plus leste que lui. Deux ou trois fois par an, revenu
l'œil poché, la culotte déchirée, Jean se voyait punir par Rosine ; mais on ne le houspillait guère :
cette terrible madame d'Ohet courant, à chaque
égratignure, exiger une enquête, des châtiments
pour les coupables, — moins afin de venger l'enfant
que les vêtements endommagés...

A la maison, il passait des après-midi entiers
dans l'atelier, parmi les étaux, les marteaux, les
meules, les limes, les moules à mâchoires, en plâtre, les dentiers en hippopotame, en or, en caout-
chouc, en platine, les plaques de dents artificielles,
les scies, les pinces, les filières enduites de cire
jaune. Il regardait travailler son oncle, s'efforçait
lui-même de l'imiter, heureux si le gros homme,
examinant son œuvre et celle d'Adolphe ou bien
d'Emile, le proclamait, en plaisantant, *le meilleur
ouvrier* de son laboratoire. C'est surtout quand les
deux femmes restaient à la maison, que, certain
d'être dérangé, dans sa chambrette, en ses lectures,
l'enfant suivait partout Louis, jusque dans son salon
d'opérations; là, il s'asseyait sur une des chaises, sur

un des fauteuils en velours vert, en bois d'acajou,
tandis que le bonhomme visitait des outils, ou
essayait des dents à un client ami. Il le connaissait, ce salon, l'un de ses ordinaires refuges!...
depuis le papier peint marron, depuis le vieux
tableau flamand, non signé et à la manière de
Van Ostade : des hommes buvant dans un cabaret,
—jusqu'aux lithographies de *Mazeppa* et de *Fran-*
çois Ier au lit de mort de Léonard de Vinci ;'depuis la
figure, — un zinc d'art, — de chérubin bouffi, suppor-
tant un bassin-crachoir nickelé, jusqu'au petit bureau rougeâtre, où l'on serrait les instruments ; depuis le Sophocle de la pendule, jusqu'aux deux coupes, en marbre noir, de la cheminée sans dessus ;
depuis le tour à colonnette jusqu'au lourd fauteuil
Morrison, au mécanisme compliqué... Il aimait s'oublier, stupide, à voir Louis ranger ses tiroirs, mur-
murant : — Dents naturelles... dents minérales...
dents sectionnelles... dents plates... dents à talons...
dents à tube...

Et les spatules, et les cuillères, et les plom-
boirs, et les soudures, et l'or pour aurifications,
et les ressorts, les caustiques, les caoutchoucs
divers, les limes en corindon, les pièces cloison-
nées, découpées, estampées, les daviers, les forets,
les grattoirs, les riffloirs! Jean s'abrutissait à l'entendre, en avait presque mal aux dents...

5.

Trop rares étaient ces bons moments. Le jeudi, le dimanche, les journées de congé, il ne pouvait demeurer au lit ou dans sa chambre : on l'éveillait à des six heures, pour partir en pèlerinage, avec madame d'Ohet, à Loos, afin d'obtenir de bonnes places !... Il fallait marcher et marcher, à jeun; dégringoler en des bas-fonds, pour abréger un peu la route ; suivre ensuite le chemin de Lille à Béthune, poudreux, sale, bordé de fabriques, d'usines noirâtres et sinistres, crachant une fumée nauséeuse, ou de couvents blancs, ou de propriétés à grilles, séjours de riches Lillois qui s'y croyaient à la campagne... Rosine allumait des cierges, mettait, dans les mains de l'enfant, un paroissien, sans réfléchir qu'il était calviniste : elle qui, d'ailleurs, jamais, n'allait à la messe le dimanche. Et l'on s'en revenait à pied. Pendant ce temps, à la même heure, l'impotente Leclert se traînait, sur sa canne, jusqu'à Saint-Etienne, et allumait aussi des cierges. Puis, quand tous étaient réunis, elle se plaignait, régulièrement, de ne pouvoir plus accomplir les pèlerinages d'autrefois : — lorsque, afin de faire réussir son mariage, elle partait pour Péruwelz, en Belgique, et de là, sur d'effroyables pavés, en ensanglantant ses pieds nus, gagnait N.-D. de Bon-Secours, après une heure et demie de montée...

XII

... Interrompu dans la traduction de son chapitre, Jean vient de revivre cette vie. La nuit descend, l'heure du *souper* se fait prochaine, il a complètement oublié Cornelius Nepos, ses devoirs :

— Bah ! c'est samedi ; demain je n'ai pas de retenue, je travaillerai toute la journée.

En somme, il se trouve content de son après-midi. Sans doute, il est neuvième en version latine : sans doute, il a reçu des coups, entendu des paroles mauvaises, invraisemblables, et il en a souffert, et il en a pleuré, et il a jeté ses livres avec rage, et il a martelé, du pied, les murailles de sa chambre, et il a, une fois de plus, gesticulé des gestes fous !... et, son tempérament moral étant presque tout féminin, — après la colère lui ont monté les sanglots

à la gorge, les larmes aux yeux, et, au cerveau, un
découragement sans limites : la morne certitude
lassée de sa faiblesse, en présence de l'injustice
aveugle et de la brutalité irraisonnée ; après les cris,
après des vomissements d'épithètes injurieuses, il
s'est mis à verser, bêtement, des larmes et des
larmes d'enfant malheureux... Mais si aujourd'hui,
pour se consoler, il n'a pas pris un volume de vers,
s'il ne s'est pas laissé bercer, longtemps, par leur
rythme et par leur musique : du moins il a mûri
son esprit, sa raison, par ce retour de sa pensée
vers son antérieure existence....

Et, à présent, il tient une grande résolution :
après tout, il doit obéissance à sa mère, qui l'a
confié à ces gens ; il leur doit, en outre, une certaine
reconnaissance matérielle ; car leur acharnement
provient de leur amour pour lui : amour mal entendu, parbleu ! mais amour véritable, — doublé
d'une jalousie féroce... Il s'efforcera donc de satisfaire Louis, Rosine, la fée elle-même, afin de satisfaire sa mère... Pas de rancune : il se souviendra
de la prière que, tout petit, Jeanne et Louise lui en-
seignaient : « ... Et pardonnez-nous nos péchés,
comme nous pardonnons à ceux qui nous ont offen-
sés... » Peut-être obtiendra-t-il un peu de liberté,
ainsi ; peut-être pourra-t-il en user, et qui sait ?...
pour correspondre secrètement avec Paris...

Entre Rosine.

— Eh bien! *monsieur*, le souper est servi. C'est à nous d'attendre *monsieur*?... Allons, allons! plus vite que ça!

— J'allais descendre, *mère*, dit-il.

Et si doux, si câlin, d'une voix si encombrée de sanglots retenus!

-- Ah?... Je ne t'en veux pas, va! c'est fini, mon chéri ; viens m'embrasser...

Et, dans sa passion maternelle, elle pleure, sincère! tandis que Jean éclate aussi, court dans ses bras ouverts, heureux de se soulager, de se voir aimé, espérant même, vaguement, que le malentendu cessera.

— Ah! mère, ah! mère, ah! mère, redit-il, délirant.

Et tous deux ils sont bien contents.

DEUXIÈME PARTIE

I

Jean va bientôt avoir treize ans. L'année scolaire vient de finir : il a terminé sa cinquième.

Depuis deux jours, madame d'Ohet montre un affairement singulier ; depuis deux jours, sur le fauteuil-Voltaire de sa chambre à coucher, s'étale une magnifique robe de soie vert-myrte ; pour la circonstance, la vieille fée lui a même prêté de superbes dentelles anciennes, qu'elle gardait précieusement depuis son élévation, à la dignité d'épouse, par le pauvre Anastase Leclert. Ce matin encore, Rosine, rouge de colère, tenant Jean par la main, s'est rendue chez la modiste, lui a signifié sa volonté de recevoir aujourd'hui, enfin ! son chapeau neuf : faute de quoi, elle le lui laisserait pour compte, et ne mettrait plus les pieds chez elle.

— A-t-on jamais vu cela? dit-elle à son mari... Un chapeau commandé voici tantôt quinze jours!.. C'est votre faute, aussi, à vous! Eh! oui, c'est votre faute, sans doute! Vous lésinez sur ma toilette, vous cédez au dernier moment; vous voudriez que j'aille toute nue! C'est demain la distribution, *gna pas à dire*, il faut que j'accompagne cet enfant: et me voyez-vous avec ce vieux capet honteux?... Ah! vous me rendez bien malheureuse!

... A présent, voici le grand jour. On a livré à temps le fameux chapeau neuf. La cérémonie commencera à dix heures précises. A six, Rosine déjà debout, les domestiques sont affolés, la fée ajuste les dentelles, Louis lui-même donne des conseils. Jean aussi se trémousse, gêné dans le « *long panta-lon* » qu'il revêt pour la première fois; toutes les quatre minutes, il se contemple dans une glace:

— Ah! ce pantalon! Non, c'est hideux! je suis ridicule.

— Hé bien?... nous allons nous fâcher!

— C'est plus fort que moi, je trouve ça laid!

— Tiens, toujours autrement que les autres. Voyez Blondel: il est tout fier de son panta*lon long*, Blondel!... Enfin, tu l'as, tu l'as? n'est-ce pas! et laisse-nous tranquilles, il n'est que temps. C'est bien la peine de se saigner aux quatre membres, et de faire encore ce *sacrifice* d'un vêtement neuf de cinquante francs! car enfin, c'est un *sacrifice* de cinquante francs, *gna pas à dire!*

En effet, il *gna pas a dire*, et Jean se tait, fort mécontent.

— Pourvu que je remporte tous les prix ! pense-t-il.

Car, s'il ne les remportait pas, ce serait une scène épouvantable, et des coups, et des reproches, et des : « *Va-nu-pieds!* », et une lettre, oh ! surtout cette lettre à sa maman Jeanne, qui pleurerait !

Que d'efforts il a faits, pourtant ! non pas, certes, par amour-propre : mais pour satisfaire sa mère Jeanne : et puis, quel espoir, s'il *a tout* !

— Si tu *as tout*, disait Rosine, nous irons à Paris, cette année : ce sera ta récompense. Nous nous amuserons bien ; et tu verras *ta tante*, mère Jeanne.

Tante, mère, peu lui importe, hélas ! pourvu qu'il la puisse embrasser ! Aussi, comme il a travaillé !... il en est malade d'épuisement. Et maintenant, l'émotion le coupe en deux, lui semble-t-il; et, lui qui ne croit pas en Dieu, sinon quand il en a besoin, il se jette à genoux, dans sa chambre, devant le crucifix d'ivoire ; et comme s'il était temps encore :

— Mon Dieu, faites que j'aie tous les prix ! mon

Dieu, faites que je les aie tous, afin de voir ma mère, maman ! Et je vous aimerai bien, mon Dieu !

Quelle désillusion, tout à l'heure, si, après une année de peine, d'obéissance à cette Rosine, d'humilité auprès de la fée, après tant de *sacrifices*, — vrais, ceux-là ! — il allait ne point *tout avoir* ! Et le cœur lui bat à grands coups, depuis des mois, à cette idée ; la nuit, il en rêve, endormi ; le jour, il y songe, éveillé. Voilà des semaines que, lui externe, il raye, comme font les pensionnaires, régulièrement des dates sur un calendrier. A-t-il assez soupiré après cette maudite distribution ! et, aujourd'hui qu'elle est prochaine:

— Qu'est-ce que tu as donc? crie Rosine. On dirait que tu trembles? quand tu resteras là, bouche béante, avec ces manières d'ahuri !...

Enfin, huit heures et demie sonnant, on s'en va pour la préfecture : encore le *sacrifice* d'un fiacre.

Madame d'Ohet arrive la première, au milieu de la salle d'honneur. Les fauteuils, sur l'estrade, sont vides ; les fauteuils réservés aussi ; on achève d'aligner des chaises, tout au fond du vaste local. Des deux côtés, perpendiculairement aux rangées des sièges destinés aux familles, s'allongent sur des gradins les bancs en bois, drapés de serge verte, pour les élèves, avec des écriteaux : *Rhétorique, Seconde*, etc... *Cinquième* :

—Quand le Lycée viendra, n'est-ce pas? tu iras rejoindre ta classe.

Et des recommandations:

— Fais-toi couronner par tes anciens professeurs, et par le proviseur, par le préfet, surtout par le général. Ce serait une bonne chose d'intéresser ces messieurs à toi; nous pourrions même aller leur faire visite, ensuite: n'est-ce pas que ça te ferait plaisir?... Tu ne réponds pas?

— Si, tante. Oh! certainement... certainement, mère, ça me ferait plaisir.

Ce serait bon, cependant, après une telle corvée, après une émotion si douloureuse, après tant de journées laborieuses, — ce serait bon de se reposer en lisant ses prix, ou de gambader, au grand air, avec l'espoir de voir Jeanne d'Yme!... Ah! bien oui: tout de suite, l'après-midi, il faudra se mettre en courses, exhiber ses couronnes, recevoir des baisers, des félicitations, — ou des reproches, qui sait? — et cela pendant près d'une semaine... Et l'on est obligé de mentir, de se montrer joyeux: sale vie!...

En attendant, les parents arrivent, se saluent, s'asseyent, causent entre eux :

— Oh! moi, je ne compte guère sur Maurice. Il n'a rien fait du tout, cette année.

— Ni moi sur Léon, il a été malade tout le temps.

— Enfin, il a fait ce qu'il a pu !

— Je n'en dirai pas autant du mien...

Et tout ce monde s'entreregarde avec une secrète jalousie ; espère, malgré ses protestations ; parlera d'injustices, si Léon n'est pas couronné ; écrasera, de méprisantes phrases apitoyées, son voisin, si Léon *a tout*... Rosine, particulièrement, se réjouit ; elle sait bien que Jean d'Yme tient de beaux succès, mais elle se récrie :

— Ce pauvre petit ! il se tuerait à travailler, si nous le laissions. Alors, vous comprenez, nous l'avons modéré... Oh ! non, il n'aura pas grand'chose.

Si ce devait être vrai, pourtant !

— Oiseau de mauvais augure, marmotte Jean ; et, de nouveau, sa fièvre d'inquiétude le ronge.

Enfin les écoliers font leur entrée, bruyants, conduits par leurs maîtres d'études. Une musique invisible éclate triomphalement. Majestueuses, d'un noble geste écartant la portière du fond, les autorités, une à une, pénètrent sur l'estrade. C'est d'abord M. le Préfet, dans son riche habit tout brodé, avec de longs favoris jaunes, un crâne d'oiseau, une voix aigrelette qui, déjà, perce les oreilles de tout le monde. M. le Général, encore plus remarquable, plus brillant, plus chamarré, la joue coupée d'une cicatrice, l'œil féroce et profond fusillant une tête vague. Et des toques, des robes, des her-

mines ! et des épitoges, jaunes et rouges, et des cliquetis de fourreaux traînés, et des saluts obséquieux,
de molles poignées de mains officielles. Et M. le
Doyen de l'Ecole de médecine, qu'on se montre, à
cause des fugues de son épouse... Et puis ! MM.
les professeurs, qui se dandinent, en ponti-
fiant, au milieu de ce carnaval, penchés vers leurs
voisins, le pied dans une main, l'autre ouverte en
geste vaguement oratoire... Coups de clochette, silence profond. Voix pointue de M. le Préfet ; voix
grasse de M. le Proviseur; discours fleuri, patrioti-
que, de M. le professeur de philosophie ; salves d'applaudissements, fanfares, enthousiasme et vacarme !

Et maintenant se lève le censeur, sec et maigre
pantin de bois articulé : qui, de son organe bref,
bredouille le palmarès. On aperçoit de hauts jeunes
gens, chargés de livres, laurés, grotesques, embrassés avec des sanglots par des crânes chauves et
de gros ventres, au milieu de fronts s'épongeant.
Messieurs les maîtres répétiteurs s'agitent, tendent
les bras, plongent les mains dans les paniers pleins
de couronnes, désignent des personnages, leur mènent des lauréats, tandis que désespérément, partout à la fois, s'envolent au plafond les basques d'un
habit noir ; la *queue de morue*, disent les élèves, de
Peau-Rouge, cramoisi surveillant général, — l'honorable M. Gressier.

Plus M. le Censeur, lisant le palmarès, se rapproche de la cinquième, plus Jean s'épouvante, malgré ce qu'il entend autour de sa personne :

— Bah ! c'est encore d'Yme qui *a tout !*

— Est-il gourmand !

— Taisez-vous donc : je n'aurai rien de rien, au contraire.

— Va donc, eh ! *chouchou !*

— Est-il hypocrite, cet animal-là !

— As-tu fini de poser ?

— Ne fais pas ta Sophie...

— Espèce de flérot !

Et l'enfant, subitement poussé, comme par un ressort, se dresse sous un coup de poing dans le dos :

— Eh bien, quoi ? on te nomme, dépêche-toi.

— Es-tu bête ?... Il est sourd !

— Dis donc, si tu ne veux pas de tes prix, moi je les accepte.

Et, dans la foule, là-bas, Rosine se démène, fait des signaux : « Va donc, va donc », hausse les épaules... Jean d'Yme dégringole les gradins :

— Par ici, lance M. Gressier, devenu, de cramoisi, violet.

Alors, de général en préfet, de préfet en proviseur, en professeurs ; stupide ; écrasé de livres ; des couronnes au bras, trois diadèmes au front comme

un pape, tout un quart d'heure durant il roule,
triomphateur inconscient; d'instinct, à chaque contact de lèvres visqueuses, il s'essuie sans répondre
aux félicitations qu'il n'entend plus ; désireux seulement d'être débarrassé, afin de se rendre compte
que tous les prix sont bien à lui... Un éclair : et celui
d'allemand ?

— Non, ce n'est pas moi ; je n'ai pas de *veine* :
après s'être *échiné* plus que pour tout le reste !

Pas de Paris, adieu maman Jeanne !

Et les pères, les mères se le montrent, cherchant
à atteindre Rosine, pleurnichant des : « Pardon !
pardon ! »

— Le brave enfant !

— Il pleure de joie.

— Ah ! vous êtes bienheureuse, madame !

Non, ce n'est pas de joie qu'il pleure, cher monsieur grave, quand sa tante l'embrasse et s'écrie :

— C'est bien, très bien, mon chéri ; mais voilà :
il y a ce malheureux allemand !

— Oh ! mère, ce n'est pas de ma faute, voyons !
Est-ce que j'irai à Paris tout de même ?

— Nous verrons ; ne pleure pas, mon petit. Si tu
es bien sage, nous irons.

Etre sage, c'est dire toujours : *Mère*. Enfin !... cela
coûte cher, sans doute ; mais ce sera pour voir
Jeanne d'Yme. — Convenu !

Aussi, comme Jean rit et s'anime! comme il saute à cloche-pied, tout le long du boulevard de la Liberté! car pour montrer, à toute la ville, les lauriers et les livres d'or, on a congédié la voiture.

Sur le seuil, Louis, la vieille fée, les parents, les amis, jusqu'aux domestiques, attendent ce retour, très émus... Nouvelles félicitations; nouveaux baisers gluants, mécaniquement posés; en outre, pâmoisons des serviteurs, béants.

— Allons, décidément, cette fois, j'irai à Paris, conclut Jean.

Il exulte, joue avec son cousin Emile, blême de rage, à cause de son unique succès en gymnastique. Il dit: *père*, *mère*, tout ce qu'on veut; il embrasse dans les coins Ninette, sa *petite femme*, qui se laisse faire, oublieuse de sa coquetterie pour une journée d'admiration; pour tout et pour tous, il se sent de l'amour jusqu'au bord du cœur.

— A table! crie madame d'Ohet. A table, donc! il est midi.

Alors, c'est une surprise réelle: dans l'immense cuisine-vérandah, au milieu du resplendissement, sur les murs, de la ferblanterie et des cuivres, la table s'arrondit, démesurée, avec ses trois rallonges, une éblouissante nappe et vingt couverts au moins.

— Hein? mon chéri! es-tu content?... Oui, j'avais vu monsieur Bouvard, et ton professeur m'avait renseignée. Alors, pour te récompenser, j'ai invité tous nos amis. Viens avec moi, au salon rouge, offrir ton bras à une dame, comme un homme... Tu vois ce que c'est que d'être sage !

Présidé par Jean d'Yme, le dîner commence.

— Ce pauvre ange ! soupire mademoiselle Adolphine de Beaupré.

C'est comme un roucoulement, ce mot de vieille fille sentimentale. Mademoiselle Adolphine de Beaupré a quarante-cinq ans, le visage frais, et rose, et jeune ! Mais les cheveux sont blancs, d'un blanc pur d'ouate ou de neige. Dans l'attitude de cette vierge noble, vierge par pauvreté, sans doute, mais aussi par amour déçu, quelque chose se décèle d'inconsciemment hautain. Supériorité plus frappante encore, probablement, à cause du voisinage de sa sœur Clémence et de sa mère : — Clémence, à peu près aveugle, les yeux vides, immobiles, sous une lourde chevelure crespelée, rousse, l'air si peuple, si gauche, la voix traînarde, brisée, s'élevant par intervalles pour des questions d'enfant... ; madame de Beaupré, d'autre part, veuve d'un colonel bellâtre et matamore, gardant, de cette union terrible, une telle humilité d'allures, un tel et si constant désir de s'effacer : confite dans l'imbécile intégrité de son admiration pour un mari coureur de femmes...

— Pauvre ange ? mugit Edmond d'Ohet, ses yeux

de dogue hors des orbites. Il a été assez méchant
pour donner des compensations à mon frère et à ma
belle-sœur !... Le mien, Emile, n'a pas tant de prix :
il n'a que celui de gymnastique ; mais j'aime autant
ça : l'esprit se développera plus tard. Et puis, si nous
faisons pour lui des *sacrifices... il est à nous!*

Oui, certes, il est bien à eux, ce monstre d'enfant
gras et flasque, aux bajoues pendantes, aux grosses
pattes ! cet enfant qui, infatué par sa force physique,
brutale, récompensée, ricane en appelant : *injustices,*
tous les succès de son cousin !

— Espion, va ! pense Jean d'Yme, et cependant
il l'aime : l'autre ne *rapporterait* pas, sans toutes
les questions qu'on lui pose. Emile et Jean, d'ailleurs, ne peuvent se passer l'un de l'autre ; et,
quand ils sont ensemble, — querelles, batteries et
pleurs.

La femme du comptable, elle ! Julie d'Ohet, se
tait, consumée de jalousie ; une silencieuse rage maternelle paralyse son étroite cervelette de rustaude
demi-belge et demi-française, née à Comines ;
et, aujourd'hui, ses : « *Savez-vous ?* » demeureront
noyés dans son fiel. C'est qu'elle en pourrait dire,
savez-vous? si elle le voulait ! Ce pauvre dentiste,
savez-vous? si Rosine était plus jolie, on croirait
qu'elle a corrompu les professeurs de *son garçon :*
mais pas de danger, *sais-tu, Madame ?* elle est trop

sèche !... Quoi, alors? car enfin il n'a pas inventé la poudre, ce mendiant!...

— Rosine ! tu as mis bien du sucre, dans tes petits pois?

— Mais oui, mon oncle, certainement.

— Qu'est-ce qu'il y a après? dis, ma fille?

Et Rosine détaille le menu: c'est le vieux prati-cien qui s'interrompt de manger, le menton levé, sans quitter de l'œil son assiette. Chaque fois qu'un plat nouveau paraît, porté par une bonne presque naine, il le guigne, impatient d'en posséder sa part, tout aux jouissances de son ventre, et fort indiffé-rent, du reste, au triomphe passager de *cette petite vermine.*

Le festin va s'éternisant ; voici trois heures et plus qu'on s'est assis à table, et qu'en ingurgitant, avec lenteur, des bières, entre d'immenses bouchées de pain, on mâche, consciencieusement, des mets aux lourdes sauces. De temps en temps des rires circu-lent, sourds, prolongés, dominés par le bruit des mâchoires en fonction, de l'argenterie et des assiettes: c'est quand Louis, ayant lâché quelque plaisanterie rabelaisienne, s'attire, de la part de Rosine, une observation bien sentie :

— Non, vraiment ! je ne vous comprends pas...

— Laissez-le donc : il est si drôle !

Le fait est qu'il est drôle, Louis, — et familier !

Ragaillardi par les fusées de ses grivoiseries mono-
tones, l'oncle s'amuse énormément ; et, rougissantes,
les dames se cachent le visage dans les mains, avec
de doux gloussements de plaisir. Seule, madame
veuve Leclert se fâche, répète, après sa fille : « Je ne
vous comprends pas », tandis que la femme 'du
comptable persiste en son mutisme rancunier de
paysanne.

— Il est toujours le même ! il ne changera jamais,
glapit la vieille dévote, navrée.

— C'est bon, la mère, c'est bon : allumez vos
petits cierges ! Vous n'avez donc pas ri un brin, dans
votre jeune temps ?

— Je vous en prie, mon ami... vous me scandali-
sez ! J'en ai assez de vous servir de plastron, quand
il y a du monde... Jusqu'à ce petit serpent qui rit :
regardez-le !

— Allons, ça va se gâter ; Louis, laisse donc maman tranquille : elle souffre !

— Aïe, aie ! gémit, à ces paroles, la pauvre fée, en
grimaçant... Elle geint régulièrement ainsi, quand
on lui rappelle ses rhumatismes :

— Aïe, aïe, mon bras ! aïe, aïe, ma jambe ! aïe, aïe,
mon coude ! Oh ! oh ! oh ! oh !

— Vous savez qu'elle n'a rien du tout ? ricane
l'impitoyable gendre.

— Non? je voudrais vous voir à ma place, avec le quart de ce que je ressens !

— Ne vous fâchez pas, la mère; vous vous fâchez toujours ! Voyez Clémence : est-ce qu'elle se fâche, quand je la taquine ? N'est-ce pas, Clémence ? Allons, Clémence, faites une risette, pour lui montrer.

— Louis, Louis, Louis, enfin ! non, vraiment ! je ne vous comprends pas !...

Et l'on oublie Jean tout à fait. A cinq heures, la bonne naine apporte le dessert; de tous côtés éclate un cri :

— Ah ! Louis, vous allez nous chanter quelque chose.

— Mais je ne sais que des couplets patois.

— Oui, des couplets patois ! c'est bien plus amusant.

— Alors, soit, *la Planche à bouteilles.*

— Oui, bravo: *la Planche à bouteilles,* s'écrie l'oncle, les prunelles luisantes.

— Louis ! je ne vous comprends pas !

— Allons donc ! puisque tout le monde veut... Clémence, vous boucherez vos oreilles ! La mère, vous baisserez les yeux... Y êtes-vous?

— Et cet enfant ? Emile et Jean, vous pouvez aller jouer. Ninie, toi aussi, ma petite.

Heureux, quant à lui, de fuir l'abrutissement de ce repas prolongé durant tout un jour, cette odeur

6.

de mangeaille épaisse et de houblon, Jean ne se le fait pas dire deux fois, entraîne pétulamment ses compagnons d'exil.

De la cour, où tous trois s'envolent, ils distinguent la voix, grêle quand il chante, de Louis d'Ohet, un fausset de castrat polisson, le refrain repris en chœur, les rires étouffés des femmes, les rires de ventre masculins, — enfin, dès que c'est terminé, les applaudissements frénétiques. Maintenant ils peuvent, ils doivent rentrer : madame d'Ohet le leur ordonne.

Chacun y va de son répertoire, après combien de simagrées! La fée même baragouine, chevrote et gâte un air populaire, vrai chef-d'œuvre :

Dors, min p'tit quinquin, min p'tit pouchin, min gros rogin,
Te m'f'ras ben du chagrin si te n'dors point s'qu'à d'main!
Et si te m'laich's faire eun'bonn'semain',
J'irai dégager tin biau sarrau,
Tin patalon d'drap, tin gilet d'lain',
Et comme un mylord te s'ras faraud'!
J'acaterai pou't'ducass'
Un polichinell' cocass',
Un turlututu
Pour jouer l'air du *Capiau pointu*...
Dors, min p'tit quinquin, min p'tit pouchin, min gros rogin,
Te m'f'ras ben du chagrin si te n'dors point s'qu'à d'main !

C'est, cette musique, une des rares choses que le

petit Jean aime de Lille, — avec sa familière et ber-
ceuse poésie. Mais déjà mademoiselle Adolphine de
Beaupré, vivement sollicitée , se lève; et, le poing
sur la hanche, l'attitude crâne :

— *Mimi Pinson!* annonce-t-elle, au scandale de
Julie d'Ohet, dont le mari pousse le coude comme
pour dire: « Souris donc, ne fais pas la tête ! »

— Toutefois, le vrai succès est réservé à Jean :
— toujours ! Il attaque, ainsi qu'une leçon, *avec le
ton*, des couplets que, depuis des semaines, à force
d'instances et de coups, Rosine, Louis, la fée, lui en-
foncent dans l'esprit. Voici la troisième fois qu'on les
lui fait chanter, et l'odieux rabâchage de ces bêtises
l'écœure... Mais, bah ! pour ne pas le mener à Paris,
on n'aurait qu'à prendre prétexte de sa mauvaise
volonté ! Et, la voix tremblante, il commence, toutes
les prunelles dardées vers lui :

> Bonne maman, qui m'adore et qui m'aime
> Ni plus ni moins que son gentil carlin,
> M'a dit souvent qu'à la Saint-Nicodème
> J'aurais vingt ans ! et ça tombe demain,
>   — Et ça tombe demain !
> Bonne maman m'assure que les filles
> Sont des horreurs, — mais voyez ce que c'est !
> Ces horreurs-là, je les trouve gentilles,
> Ah ! Dieu de Dieu ! si grand'mèr'le savait !
> Ces horreurs-là, je les trouve gentilles...
> Ah ! Dieu de Dieu, ah ! Dieu de Dieu ! si grand'mèr'le savait !

— Est-il gentil !

— C'est un prodige, un vrai petit prodige, s'écrie Adolphine de Beaupré.

— Laissez-le donc continuer. Allons, continue, mon enfant :

> Bonne maman, avec cette assurance
> Qu'on va chercher, ma foi ! je ne sais où,
> M'a dit souvent que j'avais pris naissance
> Dans son jardin, sous la feuille d'un chou,
> — Sous la feuille d'un chou !
> Mais Mathurine, à qui j'ai dit la chose,
> M'a répondu que grand'mère mentait
> Et que j'étais venu sous une rose,
> Ah ! Dieu de Dieu ! si grand'mèr'le savait !
> Et que j'étais venu sous une rose...
> Ah ! Dieu de Dieu, ah ! Dieu de Dieu ! si grand'mèr'le savait !

— Entre nous, déclare Edmond, ce n'est pas une chanson pour les enfants.

— Comment ? à son âge ? du reste il ne comprend pas.

— La fin ! la fin ! Eh bien, tu ne sais plus ?

— Si, si, voilà :

> Je veux braver grand'mère et sa béquille,
> Je veux enfin cesser d'être un nigaud,
> Et Mathurine, en bonne et tendre fille,
> De moi va faire un garçon comme il faut,

— Un garçon comme il faut !
Pour me donner un peu d'expérience,
Elle m'attend ce soir dans la forêt !
Dans peu j'aurai perdu mon innocence,
Ah! Dieu de Dieu! si grand'mèr'le savait !
Dans peu j'aurai perdu mon innocence...
Ah! Dieu de Dieu, ah! Dieu de Dieu! si grand'mèr'le savait!

Et cœtera.

— Bis ! bis ! bravo !

— Non, cet enfant est impayable, avec son inno-cence perdue !

— Vous direz tout ce que vous voudrez, je sou-tiens que c'est immoral, et que Jean n'est pas d'un âge...

— Mais puisqu'on te répète que Jean ne com-prend pas ! C'est comme Clémence : n'est-ce pas, Clémence?... Tiens ! ça rime avec innocence.

La vieille aveugle rousse s'attendrit et proteste, un peu grise de bière et de vin. Le café, les verres de schiedam allument aux yeux des pétillements, les enfants se sentent mal à l'aise; la chaleur de-venue écrasante, tous vont prendre le frais dans la cour, s'asseoir sur une bande verte d'herbe, au pied du mur. Enfin, de huit à neuf, on se remet à table, on *soupe* silencieusement et vite, afin de jouer plus longtemps au trente-et-un, jusqu'à onze heures. Ninette, Jean se baisent à pleines lèvres,

absolument comme s'ils avaient *perdu leur innocence* déjà... Et les convives, hochant la tête, ap-
prouvent, à chaque instant, madame d'Ohet qui ré-
pétaille :

— Oh ! cet enfant a tant de cœur ! Ainsi, ce
voyage, ce que j'en fais, c'est pour lui et non pour
sa mère : elle ne l'aime pas... Ah ! il a eu de la
chance, celui-là, que nous puissions... tant de *sacrifices* ! car, s'il avait été forcé d'attendre après
Jeanne... je ne vous dis que ça !

II

Par économie sans doute, madame d'Ohet a *pris*
des troisièmes.

— Il est vrai, dit-elle à Jean d'Yme, qu'on est avec
de la *racaille*. Mais on a moins chaud. Oh! bien
sûr, si c'était l'hiver, je ne *prendrais* que des premières.

Elle embrasse son mari, la fée, quelques amis venus pour assister à ce départ, — un événement.

— Douai, Arras, Amiens, Creil, Paris! en voiture
à gauche !

Le train s'ébranle ; les bancs sont durs, âcre la
fumée des brûle-gueule.

— Si j'avais su, répète Rosine, j'aurais *pris* au
moins des secondes.

Mais Jean ne souffre point de la dureté des bancs,

ne tousse guère au parfum nauséabond des pipes, n'entend pas grommeler sa compagne. Il pleut, mais que lui fait la pluie? N'a-t il pas l'âme pleine de soleil? Et à chaque tour de roue, il *crie en lui*:

— Plus vite, plus vite, plus vite!... Va donc, va donc, va donc!

Cet interminable *omnibus* se traîne durant près de huit heures: le double du temps mis, jadis, à courir vers cet affreux Lille! Qu'importe? il va revoir sa mère, bientôt, l'attendant à la gare: quelle étreinte! comme ils vont pleurer, de joie l'un contre l'autre, enfin!

— Jean, veux-tu manger, mon petit?

Ah! il s'agit bien de manger!

— Oh! je n'ai pas faim, pas du tout.

— Je te dis que tu vas manger!...

D'un immense cabas, Rosine tire des petits pains fourrés de viande, du vin qui tremble et danse et saute sur le plancher, des vivres pour toute une semaine. Il faut boire, il faut s'empiffrer.

— Hum! ces goinfres du Nord, marmotte Jean.

Mais il se garde bien d'irriter la mégère: elle sera jalouse assez, là-bas, de voir Jeanne caresser son fils; il devra même se faire violence, ne pas manifester trop de plaisir : — sans cela !...

— Si du moins je pouvais passer une seule journée avec maman!

Et, comme dans cette nuit de juillet, lumineuse, chaude et parfumée, où, pour se distraire un peu, durant son anxieuse insomnie, il avait mis au vent son petit nez rose, et regardé, de tous ses yeux, les vagues paysages qu'estompés d'ombres transparentes la rapidité du voyage, entre Paris et Lille, n'empêchait point de distinguer : de même, en cette journée d'août, sombre, pluvieuse, décourageante, pour se distraire un peu il colle aux vitres du wagon sa figure amaigrie, et de ses yeux creux il regarde... S'il pouvait rester dans Paris, comme jadis il était resté dans ce maudit chef-lieu du Nord !

— A quoi penses-tu ?... Regarde-moi !

Jean obéit. Si elle savait !

— A rien, mère. Je suis bien content.

— Tu es content?

— Oui... de voir Paris. Tu comprends : j'étais trop petit quand j'y ai passé.

L'œil dilaté par l'inquiétude et la jalousie se fait doux, le visage s'abonnit, passionnément la mère stérile étreint son enfant d'adoption. Et Jean, malgré lui, se rappelle l'attitude de madame d'Yme, pendant la traversée en mer, sur le paquebot qui la ramenait en France : comment, à mesure qu'on avait approché de la terre, Jeanne était devenue plus triste ; comment, quand Édeline et lui-même

7

redoublaient en vain leurs caresses, quand ils lui
demandaient les causes de son chagrin, elle fondait
en larmes, les pressait plus vigoureusement sur sa
poitrine, l'œil farouche, comme hallucinée et craignant qu'on ne les lui prît. Aujourd'hui, c'est bien,
chez Rosine, une identique angoisse de mère, les
mêmes explosions, les mêmes pleurs, la même vi-
gueur et les mêmes craintes...

— Pauvre tante! réfléchit l'enfant, son cœur
éclate :

— Mère ! oh ! mère !.,.

Puis il se rencogne soudain, hanté d'un remords:

— Pauvre mère Jeanne aussi ! et cependant, elle
m'aime peut-être moins, mon Dieu !

Un soupir.

— Saint-Denis!

On approche. De nouveau l'assaillent les sensations de son enfance. C'est, ainsi qu'autrefois à Lille,
un élargissement de la voie ; des rails, toujours des
rails luisant comme de l'argent; et des centaines de
prunelles multicolores; et des locomotives crachant
leurs poumons vers le ciel ; et des gerbes d'étincelles s'envolant en tourbillons brusques, avec un
grand souffle puissant; des constructions en demi-
cercle, grosses de monstres rangés, prêts à s'élancer
de leurs portes, cuirassés de fer ou de cuivre, dar-
dant des regards flamboyants ; puis des grues,

allongeant leurs ombres mobiles ; des plaques sur lesquelles on roule à lourd fracas, comme si elles couvraient des abîmes ; un tunnel où s'enfonce le train, avec un sifflement strident, aigu, désagréable ; et, sous une voûte surmontée d'un toit pointu, une gueule qui bâille, démesurée : le hall d'une gare pleine de ténèbres, de lumière, de cris, de gens qui courent, de petits chariots à trois roues, traînés avec des tintamarres ; un homme agitant un drapeau... Il n'est pas jusqu'à Rosine qui ne le lui dise, avec la voix de Jeanne, jadis (ou bien s'il se fait illusion ?) :

— Prends tes affaires, ton pardessus, ton parapluie. Voyons, je n'oublie rien, j'ai bien tout ?

Quelle différence, pourtant ! Alors il était si inquiet, maintenant il est si fou de joie : ici même, à deux pas, sans doute, sa mère Jeanne défaille d'impatience ! Et Rosine ? Rosine est radieuse ; elle n'a pas eu, comme madame d'Yme, à renfoncer des larmes, à tamponner de pauvres paupières rougies, brûlées, creusées, meurtries, la figure défaite, *en bouillie* : elle n'a pas à quitter son fils, son fils adoptif, pour toujours...

— Paris ! Paris ! Paris ! Paris !

Avec quelle précipitation il veut descendre du wagon !

— Doucement, doucement, tu vas te faire mal... Doucement... je te dis !

Ah! oui, doucement!

... Hélas! déjà une déception : après la marche machinale sur le trottoir du hall ; les billets remis, comme en rêve, à des employés impolis, dans un bousculement de cohue; le sac de voyage, les paquets, une fois tendus aux mains tatillonnes des *gabelous ;* maintenant que les voilà au milieu d'une foule de gens qui attendent, jettent des exclamations, embrassent des arrivants, font claquer leurs lèvres :... il n'aperçoit pas sa mère Jeanne! Et, malgré son pressentiment, il n'ose poser aucune question : l'incertitude vaut mieux encore. Du reste, elle peut être en retard, elle a bien le temps d'arriver : — Il faut attendre les bagages : C'est au moins dix minutes de *pose*, a dit Rosine.

Mais quoi? elle ne semble nullement étonnée de cette absence : est-ce qu'elle n'aurait pas averti?

Enfin les colis sont marqués du nécessaire 8 à la craie ; un commissionnaire, coiffé du noir bonnet phrygien, numéroté comme un forçat, offre ses services, qu'on accepte ; et les voyageurs montent en fiacre :

— Hôtel *Notre-Dame-des-Victoires !*

Et fouette cocher !

— Il est six heures et demie, pense Jean. Nous *souperons* peut-être chez mère?

Mais non! Rosine et lui installés à l'hôtel, obsé-
quieusement salués par M. le directeur :

— Je vais te régaler, mon petit Jean ! Je t'em-
mène au Palais-Royal : c'est là qu'on dîne bien, tu
verras.

Oui, à deux francs cinquante par tête; mais le
lauréat ne mange guère, n'admire, ne voit rien des
dorures, des lustres, de la lumière, de la cohue ex-
tasiée, attendant son tour, dans la ferblanterie et le
clinquant de ce luxe *toc*, au milieu des cris, du charabia baragouiné par les étrangers, des lentes
phrases provinciales, — brusquement interrompues
par la bousculade, la mimique, la gesticulation furi-
bondes d'un garçon qui court tête baissée, les bras
embarrassés de piles en équilibre instable...

— Tu n'as pas l'air content?

— Mais si, ma tante.

— Tu ne manges pas ! qu'est-ce qu'il te faut
donc ?

Ce qu'il lui faut ? Rien ? Rien, rien du tout : crever
de faim, de soif, et embrasser sa mère. De nouveau
des projets de fuite se combinent dans sa cervelle ;
sans répondre , d'un œil de fièvre, avec un tel
regard de haine, il regarde Rosine et, tout à coup,
se livre :

— C'est loin chez maman Jeanne, dis-moi?

— Oh ! c'est loin, mon chéri, bien loin. Rue de

l'Arc-de-Triomphe, c'est aux Ternes... tu penses

Bien, aux Ternes. Il sait le numéro. Ses jambes, sa langue aidant, il ira bien seul jusque-là : à moins que...

— Quand est-ce que nous irons ? Demain ?

— Oh ! non, pas demain, mon ami. Il y a si long- temps que je ne suis venue à Paris ! il faut que je voie les changements. Et puis, tant de visites à faire à nos connaissances ! il y a les Sureux, les Bernard, qui désirent tant te connaître ! Ils te gâte- ront, ils te feront fête ! J'ai annoncé notre visite... Et puis les monuments, enfin ! Tu n'as donc pas envie de les visiter, les monuments ?

— Oh ! si ; mais maman Jeanne, quand est-ce que nous irons ?

— Tu m'ennuies ! nous irons quand ça me fera plaisir. Et ne m'en parle plus, tu m'entends? ou je retourne à Lille immédiatement.

Ce ton dur, bref, cassant et sec !...

—Bien, décide Jean : tu y retourneras toute seule, si c'est ainsi.

— Ce n'est pas la peine de faire la tête. Ah ! voilà comme tu me récompenses? Je me *sacrifie* pour faire voir Paris à monsieur, et monsieur ne veut pas voir Paris !.. C'est bon. Nous allons commencer par rentrer ce soir, et nous coucher : tu es fatigué, ça te reposera ! J'avais envie de te payer une pro-

menade sur les grands boulevards, en voiture, pour
te les montrer. Mais puisque c'est comme ça, *nisco !*...
Ah ! je te materai, mon gaillard...

Vexée de son mutisme, elle continue longtemps,
comprend enfin qu'elle va trop loin : elle est trop
vive, c'est une fatalité ! désormais cependant, elle
tâchera de *le prendre par la douceur*...

Et le lendemain, dès le réveil :

— Habille-toi vite; nous irons voir ta mère et ta
sœur aujourd'hui. Tu vois comme je suis bonne,
tu vois !

— Vrai ? ah ! que tu es bonne, petite mère !

— Trop bonne, vilain garnement !

D'un baiser il lui clôt la bouche, regarde dans la
rue, saute, gambade :

— Comme il y a des voitures ! Et comme cela fait
du bruit ! comme ça bourdonne !... Ah ! ce n'est pas
Lille !

— Dépêche-toi donc, tu *traines;* toi qui semblais
si pressé, hier !

Oui certes, il semblait pressé, et son parti était
bien pris : s'évader, s'en aller aux Ternes, il arrive-
rait ce qui pourrait!... Mais aujourd'hui, tout s'ar-
range; il pardonne, il aime, il adore, et il déborde
de bonté.

Comme la route est longue, cependant! Ces omnibus sont d'une lenteur ! Elle avait donc bien rai-

son, de dire que c'était loin, si loin ! Et il s'accuse,
et il oublie les horribles phrases égoïstes, cette idée
sans-cœur qu'il peut désirer voir les Sureux avant
sa mère, les Bernard avant sa mère, et les monuments, et Paris, et tout, enfin ! avant sa mère...

Autour de l'omnibus, les hautes façades de
pierre, les édifices, tournent et filent, comme en un
kaléidoscope, — nommés par madame d'Ohet, avec
orgueil ; les gens s'affairent, les cochers crient, les
voitures et les camions roulent, un bruit continu,
formidable, gronde comme un bruit d'haleine
énorme. Mais Jean ne voit rien, n'entend rien, dans
le divin abrutissement de son désir toujours tendu...

— Eh bien, voyons, descendras-tu ? nous sommes
arrivés, petite bête !

Il sursaute, se lève et descend ; monte l'avenue de
Wagram, aperçoit vaguement, sans curiosité, une
lourde arcade, des hauts-reliefs, entre des bornes et
des chaînes ; pénètre, guidé par sa tante, dans la
rue de l'Arc-de Triomphe ; grimpe quatre étages ;
entend Rosine qui sonne, se cachant le visage, pour
produire son petit effet, et pour retarder davantage
l'ébahissement de la surprise...

— Maman !

Un double cri : ils s'étouffent en leurs bras, avec
des sanglots et des larmes. Madame d'Ohet elle-
même sent en soi, une seconde, fulgurer l'éclair

d'un remords, une illumination de joie, pour avoir
donné cette ivresse à l'enfant de son cœur, — plus
jalousement chéri qu'un fruit de ses entrailles.
Mais la femme forte, sèche et revêche, dompte vite
cette émotion furtive :

— Eh bien ! et moi ? je ne compte donc pas ?

Oh ! cette pointe d'aigreur dans la voix ! et le ra-
pide mouvement dont Jeanne lâche son fils ! Et,
après l'embrassade entre ces deux ennemies, cette
mine humble, ce front baissé, de chien pris en
faute, attendant les coups ! Il y va de l'avenir pour
Jean d'Yme, il faut se montrer prudente, s'enfoncer,
au besoin, les pleurs, à coups de poing jusqu'au
fond des yeux, faire risette à la tante devenue la
vraie mère, parler à Jean des *sacrifices* de *son père
et sa mère d'Ghet*!

— Et les affaires, comment vont-elles ?

Enfin, au bout d'une demi-heure, Rosine ayant
assez gémi sur les affaires : « L'éducation de cet
enfant est pour nous une si lourde charge ! » et lui
n'ayant pas dit un mot, absorbé dans la contempla-
tion de sa mère Jeanne : « Qu'elle est belle, et que
ma tante est laide ! »...

— En route, mauvaise troupe ! Songez donc, ma
chère, nous voulons aller voir Edeline... C'est à
Passy, n'est-ce pas ?

— Oui, à Passy, 5, rue Lekain.

Et, au regard qui supplie :

— N'irai-je pas avec vous ?

— Tu peux te fouiller ! réplique, tranchant, le regard victorieux de la mère adoptive.

— Au moins, vous reviendrez souvent ?

— Oh ! nous restons seulement quinze jours. C'est un grand *sacrifice* ! Nous avons juste le temps de voir les monuments et nos amis. Car il n'y a pas que vous, ma chère, ici : il y a encore nos amis... Enfin, certainement, nous reviendrons.

Et voilà Jean redevenu fou : décidément sa mère est lâche, elle ne l'aime pas ; sans quoi n'aurait-elle pas cherché à le garder, tous ces quinze jours ?... Les monuments ? il a bien le temps de visiter ces *saletés-là :* quand il sera grand ! tandis qu'alors Jeanne d'Yme ne vivra plus, peut-être !

Rue Lekain, dans ce Passy morne, une morne rue. De hauts murs enfermant, avec des grilles, une maison blanche, dans un jardin frais, délicieux. Au-dessus d'une petite porte de couvent, ces mots :

ASILE ÉVANGÉLIQUE DE FEMMES.

— C'est bien ici !

Adolphine-Suzanne d'Yme, la vieille institutrice, dirige maintenant ce refuge austère. Des dames à cheveux blancs circulent dans les verdures, l'air doux et pensif, absorbées.

— Je vais prévenir la directrice, dit une servante.

Arrive la bonne vieille demoiselle, au nez vulturin, aux yeux gris, clignotants, abrités d'énormes lunettes, la peau recroquevillée, parcheminée, cassée, les oreilles larges, la face grimaçante, étroite comme un visage d'enfant, et la voix chevrotant un peu, dame! une voix de soixante-sept ans...

— Ah! ah! le voilà donc, enfin, ce cher petit! Moi qui ne l'avais j'amais vu!... A la bonne heure, on voit qu'il ne lui manque rien. Tu as eu de la chance, le Seigneur t'a béni, mon cher enfant! on peut le dire... Et vous, chère madame, la santé?

— Très bonne, merci... Allons, dis bonjour, c'est ta tante.

-- Oui, embrasse-moi bien, cher enfant. Je vais faire prévenir ta sœur. C'est elle qui va être heureuse! Quel événement! quelle surprise! Elle ne cesse de parler de toi... Ah! c'est une brave enfant, qui marche dans la voie de l'Eternel, une véritable chrétienne...

Or, Edeline entre, grave et lente, l'œil clair, d'un profond bleu sous des cheveux châtains, les traits insignifiants, mais doux, angéliquement doux, une ingénue allure de petite fille très sage, malgré ses dix-huit ans sonnés. Et avec quel visible amour,

avec quelle passion mal contenue, elle serre son
frère Jeannot sur sa gorge naissante, entre ses maigres bras d'adolescente poussée trop vite! Déjà Rosine la couve d'un terrible regard jaloux.

— Allez, mes mignons, dit la vieille... Edeline,
montre la maison à ton Jean, conduis-le à maman
Samot, cours dans le jardin avec lui.

— Oh! s'écrie Rosine, nous n'avons pas le temps.
Et puis, laisser ces enfants ensemble! Il n'y a pas
de danger?

— Mais Edeline est une femme, Madame! Elle vient
d'être reçue institutrice... Quel danger voulez-vous
qu'il y ait?... Ici, même pas de balançoires.

Si, bonne vieille directrice, il existe un danger.
Ne vont-ils pas, sans doute, se faire des confidences?
Et cette Edeline, avec son air de *sainte N'y touche*,
serait bien capable de lui donner de mauvais conseils!... Elle voit Jeanne tous les jours, *cette perche*,
— au moins une, deux fois par semaine. Com-
prenez-vous maintenant le danger, mademoiselle?...

— Moi aussi je visiterais bien; il paraît charmant,
cet asile... Vous avez de l'air!

Et Rosine se promène, prodigieusement intéressée,
semblerait-il; elle a ainsi les yeux sur les enfants,
l'oreille au guet... *Cette vermine* oserait-elle se
plaindre? Après tout, Jean commence à devenir

vieux : il doit comprendre mieux aussi quels *sacrifices*...

Cependant *cette vermine* ne songe guère à se plaindre, à *espionner*, comme dit Rosine. Tout au plaisir de revoir sa sœur, *cette vermine* s'amuse, jouit des bonnes paroles prononcées, en son honneur, par maman Samot, — l'amie de la directrice; — et de la bienveillance souriante que lui témoignent toutes ces femmes sentimentales, quoique sévères ; et des parfums et des couleurs dans ce jardin sans jardinier, chacune d'elles cultivant, du mieux qu'elle peut, son infime coin...

— Viens embrasser mes chats, lance Edeline.

— Tu as des chats?

— Je crois bien! et des oiseaux, tout plein d'oiseaux, tu vois dans cette volière, là!... Viens!

— Jean, restez ici!

Oh! ce ton! Adolphine regarde en face madame d'Ohet. Stupéfaite, la vieille demoiselle semble deviner bien des choses.

— Laissez-les donc ensemble, ces enfants: pour un jour qu'ils sont réunis! Va, mon chéri, ta tante Rosine te donne la permission.

Ta tante: tu payeras cher un pareil mot, fils adoptif!...

C'est dans le chantier, tout en face. Les chats restent en liberté, mais chaque jour, à heure fixe,

viennent chercher leur pitance. Heureux chats, naguère faméliques, recueillis, dans les ruisseaux de
la grand'ville, par la pitié de la jeune fille. Et pendant que, joyeuse, elle raconte à son frère l'histoire,
le nom, les goûts de chacun d'eux, la directrice, sans
fin, parle à madame d'Ohet de cette grande *petite
enfant*, déjà sublime de charité.

— Ah! oui, c'est une chrétienne, celle-là!... Il
faut voir comme elle réconforte nos malades, avec
des mots... il n'y a qu'elle pour trouver de ces
mots-là. On le lui rend bien : toutes ces dames l'a-
dorent, c'est leur fille autant que la mienne. Et pas
dégoûtée! elle les retourne, les lave, touche aux
plaies; elle s'expose, et j'ai beau la gronder, rien n'y
fait. Elle me cloue la bouche : « *Christ* le veut! »
Enfin, Dieu a ses vues sur elle, et je l'en bénis tous
les soirs.

Dieu? *Christ*?... La catholique et pieuse Rosine
s'impatiente en elle-même, avec des sourires si
polis :

— Ils ne reviendront pas, enfin?

— Rejoignons-les, si vous voulez. Et Jean, lui :
sera-t-il un bon chrétien?

— Oh! vous savez, nous le laissons libre. Il ne
faut pas violenter les consciences : c'est ce que Louis
répète souvent. Louis ne croit pas à grand'chose;
mais maman, qui est pratiquante, est de son avis et

moi aussi... Jean va au Temple le dimanche, à l'Instruction religieuse du Lycée le jeudi; il ne nous en
parle jamais... Et puis chez vous la communion se
fait si tard! il a bien le temps.

Tout cela d'une voix un peu gênée; et la vieille
demoiselle, toujours, regarde en face cette «*papiste*»,
semble lire au fond de ses yeux :

— Ah!... bien, dit-elle.

Un *Ah!* si vague, si menaçant et si troublant : Rosine en est toute remuée.

— Voulez-vous que je l'interroge un peu sur ses
études religieuses? Voir où il en est... Vous comprenez, c'est une grave question, il y va de son âme,
nous ne sommes pas tranquilles. Nous en parlons
souvent avec Edeline, qui est amoureuse de son frère,
ma parole d'honneur! elle en est folle... Et la pauvre
enfant se désole, en pensant que, peut-être, il connaît trop peu *Christ*.

— Interrogez, si vous n'avez pas confiance en nous.
C'est très bien, madame, c'est très bien.

— Oh! si cela vous blesse, attendons! Ce que j'en
disais, c'était pour lui, pauvre cher ange! Je ne
croyais pas vous blesser. Laissons cela de côté aujourd'hui.

Madame d'Ohet respire : si l'enfant avait *rapporté*
les pélerinages, les assauts de la vieille fée, les menaces de damnation, les cierges, et déclaré que, pas

du tout! il ne va ni au Temple, ni à l'instruction
religieuse, mais bien à l'église Saint-Étienne, chaque
dimanche, pour la messe de neuf heures, avec la
bonne ! et qu'on l'exhorte avec ardeur à se confesser,
à communier, à effectuer bien d'autres actes dévo-
tieux...

Cependant, la main dans la main, heureux, les
coupables reviennent. Un signe d'Adolphine à sa
fille adoptive :

— Eh bien! as-tu dit à ton frère?...

— Non, répond de la tête Edeline.

Madame d'Ohet fronce les sourcils, soupçonneuse,
ses narines se pincent :

— Nous partons, il est plus que temps.

— On vous reverra ?

— Soyez tranquilles.

— Laissez nous Jean pour une journée.

— Nous verrons, je ne promets rien ! enfin, je
ferai mon possible.

— Ah ! ... à propos : comment s'appelle ton pas-
teur, mon enfant?... C'est toujours M. Ollier qui est
à Lille?

— Oui, c'est toujours M. Ollier, réplique madame
d'Ohet très vite.

Et elle entraîne Jean, ahuri. Puis, dehors :

— Je savais bien, que vous me quitteriez, malgré
ma défense! Mais vous me payerez ça : nous ne re-

viendrons ni ici, ni chez votre *tante Jeanne*, entendez-vous, Monsieur?... Et vous avez bien *espionné*?
Vous avez bien parlé des coups que je vous donne...
quand vous en méritez, d'ailleurs?... Vous avez bien
tenu vos menaces?... Eh bien! *tenez* ça, en attendant!

La mirobolante gifle, en pleine Rue de Passy!...

— Allons, encore, ma tante! dit Jean.

Et il tend l'autre joue, et il songe aux martyrs de
son *Histoire de France* : martyr de son amour pour
les siens... Encore, donc!

— Soyez tranquille : vous ne perdez rien pour
attendre.

Elle a les lèvres blêmes, le visage convulsé, le nez
tiré de ses grandes rages : des rages qui ne s'apai-
sent qu'en frappant ferme, au sang! Ah! la belle
volée qu'au retour l'enfant sentira le bleuir! mais
d'avance il s'en réjouit:— Encore, ma tante! encore!
encore! et il ne dira rien, rassurez-vous, ma tante:
maman serait trop malheureuse de le savoir battu ;
— Edeline aussi.

III

Voilà quinze jours que Jean, avec sa tante, est à
Paris. Voilà quinze jours qu'il se promène, traîné en
fiacre le matin, l'après-midi, le soir, la nuit, sous
des ciels brumeux, ensoleillés, torrides, dans une
atmosphère de fournaise, une monstrueuse palpita-
tion de vie précipitée. Près de Rosine il feint l'ennui,
enrageant de s'intéresser, malgré soi, aux descrip-
tions interminables, aux réflexions ineptes des
ciceroni. Il reste muet, par exemple, d'un mutisme
de rustre idiot, chez les *amis et connaissances* de sa
mère adoptive : silencieusement il jouit des fureurs
de son barnum déçu, stupéfie les gens par sa consciente et malicieuse pauvreté d'intelligence : désar-
mant, en même temps, madame d'Ohet, par une
hypocrite douceur d'agneau ; ruminant, en secret,

des projets d'évasion : des projets délicieux, pour lui, de tout cet inconnu redoutable, — demain ! dans ce Paris grand comme un monde...

Première journée : après la visite à Jeanne d'Yme et à l'*Asile Evangélique*, on a dîné chez les Sureux.

C'était rue Blanche, une ruelle noire, passé des fraicheurs de fontaines, jaillissant, sur une vaste place, dans un petit jardin, derrière des balustrades, au bas de l'élancement d'une église neuve :

— La Trinité, avait montré madame d'Ohet.

Trois étages d'une maison sévère ; les pas étouffés dans un monumental escalier, sur des tapis exhalant une fade odeur de gravité : la pesante gravité des *personnes* honorables, logées sur ces paliers, derrière ces bourgeoises portes.

M. Sureux est un dentiste, vieil ami de collège au mari de Rosine. Un habile homme, à clients pieux : lui-même votant, en catimini, contre « *les curés* » ; s'épanchant devant les intimes, malgré les effarouchements de madame Sureux, en filantes tirades libérales, avec de brusques silences embarrassés : quand, sans avoir frappé, quelque domestique entre.

Sa riche *épouse*, cette fille d'un notaire campagnard, s'est, tout de suite, entendue avec la provinciale. Jean, tandis qu'il feuilletait un album de portraits, abandonné à son ennui, a saisi entre elles,

dès l'abord, des chuchotements, de petits cris, des
attendrissements, des larmes même :

— N'importe ! ma tristesse, madame, c'est de n'en
pas avoir un *à moi*.

— Qu'est-ce que je dirai, moi, alors? Ça vaut
peut-être mieux, d'ailleurs : Achille est un cœur
sec, il n'aime pas les enfants.

Et la revêche Rosine et la rougeaude *boulotte* ont
éclaté, sanglotant, les mains dans les mains, après
ces confidences, tout bas, de leurs maux d'épouses
et de mères.

Et puis on a dîné, M. Sureux lançant d'anti-cléri-
cales plaisanteries, rythmées par les haussements
d'épaules, les soupirs de madame Sureux, sourde aux
consolations de sa nouvelle amie :

— Ils sont tous pareils... ah ! les hommes! Ainsi,
Louis : j'ai beau lui dire, il ne songe même pas à
cet enfant, qui est encore si innocent !

— Et vous aussi, Achille, vous devriez songer un
peu à cet enfant.

— Louis prétend qu'il ne comprend pas ; mais
avec ces monstres, n'est ce pas? c'est si drôle, qu'on
ne sait jamais à quoi s'en tenir... Au fait, qu'est-ce
que tu as donc, Jean ? Toi qui parles tant, d'ordinaire ! Tu as l'air stupide, aujourd'hui. Voyons,
parle, dis quelque chose.

— Mais je n'ai rien à dire, ma tante...

Le dîner avalé, départ pour le café-concert: un concert des Champs-Elysées. Il y avait là des jeunes gens, assis, riant dans le cou à des dames décolletées: des dames se penchant en arrière, épanouies, sous l'égayement des arbres par les becs de gaz, dans leurs globes blancs à la panse bête. A certaines paroles, certains gestes, des chanteurs grimaçant en scène, madame Sureux, Rosine jouaient de l'éventail, dissimulant le sourire scandalisé, mais indulgent, de leurs lèvres, ou semblaient, le nez dans leurs verres, siroter les consommations. Trois ou quatre fois, motivant des : « Chut! Chut! » il y a eu des querelles de générosité, pour le payement des grenadines. A deux reprises, l'abêti silence de son fils adoptif a secoué madame d'Ohet :

— Je comprendrais que tu te taises, que tu ne remercies pas, quand c'est nous qui nous *sacrifions*. Mais, quand ce sont nos amis qui nous payent le spectacle, je veux que tu t'amuses, — que tu ries ! tu m'entends !

Le fait est que Jean d'Yme ne se divertissait guère; de bonne heure accoutumé à la lecture de vrais poètes, il ne goûtait nullement ces platitudes exhilarantes; et d'autre part le *sel gaulois*, que M. Sureux y vantait, ne constituait point un agréable assaisonnement pour ses sens d'enfant grandi dans l'ignorance des vilaines choses, dans l'inexpérience des précocités vicieuses, communes à presque tous ses condisciples du Lycée...

Le lendemain, dès neuf heures, promenade dans le Musée du Louvre,

· La provinciale, d'abord, a guidé Jean, s'est efforcée de détourner des nudités ses chastes yeux ; à la fin, cependant, elle s'asseyait, se reposait, tandis qu'il parcourait chacune de ces rues, extasié devant leurs murailles de chefs-d'œuvre. Par intervalles, Rosine se levait, le rejoignait, s'arrêtait en présence d'une toile quelconque, moins importante, s'en rapprochait, s'en éloignait successivement, hochant la tête, divaguait peinture et dessin, qualités et défauts, en termes extraordinaires :

— Tu comprends, moi aussi j'ai peint, quand j'étais en pension, jadis.

Mais, de préférence, elle stationnait derrière les vieilles dames amatrices, grotesques machines à pinceaux, qui, des journées entières, copient, — avec le même automatisme, la même immobilité remuante de leurs mains en bois, sur des perchoirs. Suivant ce principe de la fée : « Il ne faut jamais rester *en plan*, quand un mioche vous interroge », elle répondait, aux demandes de Jean, des explications prodigieuses. De ces peintures, de tout cet art, aucun respect ne lui venait, nulle émotion, rien de cet étonnement qui force, en un semblable sanctuaire,

le peuple même à parler bas; rien de cette conscience
vague du Beau, qui fait là, comme dans une cha-
pelle, se recueillir et communier jusqu'aux bourgeois, dans l'oubli des mesquineries quotidiennes.

L'enfant reconnaissait des œuvres que, bien souvent, il avait essayé de se représenter, d'après une
étude de Théophile Gautier, dans un *Paris-Guide* de
1867, trouvé à Lille. En son intelligence, déjà mûre
pour les sensations esthétiques, des idées se bous-
culaient, tourbillonnaient, des comparaisons s'éta-
blissaient; et les maîtres qu'au Musée de Lille, un
des plus riches qui soient au monde, les maîtres
qu'il y préférait, il s'émerveillait à les retrouver ici
plus complets, il les comprenait d'un seul coup, par
une espèce de nécessaire et intuitive initiation.
Murillo, tour à tour férocement réaliste, et divin
d'idéal naïf; Rembrandt violent, avec ses terribles
orgies d'ombres folles et de crues lumières; Rubens
exagéré, superbe, sublime en sa bestialité, vautré
sur des débordements de viande saine et de peau
liliale; et tous les Flamands, les finesses de leur jour
vitreux, verdâtre, les transparences de leurs pé-
nombres, le brutal charme de leurs types, la précision de leur dessin bonhomme, large et puissant
sous les glacis...

— Allons, assez! a tout à coup déclaré Rosine, qui
s'ennuyait.

— Et les Antiques? mère, les Antiques?

— Ce sera pour un autre voyage.

Et, depuis, elle a refusé, obstinément, de revenir une heure au Louvre; de même, tous les autres musées ont été dédaignés par elle :

— Tu auras bien le temps de les voir... Maintenant tu n'y comprendrais pas encore grand'chose.

— Mais tu m'expliquerais, toi, ma tante.

Et le malin sourire, après cette méchanceté!

— Oh! moi, je connais tout ça... ça ne m'intéresse plus...

Non. Mais ce qui l'intéresse, — elle qui, pourtant, connaît aussi *tout ça* : c'est de monter à la tour Saint-Jacques, à la colonne Vendôme, à celle de Juillet, à Notre-Dame, à Saint-Sulpice! Chaque soir, le malheureux en a les jambes cassées. En revanche, pas une fois elle n'a proposé de retourner aux Ternes, à Passy; mais elle a revu les Sureux, d'autres amis, une foule d'amis non moins insignifiants; s'est promenée avec eux, pâmée avec eux, presque toutes les nuits, dans la sottise et l'ordure des cafés-concerts; enfin a refusé de mener Jean au théâtre :

— C'est immoral, monsieur! ce n'est pas de votre âge!

Madame d'Ohet, toutefois, ne se prive pas d'y aller elle-même : alors le petit reste au lit, sans avoir

peur, — il est trop homme! — mais avec une furieuse envie de courir voir sa mère, sa sœur. Bah!...
M. le directeur a des ordres sans doute : il l'interro-
gerait, l'empêcherait, et ce serait toute une affaire!
Sans compter que, n'ayant pas un sou, il ne pourrait prendre l'omnibus, se perdrait peut-être, se
ferait ramasser comme vagabond.... en supposant
qu'il eût trouvé le moyen de sortir inaperçu.

Du moins, il ne regarde rien, et sa tante a beau le
conduire, toujours en fiacre, aux Invalides, sur les
Boulevards, au bois de Boulogne, au Parc Monceaux,
— il ne voit rien, ne veut rien voir! mange, boit et
dort, quand il peut manger et dormir... Il a cette
idée fixe : ne pas s'amuser, tandis que les siens
pleurent, probablement, là-bas!... Mais non! elles
ne pleurent point, ne souffrent guère, Edeline et
Jeanne ; sans cela est-ce qu'elles ne viendraient pas,
cinq minutes, l'embrasser enfin, ces soirs où la geôlière est partie au théâtre?...

— Suis-je assez stupide!... Est-ce qu'elles savent?
Et il s'invective, il s'accuse : elles sauraient, que
tout les retiendrait, surtout l'intérêt de l'enfant! Il
est si lâche aussi lui-même : ne devrait-il pas supplier, obtenir une seconde visite, rappeler à Rosine
sa promesse : « Nous reviendrons... Je ferai mon
possible? »

Tant pis! il est trop fier, ma foi! Et si l'on n'a pas

8

assez de cœur pour comprendre un pareil besoin,
eh bien! tant pis pour tout le monde!

...Et voici qu'on regagne Lille! Le train s'ébranle
et roule ; et Jean ne se rend même pas compte qu'il
va reprendre la vie de naguères : quelque chose en
lui s'est brisé, — le ressort de joie et de souffrance.
Il conçoit uniquement cette volonté, fort nette : terminer ses études, partir, travailler, vivre de son
pain, vivre libre! Non pas se venger : non ! être
libre, enfin libre! ne plus s'occuper de ces gens...
De la reconnaissance? Ah! bien, il a payé son instruction assez cher, en pleurant du sang! Puis,
avait-il voulu, être adopté par eux? Lui a-t-on demandé conseil?

Ainsi, depuis sa bonne promenade à travers le
musée du Louvre, il n'a rien vu de ce Paris! il
a seulement été, dans cette houle humaine, un flot
moins conscient que les autres, poussé comme par
un flux, refluant malgré lui, vers un large plein
d'inconnu, plein d'obscurité formidable...

— T'es-tu bien amusée? dit Louis à sa femme, à
peine descendue de wagon.

— Moi, très bien, merci, mais ce monstre m'a
gâté tout mon plaisir!... Ah! tu y retourneras, à
Paris!...

Certainement il y retournera : et sans vous, en
core, tante Rosine !

— Comment ? il n'a pas été gentil ? Moi qui comp-
tais sur ce voyage...

— Ah bien ! si tu crois qu'il nous aime ! Cette
sale Jeanne, cette *perche d'Edeline*, il n'y en a eu
que pour elles. Le premier jour, — ainsi, tu vois !
— le premier jour, monsieur a voulu y aller. Te
figures-tu qu'elles m'ont parlé d'instruction religieuse, de conscience, et que cette *vieille chipie*
voulait le questionner : « Et Jean, madame, et Jean,
sera-t-il un bon chrétien ? » Enfin, je n'y suis plus
retournée ; est-ce que ce n'est pas à faire suer ? Il
fera chaud, quand je leur écrirai... Et fières ! —
une mère de *va-nu-pieds* ! ma parole d'honneur, ça
a l'air de descendre de la cuisse de saint Louis !...
Et cet imbécile qui s'est tu ! Tout le monde l'a
trouvé idiot : les Sureux, les Bernard ! Il ne joue
même pas avec les enfants de son âge... C'est bien
plus agréable d'aller peloter la vermine des chats
de mademoiselle sa sœur : parlons-en, elle est jolie,
sa sœur, avec ses goûts de *crapulerie* ! Tu n'as pas
idée : elle caresse des enfants pouilleux, elle lave
tout ça, elle fourre ses doigts dans des chancres,
c'est indécent ! Et un échalas, il faut la voir !... Ainsi,
je me *sacrifiais* : des fiacres tous les jours ; le café-
concert ; les théâtres ; des dîners au Palais-Royal !! !

je m'*esquintais* à lui faire voir les monuments, je montais partout... et monsieur faisait des manières, soupirait, levait les yeux au ciel; aux Invalides, il a levé le nez, devant le tombeau de l'Empereur!!! Mais tu me payeras ça, attends!... Et tu vas en recevoir, si tu ne marches pas droit! D'abord, tu travailleras toutes tes vacances, ça te changera. Tu pourrais te crétiniser à jouer, ou à te promener... Ah! monsieur n'aime pas les voyages! on t'enfermera, mon garçon : et tu ne te plaindras pas, au moins! Je fais ce que tu as l'air de vouloir...

Et Jean se tait, reçoit les gifles, ne bronche point aux mots : « Crapulerie, sale Jeanne, vieille chipie, mère de va-nu-pieds ». Soit, il travaillera, enfermé; il sera seul et tranquille, ainsi.

— Et pas de vers, tu sais? pas de lectures! je vais faire disparaître ces saletés, que je tolérais. Une bonne grammaire, un bon cahier de devoirs de vacances, voilà ce qu'il te faut, mon petit! Tu n'as pas eu le prix d'allemand? Bien, tu travailleras ton allemand. Mais pas de lectures, ou gare du dessous!

... Les vacances s'achèvent, les jours coulent; il remplit le cahier de devoirs; pioche son allemand; ne sort plus, sinon le dimanche, forcé par Louis et Rosine; ne voit plus de camarades, pas même son bon cousin Emile :

— A la bonne heure, enfin! dit le père de l'espion.

Voilà ce qu'il lui fallait à ce *mendiant*!... Parbleu!

Si Jean ne lit plus de vers, il en compose : oh! des vers si naïfs, sans césure, sans grand rythme, avec des assonances pour rimes... Et des rêves! — il sera poète, il jettera, dans le monde, des paroles de pardon, des cris de pitié, pour les opprimés comme lui, pour les criminels, pour les bourreaux aussi. Une sentimentalité, une humanitairerie tout hugoliennes hantent son esprit; mais la pensée naît, balbutie; mais la volonté s'affermit; les nerfs se calment, la bile triomphe, la ténacité paternelle s'affirme, transmise et puissante; l'idée fixe soutient l'espoir, brise les brusques découragements, exalte l'orgueil de souffrir et de mater la souffrance : Jean se tait, se concentre en soi, Rosine et la fée en enragent. Le nez se creuse, à la racine, d'un double pli dur, continuel, rapprochant les sourcils épais; l'œil brille quand l'écolier est seul, s'éteint dans les autres moments; la base des narines se fronce et s'élargit, mobile; la bouche se courbe, vers le menton; le front s'incline souvent, se ride... L'enfant qui n'a guère eu d'enfance restera triste, et pour la vie. Quelquefois, tout au fond de lui, malgré ses pardons emphatiques, un personnage mauvais, rancunier, plus humain, plus logique, se révèle : un personnage qu'il ne connaît pas, — sournois, hypocrite, félin, cruel, effroyablement pervers : avec des

8.

envies de voler, de tuer, de se venger ; ou bien
de simples ricanements, une simple jouissance
interne, à reconnaître la bêtise de ses tourmen-
teurs adoptifs. C'est l'âge auquel les camarades de
Jean désespèrent leurs parents, deviennent tour à
tour taciturnes, pétulants, insupportables de tous
points. Pour lui, si le retard de la puberté, joint à
sa gravité hâtive, le sauve encore de ces changements, il en subit de plus étranges : tantôt bon
jusqu'à l'ineptie, tantôt vrai fou furieux à froid,
paisible concepteur de desseins atroces. Jamais il
ne parle, il lui suffit de répondre aux questions
qu'on lui adresse ; mais une sorte de voix mystérieuse monologue en lui, constamment...

... Depuis son retour de Paris, sa rêverie, si sérieuse ou si bizarre soit-elle, finit presque toujours
interrompue par ce phénomène psychique : l'invo-
lontaire évocation d'un stupide mot de cicerone.
C'etait au Panthéon, dans la crypte ; on faisait parler
l'écho ; et, rappelant que des obus prussiens avaient
frappé le monument, le guide répétait, récitait :

— Oui, messieurs ! voilà le résultat de la longue
comédie impériale.

A ce souvenir, sans autre motif, Jean éclate, mais
d'un rire fou, démesuré, et le trio regarde, inquiet :

— Il devient idiot, ma parole ! Il devient tout à
fait idiot, *gna pas à dire* !

D'autres choses le tordent ainsi, mais dans l'intérieur des d'Ohet. Avec son air doux et soumis, il s'en
trouve être, peu à peu, le plus féroce observateur.
Rosine a, par exemple, importé, de Paris, cette
réflexion de M. Sureux :

— Louis devrait se faire recevoir docteur.

Il l'était, lui Sureux, et ça lui profitait. Au reste,
cette idée, Louis d'Ohet, médecin, la flatte tout particulièrement. La veuve Leclert a bien émis quelques faibles observations, sur les frais d'un tel
sacrifice; mais, vaniteuse elle-même, satisfaite à
l'espoir d'écraser, par sa fille, les rares Lillois qui
l'ont connue, — elle! madame veuve Leclert, —
ouvrière en dentelles, elle a fini par conseiller aussi
les études médicales. Docile, Louis s'est mis à l'œuvre, afin de préparer les examens d'officier de santé,
car il possède, pour tout diplôme, le certificat de
grammaire. Reçu, il passera, à Bruxelles, par une
épreuve complémentaire, — attendu qu'en Belgique, seule la mention « *docteur* » existe... Le
matin, le soir, entre deux dentiers commencés,
deux molaires arrachées, aurifiées ou plombées, le
gros homme peine et sue, absorbé dans les livres,
lisant tout bas de barbares termes, contemplant
des figures féroces : bras coupés, pieds sans peau,
membres décarcassés; il faut l'entendre, les yeux
clos, se réciter des pages entières, comme une leçon !

Parfois l'illusion est complète, Jean croit ouïr un camarade : c'est quand madame d'Ohet ou la fée saisit le volume, souffle les mots passés, s'impatiente, rend l'ouvrage :

— Vous ne savez pas, pas du tout... Allons, il faut rapprendre ça.

Puis, si cette révision n'a pas encore suffi, les deux femmes échangent des signaux, des gestes de découragement :

— C'est évident...

— Pas meilleur pour cela que pour... *autre chose*...

— Bien de la chance, celui-là ! d'avoir rencontré nos écus...

Jean regarde, écoute, rit dans sa barbe future ; car Rosine, ayant désormais deux élèves à surveiller, lui laisse un peu plus de repos, ne monte plus si souvent, cauteleuse, et les pantoufles à la main, — *en pieds de bas* , comme elle s'exprime. Et ce qu'il en profite pour *bûcher* ses poètes, — retrouvés, en des fouilles nocturnes, grâce à la pitié d'une servante, au fond du grenier poussiéreux !... La fée ellemême est si préoccupée, qu'elle en soigne moins ses coups de canne et la conversion du *huguenot*: elle a tant de cierges, la fée, à brûler pour son crétin de gendre ! elle a tant de cœurs en argent à faire suspendre au cou de N.-D. des Sept Douleurs !... tant de chapelets à égrener pour la *Confrérie du*

Saint Rosaire; tant de *gardes à monter* en l'honneur du Très Sacré-Cœur de Jésus!

— Et sans doute aussi, se dit Jean, tant de péchés a confesser! tant de péchés, de méchancetés, que sa vie n'y doit pas suffire!

Malgré toutes ces prières, les clients restent rares; de fréquentes discussions s'élèvent, sur les moyens à employer pour les conserver, les ramener, pour en attirer de nouveaux; et ce sont, de la part des femmes, des exhortations à l'aplatissement, des : « Il y faut mettre du sien »...

— Vous me prenez pour une *andouille*, la mère!... Vous raisonnez *comme un pet dans une culotte de peau*!... Allumez donc vos cierges, et fichez-moi la paix!

— S'il est possible, Jésus mon Dieu! de s'entendre traiter ainsi! Ah! le bon Dieu me punit bien...

Au reste, Louis a beau *y mettre du sien*, Rosine multiplier ses désagréables sourires, la fée ses mines patelines et ses mielleux discours, le vieux praticien ses avis, ses reproches, ses « Si c'était moi! »... presque plus personne ne s'adresse au *Cabinet de Prothèse dentaire*.

— Ce n'est pas étonnant, grommelle madame Leclert. Si vous leur lâchez des plaisanteries comme avec nous. Des choses ignobles, il faut le dire: un égoutier n'est pas plus sale !

— Non, maman, il faut être juste : Louis est sérieux dans son cabinet. C'est une malechance, car enfin il est plus adroit à cela que... enfin, je m'entends!

— Oui, je suis sérieux ; vous devez le savoir, avec votre espionnage aux portes.

— Moi, j'espionne? tu l'entends, maman! et voilà comment il me traite, alors que je prends sa dé-fense...

— Il faut que vous ayez bien peu de cœur.

— Ça, c'est vrai : pas plus de cœur qu'un pou. J'ai fait une fois l'autopsie d'un pou, je n'ai jamais pu trouver le cœur. Eh bien, je suis comme ça, la mère!

— Enfin, tous ces mots-là sont des mots inutiles. Nous verrons quand vous serez docteur...

— S'il est reçu!

— Merci bien, ma chère; mais je ne suis pas encore si bête que j'en ai l'air ; c'est même le contraire de la mère...

En attendant qu'il soit reçu, madame d'Ohet a pris l'habitude de réunir, le jeudi soir, leurs *amis et connaissances* de Lille. Elle leur donne à *souper*, puis on passe au salon, où l'on joue au loto, aux cartes, sans dire grand'chose ; et quand, vers minuit, on se sépare :

— C'est une heure indue ! déclare-t-on.

Edmond d'Ohet, sa femme, son fils Emile; ces demoiselles de Beaupré avec leur mère; le vieux praticien ; Ninette avec son frère Adolphe, sont les habitués les plus fidèles de ces jeudis. Y viennent encore M. Bersot, le notaire, et sa fille Eugénie, vieillie, demoiselle, à cause du renom d'*hystérique* que jadis lui a fait Louis. Chose remarquable, il n'est le dentiste d'aucun : même gratis, *ce cochon d'Edmond* ne s'adresserait pas à son frère :

— Par fierté, proclame le gros homme. Quant aux autres, ce sont des *mufes*.

— Vous leur faites tant d'avances ! dit madame veuve Leclert.

Les invités, régulièrement, tous ensemble se lèvent ainsi qu'à un signal. Le plaisir des *cancans* est tel, qu'ils se reconduisent les uns les autres, déblatérant sur le trio, dévorant à belles dents *ce vilain petit orgueilleux* :

— Tout l'orgueil de sa tante ! dit Julie.

— Et poseur ! pas de danger qu'il joue avec Emile ! A son âge... un pareil morveux ! Je t'en donnerais, moi, de la pose...

— Et puis il sera ingrat ; il l'est déjà : ainsi !...

— Il ne les respecte pas du tout. Il est vrai qu'il n'y a pas de quoi : car enfin, cette madame Leclert...

Les choses elles-mêmes, les choses, ne sont pas épargnées. M. Bersot, qui ne connaît pas la couleur de ses propres tentures, condamne le papier doré, les baguettes dorées, la bordure veloutée, d'un rouge

aveuglant, — « C'est criard ! » — dans le salon de
ses hôtes. Le meuble en acajou et velours est sans
style ; le guéridon branle, — « Du vieux neuf ! » —
les tapis verts des tables à jeux ont des taches ; les
carpettes, par endroits, montrent la trame ; les deux
tableaux à l'huile valent moins cher que leurs
cadres ; et la cave à liqueurs elle-même...

— Ils ne se ruineront pas à en remplir les verres,
dans tous les cas !

En effet, les d'Ohet ne servent guère à boire, et
ces Flamands et ces Flamandes, grands amateurs
d'alcools, en souffrent :

— On reçoit bien, ou alors on ne reçoit pas, con-
cluent-ils.

Mais, chaque jeudi, ils y retournent.

Cependant, ces dîners, ces soirées, reviennent
cher : Rosine ne sait pas acheter, la cuisinière réalise
des bénéfices considérables ; Louis ne gagnant pas
d'argent, on touche sans cesse au capital, et madame veuve Leclert s'inquiète.

— Et c'est toujours la faute de ce maudit enfant !
Je vous dis qu'il nous a jeté un sort. Ce n'est pas
étonnant : un hérétique !... Dieu nous punit. Si
encore vous travailliez à son salut !... D'ailleurs, c'est
une bouche de plus. Et l'entretien ! et l'instruction !
Et tout ça, pour en faire un arracheur de dents !...
Non, voyez-vous ? c'est par orgueil, vous avez eu

tort tous les deux. Vous aviez cent cinquante mille francs : ce n'était pas une fortune à faire des *sacrifices* pareils ! C'est moi qui vous aurais flanqué cette peste à l'école communale !

— Et *le monde*, maman ? dit Rosine.

IV

— Et *le monde*, maman ?

En effet, il y a *le monde*. C'est, dans l'intérieur des
d'Ohet, une constante préoccupation. On cesserait
volontiers de « recevoir », mais que dirait *le
monde*?... Il serait si commode de ne plus communiquer avec Jeanne, avec Edeline: mais l'enfant
pourrait en parler, et véritablement *le monde* jacas-
serait trop... Sans doute, madame veuve Leclert
garderait sur le dos une robe unique, deux ou trois
ans, si elle s'écoutait: mais *le monde* la traiterait
d'avare... Enfin, Jean va bientôt en quatrième; certes, ce cap des tempêtes doublé, on le retirerait du
lycée; d'après eux-mêmes, Louis et le vieux praticien jugent suffisante, pour un dentiste, cette ins-

truction élémentaire, et puis c'est assez de *sacri-fices*; seulement, *le monde* serait trop content...

— *Le monde* est si méchant !

Et c'est pour le trio, ce *monde*, quelque chose à la fois de redoutable, de respecté et de haï ; le maître, l'ennemi de ces petites gens provinciales, — quelque chose de vague, de multiple, de démesuré, dont on ne se rend pas bien compte : salutaire quelquefois, au reste, pour tant d'êtres ruminant :

— Ah ! s'il n'y avait pas *le monde!*

Malheureusement, pour les d'Ohet comme pour chaque Lillois, il existe ; et les mille lèvres canca-nières de la renommée départementale ; les yeux braqués dans toute rue de la ville ; les oreilles dressées dans toute maison, chez tout fournisseur, vers les menus actes quotidiens des voisins, des inconnus, gênent, en ces âmes étroites, la libre ma-nifestation, verbale ou active, de leurs turpitudes, de leurs vices, parfois même d'un sentiment géné-reux, mais ridicule selon les foules :

— Les murs entendent, dit très souvent la sen-tencieuse madame Leclert.

A cause *du monde*, il est donc décidé que Jean, après la quatrième, *poursuivra* ses études classiques. En attendant, son professeur, M. Boisy, ne le gâte guère. L'indépendance d'esprit, la liberté d'allures, chez le *jeune d'Yme*, le choquent. L'*élève d'Yme* n'a-t-il pas l'audace de *tenir la tête* de la classe, sans prendre de répétitions ? Et pourtant, sa mère adoptive, dans une visite particulière, vantait la modestie de ce garçon bizarre, parlait de l'aide bienveillante dont il aurait besoin, pour *se tenir à la hauteur !* Cruelle désillusion : l'aide bienveillante lui manque, n'a pas été sollicitée ; et *l'élève d'Yme*, quand même, *se tient à la hauteur* ! Aussi, que de pensums il cumule, *l'élève d'Yme* !... Cinq cents vers pour devoir gribouillé, petit sale !... Deux cents, pour vous apprendre à balbutier vos leçons !... cent cinquante : vous vous êtes levé avant la fin de la prière... sans doute pour protester, monsieur le protestant ?... Et le minuscule homme rageur, passant une main sur son crâne chauve, de l'autre, tour à tour, caresse ses favoris grisonnants, sa moustache, son menton rasé, ou frappe sur la chaire, foudroyant d'un regard, derrière ses lunettes, — le coupable.

Heureusement, le *jeune d'Yme*, parmi ses camarades hostiles, a su découvrir un ami : — Julien Lassète vivait au Lycée, une prison véritable aux fenêtres grillées, aux murs sombres, une grande chose noire, vieillotte et triste qui fait mal à voir ; sa mère, madame Lassète, dans une autre prison, mais fraîche d'aspect, riante, perdue en des feuillages rêveurs : cent fois plus lugubre pourtant, car c'était une prison de folles. Quant au père, un aventurier : disparu, mort peut-être, nul ne savait où.

Depuis un an, Julien et Jean étaient deux indisciplinés, cotés incorrigibles au Journal du Lycée ; désespérant, par leur *mauvaise tenue*, Peau-Rouge, le cramoisi surveillant-général, l'honorable M. Gressier; un peu poètes déjà tous deux, liés par une sympathie silencieuse et vague; heureux de se voir ; si timides, malgré tout, vis-à-vis l'un de l'autre, qu'ils n'auraient osé rien s'en dire. Julien était interne, Jean libre, mais certainement plus malheureux. Un jour, ce dernier apprenait qu'aussi la sœur de son condisciple perdait la raison : et, le voyant triste à mourir, dans un immense élan il lui serrait la main, sans une parole...

Dès lors, tous deux se sont compris; ils se sont dit: « Toujours ! » sans rire, avec des serments d'amoureux.

Julien est très doux et si beau, avec ses limpides yeux de clair azur, qui changent, avec sa voix *d'or*, chaude et pleine, caressante comme un chant d'oiseau ; en outre, maladif, un peu *fémelin*, et fort nerveux ; de langoureuses faiblesses et des chatteries charmantes. Il a déjà fait battre, avec sa joliesse, beaucoup de cœurs d'enfants, qu'à son tour il a fort aimées. Ensuite, à chaque abandon de ces maîtresses platoniques, vite déniaisées, ç'a été de

longues, longues tristesses qui leur brisaient l'âme
à tous deux : des rancœurs, des colères, de grands
gestes de Jean ! mais de plus, — étranges passion-
nettes ! — un peu d'amertume, de raillerie, de scepticisme puérils, au fond de leurs esprits navrés.

Rosine, aux jours de fête, les laisse sortir ensemble. Le plus souvent ils partent pour d'immenses
promenades, hors de la cité morne, haïe. Ils vont,
tout silencieux, satisfaits de marcher à côté l'un de
l'autre, avec de rares paroles tristes et graves, profondes. Les arbres très verts, les blés jaunes les
connaissent bien, s'imaginent-ils ; et ils croient
autour d'eux sentir, dans l'atmosphère, une sympathie puissante et un attendrissement des choses.
Des souffles attiédis les frôlent délicieusement ; c'est
pendant les jours de l'été, et ces jours coulent semblables tous : en haut, le ciel du Nord, d'un azur
presque gris-perlé ; en bas, de vives envolées d'hi-
rondelles, des trilles, d'intermittents gazouillis dans
les branches, les parfums dilatés des végétaux qui
s'aiment, de mille petites étoiles dans l'herbe, le
long des routes et dans les prés.

La plaine s'étend longue, d'un ton d'or fondu,
avec de grandes ondulations lentes des blés, des
avoines et des colzas, entrecoupés de bluets bleus
et de pavots rouges qui en rehaussent le fauve éteint :
la plaine, avec ses calmes, qui leur insinue la

sensation d'une vague tristesse de tout, placide et
souriante, l'indéfini désir d'un pur amour, et puis,
d'exquis besoins d'épanchements réciproques. Les
confidences vont leur train-train ; Boisy, Rosine sont
oubliés ; et c'est un fort curieux contraste : celui de
leurs poses recueillies et des choses qu'ils disent, si
naïves !

Julien est un vrai camarade, follement épris de
grand air, et de ciel libre, et d'eau fraîche et vive,
et d'aventures par les taillis, ainsi que Jean. Par les
belles matinées d'automne ; par les brusques levers
de soleil estivaux ; par les crépuscules du printemps ;
et par les froides, scintillantes nuits finissantes de
l'hiver, — ils partent, courent la campagne plate de
Lille, s'égratignent aux ronces, ensanglantent leurs
faces, dédaigneux des grandes routes et des chemins frayés. C'est bon : les oiseaux chantent ; un
corbeau, quelquefois, croasse, balancé sur des rameaux frêles ; et les deux écoliers jouissent.

Un jour de chaleur accablante, ils étaient sortis
par l'une des portes de la ville, celle de Dunkerque,
dévalant, comme des balles lancées, les talus de la
citadelle ; tout à coup, les yeux fixes, ils avaient
arrêté leur course. Devant eux, entourées d'une eau
pure, susurrante, se dressaient plusieurs îles ; des
îles petites et *sans doute vierges*, du moins depuis
quelques années. La végétation y semblait luxu-

riante : des fleurs blanches d'amandiers, toutes sortes
de plantes de terroir, vertes de tous les verts du
monde, peinturlurées de tous les tons, embaumées
de senteurs sauvages. Dans l'eau chantante, des
touffes d'ajoncs, d'iris et de roseaux plumeux, par
masses ; des nénufars à fleurs dorées, des lys de
grande allure altière ; puis, un coassement vague
d'invisibles rainettes. En trois minutes ils se trouvaient au bord : nul gué ; l'eau n'était guère profonde,
et on l'eût traversée en ployant les tiges, les longues
feuilles aiguës des roseaux, pressées les unes contre
les autres ; mais ils avaient alors, et Jean conserva
longtemps, un respect ridicule, comme supersti-
tieux, pour les plantes : en brisant une feuille, disait-il, il en croyait voir couler du sang, entendre
crier la blessure ; puis, poésie à part, ç'aurait été
bien moins amusant... Sans perdre une seule seconde, sans s'être dit un mot, ils cherchaient des
pierres formidables ; mais, en de pareilles occurren-
ces, ils auraient édifié les Pyramides en moins d'un
jour ! Ils les roulaient vers l'eau, qui toujours ba-
billait sa claire chanson voluptueuse, et les y
poussaient, ravis du clapotis et des baisers glacés,
posés, par les éclaboussures, sur les chairs de leurs
mollets nus. Les grenouilles, par vingtaines, sau-
taient, hors de leur retraite toute troublée ; mais ils
poursuivaient l'œuvre, inexorables, impassibles ;

en deux heures ils passaient à gué, leurs jambes
fines, et ruisselantes de perles, frissonnant si délicieusement !

Les îles étaient des flots verts, hérissés de ramil-
lons vierges, de troncs antiques, solennels, graves,
chantant, jusque dans leur déclin, l'hymne éternel
des feuilles à l'âme diffuse du monde. Des merles
sifflaient, des fauvettes répondaient, sautillantes ;
des bouvreuils rapides se chassaient, fendant l'air
d'un vif coup d'aile sec. A terre, d'innombrables
lézards, sur les pierres grillées de soleil ; force trous
de taupes ; des fourmis, par centaines, courant, avec
leurs singulières déviations brusques de route....
Les amis se hissèrent, après une inspection, jusque
dans les branches d'un vieil orme, où, le lendemain,
ils se taillèrent des sièges, et même des pupitres
commodes. C'était en pleines vacances de Pâques ;
et les chers vers, qu'en dépit de tous Jean s'obstinait à rimailler, furent, dans ces pupitres humides,
bien plus en sûreté que chez lui, où l'impitoyable
Rosine brûlait, après de patientes fouilles, *toutes ces
saletés de poésies*. D'ailleurs puisque lui-même il
devait les détruire, à quoi lui servit, pensait-il quelquefois plus tard, de mettre là, sous forme de ser-
rure, de charnières et de sièges, voire même sous
forme de taches d'encre, la civilisation sur un tronc
d'arbre stupéfait ?... Mais alors, ces cachotteries lui

9.

donnaient de surhumaines joies; lorsqu'il retrou-
vait, tout là-haut, ses manuscrits trempés de rosée
ou de pluie, réellement il se figurait *être le plus
heureux amoureux de la Terre, et posséder, par un
prestige, à la fois toutes les divines Muses !*

L'été, tous deux passèrent des crépuscules, assis
sur l'herbe ou dans les rameaux de leur orme, de
bons crépuscules à chanter, rêvasser, dire des vers,
pleurer ou prier Dieu, avec la foi naïve que Jean
recouvrait pour des heures, et que gardaient encore
les quatorze ans mystiques de son ami. Jean avait
pendu là son hamac d'aloès, souvenir des forêts
d'Amérique, et la moustiquaire de son père, pour
se préserver des cousins.

— Il est fou, positivement fou ! mais pendant ce
temps-là, au moins, il nous laisse tranquilles, concluait Rosine, indulgente.

La vérité est que Jean d'Yme devait cette liberté
nouvelle aux études médicales entreprises par Louis
d'Ohet, sous la surveillance des deux femmes. Elles
ne se souciaient plus beaucoup de l'écolier :

— C'est un grand garçon, à présent. Il faut qu'il
s'habitue à se débrouiller seul...

Le dentiste, probablement, n'était pas un grand
garçon, lui, car on le tourmentait du matin au soir.
Ses clients devenaient de moins en moins nombreux;
et, à mesure qu'ils s'éloignaient, madame veuve

Leclert et sa fille sentaient grandir en elles l'ambition de pouvoir, enfin! enlever des fenêtres les enseignes (de fausses mâchoires dans une vitrine), et, du balcon, les colossales lettres dorées, qui signalaient à tous la profession, décidément répugnante, de leur victime. Elles voyaient déjà, dans leurs rêves, tout cela remplacé par une énorme plaque en cuivre, *comme celle du docteur Testelin* :

DOCTEUR D'OHET

MÉDECIN CHIRURGIEN ACCOUCHEUR,

et dessous, cachée dans un coin, en caractères microscopiques, la mention exigée par la loi :

Université de Bruxelles.

Aussi lui déniait-on même le droit d'aller, le soir, tuer une heure aux concerts du Jardin Vauban, et jusqu'à celui de sortir pour se reposer, le dimanche :

— Vous aurez bien le temps, quand vous serez médecin... si vous savez vous faire une clientèle !

— Et ces sorties-là, au moins, *profiteront !*

Le gros homme acceptait cet esclavage, — dompté, baissant la tête, se taisant pour avoir la paix. De sa chambre, où il travaillait, Jean s'égayait souvent,

quand il entendait, pas bien loin, cet organe de castrat réciter une leçon d'anatomie interrompue par les
aigres observations de Rosine ou de la vieille fée.
Ah! les rôles étaient bien changés! du moins le *va-
nu-pieds*, le *mendiant*, n'était plus le seul martyr
des deux mégères; et là plus fière des attitudes restait à celui qui continuait de brouiller mère, tante;
père, mon oncle; grand'mère, madame! Mais, comme
il devenait robuste, les coups ne pleuvaient plus sur
lui; il écartait la canne de madame veuve Leclert,
quand celle-ci l'allongeait de son côté, par habitude;
et, si Rosine levait la main, il la regardait d'un tel
air, que la main retombait inerte :

— Il me battra, *gna pas à dire*! vous verrez qu'il
me battra, disait-elle, plus faible que lui. Espèce de
petit monstre, voilà ta reconnaissance !

Cependant, s'il ne recevait plus les affreuses
râclées de naguère, de temps en temps une gifle tom-
bait sur sa joue : Louis, qui autrefois le défendait,
toujours, à présent se vengeait, sur lui, de ses cons-
tantes humiliations. A son tour, il s'accoutumait à
parler de sacrifices, à empoisonner des reproches;
la justesse de ses mots l'ébahissait :

— Hein? c'est *tapé*!

Dans cette cervelle grossière une fureur grandissait, quand il songeait aux aptitudes de Jean, à son
intelligence triomphant sans labeur, et comparait

cette facilité avec ses propres peines d'élève de trente-six ans.

— Oh! tu n'as pas à être fier. Il faut qu'il y ait quelque chose là-dessous. Tu es le *chouchou*, c'est évident! le *chouchou* de M. Boisy...

Jean haussait les épaules, muet; Rosine et la fée s'indignaient :

— Laissez donc cet enfant tranquille, quand il travaille et qu'il est sage! Vous savez bien que M. Boisy l'a *en grippe;* il l'écrase, c'est le mot! il l'écrase de pensums injustes.

— Oui! mais il les lui laisse payer... Enfin, je trouve que Jean devient sournois. Sa sagesse, c'est de l'hypocrisie, je n'aime pas ça : autant le mettre aux Jésuites, alors!

— Ça ne lui aurait peut-être pas fait de mal.

— Taisez-vous donc, la mère! moi je n'aime pas les Jésuites.

— Ils vous valent bien! et puis, soyez tranquille, ils n'ont pas besoin de vous. Tandis que vous aurez peut-être besoin d'eux, un jour, avec le train que vous menez!

— Le train? est-ce que c'est moi qui veux *recevoir* ici? Est-ce que je vais à Paris, pendant les grandes vacances? Non, je reste ici à trimer pour vous, pour ce monstre d'enfant. Et il n'y en a que pour lui!... Comme si ça avait besoin d'instruction pour faire un dentiste! Mais il vous méprisera, avec son instruction!... Ah! si je ne me retenais pas!...

Louis ne se retenait guère : le mouton devenait enragé ; les deux femmes, oubliant leur conduite antérieure, gémissaient :

— Ça vous manquait, d'être brutal.

— Si encore vous étiez *un homme,* ça se comprendrait!

— Faut-il être assez lâche pour frapper un enfant!

..... Résigné, Jean se consolait. Dentiste, lui? jamais de la vie! A quoi bon alors de l'escrime, de la musique, et du dessin? A quoi bon du latin, du grec, de l'orthographe? Son oncle avait raison, au fond : un arracheur de dents n'a pas besoin d'être bachelier!... Mais ces réflexions, il était nécessaire de les cacher, très prudemment ; plus tard, après les examens, on ferait des vers à son aise, on écrirait dans les journaux, Jean gagnerait sa vie, et même de quoi s'acquitter rapidement des *sacrifices :*

— Tenez, le voilà, votre argent !

Julien écoutait, approuvait, caressait des projets tout à fait identiques. Lui aurait quinze cents francs de rente, qui lui rendraient la lutte moins rude : eh bien ! il aiderait Jean, tous deux vivraient ensemble :

— Crois-tu que ce sera gentil ! Hein ?

Par malheur, plus leur amitié se resserrait ainsi, plus Rosine, pressentant un danger, devenait inquiète, dénigrait Julien, se préparait à lui disputer la possession du cœur de Jean, l'éloignait sous tous les prétextes. Plus susceptible qu'un sentiment naturel, sa maternité factice réveillait, contre l'ami trop intime, les jalousies, mal assoupies, qui s'étaient acharnées jadis en elle contre la mère...

— Jean, j'ai à te parler très sérieusement, dit-elle un dimanche ; tu m'entends ?

— Voilà, voilà, tante, je t'écoute.

— Tu sais bien, la folie, mon chéri : ça se transmet. Eh bien ! tu deviens un peu fou. Sans doute !... Quand tu me regarderas ! demande plutôt à *ton père ;* il s'y connaît, lui, un médecin...

— Oh ! un médecin...

— Eh bien, monsieur ?... Enfin je ne vous demande pas votre avis. Ecoutez : le petit Lassète nous déplaît ; il doit vous donner de mauvais conseils... Non ? n'importe, je vous défends de sortir avec lui...

— Mais tu lui avais dit toi-même de venir me chercher tout à l'heure.

— C'est possible ! mais raison de plus : comme ça, ce sera fini tout de suite... Ce que je vais vous jeter ça dehors !

— Julien ? qu'est-ce qu'il a fait ?

— Il n'a rien fait. Mais je ne veux pas que *ce fou* reste votre ami. J'ai bien le droit de choisir vos camarades, peut-être ?

— Alors je m'en irai, je vous quitterai, voilà !... Comment ? Julien qui vous défend...

— *Qui nous défend* ? tiens, tiens, tiens, tiens... Non, mais, vous partir, c'est trop drôle : et la justice, petit idiot ? Et comment vivrais-tu sans nous ? je serais curieuse de le savoir !

— .... Voyons, *mère*, sois bonne. Je l'aime tant, moi, Julien !... Oui, j'ai eu tort de te répondre. Mais je t'en supplie, pas tout de suite, attends un peu, laisse-moi lui dire... Il est si malheureux, si tu savais, mon Dieu !

— Tu vois comme je suis faible... enfin ! je cède encore. Dis-lui, à ce petit, que tu ne peux plus aller te promener, que tu as tes compositions triples à préparer... Dis-lui ce que tu voudras ! mais qu'il ne revienne plus ici : c'est compris, bien compris, n'est-ce pas ?

— Oui, mère. Seulement laisse-moi sortir avec lui, aujourd'hui encore. Tu sais, — c'est très difficile à dire, ça : Il faut le temps, choisir le moment... Il est si malheureux !

Jean retient ses larmes : allons, c'est résolu cette fois ! Il n'écoutera rien, partira, marchera jusqu'à Paris, mendiera, se cachera pour n'être pas repris...

Au moins, il pourra posséder tout à loisir les gens qu'il aime ! — Et la poésie ? les journaux ? le remboursement des *sacrifices ?*... Ma foi, tant pis, c'est trop, enfin !

— J'en ai plein le dos, de cette sale vie !

... Julien arrive, coquet, pimpant, une petite badine à la main. Il est dix heures.

— Bonjour, *mon ami*, dit Rosine. Votre mère va bien ? Votre sœur ? En avez-vous de bonnes nouvelles ?... Non ? *je m'intéresse tant à elles !*... Allons, au revoir, mes enfants, *amusez-vous bien*... Jean, n'oublie pas ce que je t'ai recommandé, surtout !

Ils s'en vont. Jean est d'une gaîté ! Il fredonne, gesticule, bavarde ! il sautèle, fait la charge de M. Boisy, la charge du professeur d'allemand, la charge de *Peau-Rouge*, cramoisi surveillant-général, — l'honorable M. Gressier :

— Messieurs, messieurs, en rangs, en rangs, formez les rangs !... D'Yme, toujours vous ? retenue de promenade ! M. Ladevie... Vous ne marcherez pas avant d'y être tous... *H... arche !*... *Alte !*... *H... arche !*

— Qu'est-ce que tu as ? demande Julien. Ta verve n'est pas naturelle. Oh ! tu me caches quelque chose, tu as envie de pleurer. Je te dis que j'ai raison, — laisse donc ! Confie-moi ça, mon pauvre vieux. Il y a du nouveau ?

— Il n'y a rien du tout.

— Qu'est-ce que te disait donc ta tante : de ne pas oublier, surtout, ce qu'elle t'avait recommandé ?

— Eh bien ! je m'en vais de chez eux, là ! Comme ça ils auront le droit de m'appeler *mendiant* sans mentir !

— Voyons ! es-tu fou ? tu plaisantes ?

— Je ne plaisante pas : je m'en vais.

— Tout seul ? de ton plein gré ? pourquoi ? Ah ! çà, est-ce que tu te *fiches* de moi !

— Mais figure-toi qu'ils ne veulent plus que nous nous voyions, oui, toi et moi : tu es une peste, vois-tu bien ? Alors je m'en vais... Est-ce compris ?

— C'est ça qu'elle t'a recommandé ? J'aurais dû m'en douter, elle était trop gentille, elle me faisait trop de *mamours*. Alors c'est bien vrai, tu ne ris pas ?... Et pourquoi suis-je une peste, dis ?

— Je n'en sais *foutre* rien, par exemple !

— Alors, pourquoi cet air gêné ?... Jean, j'exige la raison, c'est mon droit, je suppose...

— Mais je t'assure, mon petit Julien... Une idée qu'ils ont eue, sans doute... La jalousie, probablement !

— Je la connais, la jalousie ! C'est ma famille, ni plus ni moins... Tu vois bien que c'est vrai ! Ah ! les lâches !

— Mais puisque je te jure...

— Ne jure pas, je sais bien, va ! Quand ma mère
est devenue folle, c'était la même chose pour ma
sœur, elle n'a pas pu trouver une place d'institutrice ; et tu vois, on avait raison, elle est devenue
comme maman.... Ah ! mon pauvre ami ! mon
pauvre ami !

— Tu vois bien que je ne peux plus rester. Il faut
m'en aller.

— Imbécile ! Et ta mère ? tu veux la tuer ?

— Non, je veux l'embrasser, au contraire, rester
avec elle. Je t'écrirai de là-bas, nous nous écrirons
bien souvent... Mais je m'en vais, c'est décidé !

— Et vivre ? réfléchis, sois raisonnable. Ton
avenir, ta mère, enfin tout... Et pour moi ? Ils seraient trop contents ! ils diraient que je t'ai *exalté*...
N'est-ce pas ? il est onze heures : va dîner ! fais cela
pour moi... Nous nous reverrons, tu comprends :
qu'est-ce qui nous empêche de nous écrire au
Lycée ? Alors c'est la même chose...

Mais Jean refuse de rentrer chez les d'Ohet. Il
marche, il marche, le long de la Deûle, avec un
singulier regard ; dans le bois de Boulogne, il s'arrête, devant les grands fossés pleins d'eau ; dans
son île, étendu sur l'herbe, il sifflote quand Julien
le sermonne, car Julien n'ose pas le quitter, malgré
sa faim épouvantable, malgré les inquiétudes, sans
doute, qu'il donne à son correspondant :

— Il est quatre heures, il faut pourtant l'arracher d'ici, rumine-t-il.

— Voyons, écoute-moi, je t'en prie. Tu as beau dire, tu leur dois de la reconnaissance, à ces pauvres gens. Ce n'est pas de leur faute, s'ils t'aiment bêtement. Tâche d'être un homme, Jean ! réfléchis. Si tu t'en vas, au moins, que ce ne soit pas pour moi : c'est alors, qu'ils parleraient de mes mauvais conseils !...

— Ah ! c'est comme ça ? éclate l'enfant. Eh bien ! je t'écoute, j'y retourne. Mais pas plus toi que les autres ! personne !... Tu n'as pas de cœur ! pas plus qu'eux tous ! Adieu... Non, c'est inutile, je ne te la serrerai pas... Je te déteste ! Tu n'as pas de cœur...

Quand Julien, ahuri, se lève, pour le poursuivre, son ami est déjà bien loin, caché il ne sait où, peut-être noyé dans la Deûle, dans un fossé :

— Mon Dieu, mon Dieu !

Il interroge les bateliers, court à la musique, sur l'Esplanade, bat le pavé jusqu'à sept heures du soir. Des gens s'arrêtent :

— Qu'as-tu, mon petit ?

D'autres le reconnaissent et murmurent :

— Lui aussi ? Décidément ça tient de famille...

Enfin, désespéré, il va chez les d'Ohet :

— Mam'zelle, mam'zelle...

— Qu'est-ce que vous voulez, m'sieur Julien ?

— Jean, Jean, vous savez bien...

— Il n'y a personne à la maison.

— Personne? alors il s'est tué? Mon Dieu!...

— Eh bien! écoutez, je vas vous dire, il vient de rentrer quasiment fou... Non, ne bougez pas, c'est inutile. Madame m'a dit, et lui aussi, de ne plus vous laisser entrer. Ce n'est pas de ma faute, vous comprenez!... Qu'est-ce qu'il y a donc?

— Rien, ça passera! réplique Julien; et il s'éloigne rassuré.

Mais, derrière lui, la bonne dit son air singulier, l'égarement de ses yeux, le bégayement de sa voix, la folie de ses gestes, la soudaineté de son calme.

— Il était temps, soupire Rosine. Tu vois comme c'est dangereux, mon petit. Il n'y a plus qu'à l'enfermer, ce pauvre garçon... Ah! c'est bien triste!

— Oui, *mère*, oui, il faut qu'il soit *pris*... C'est vrai, il n'y a que vous autres, il n'y a que vous qui m'aimiez. Je vous demande pardon, je suis si jeune!... Je ne sortirai plus jamais!

— Il ne faut pas non plus aller d'une extrémité à l'autre. Il y a ton cousin Emile qui ne demande pas mieux, j'en suis sûre; il est un peu bébête, mais c'est ton cousin. Et puis, et puis, nous ne sommes plus riches, ses parents peuvent nous être utiles... Veux-tu que je l'invite jeudi à passer la journée ici?

L'après-midi, vous irez vous promener, et tu t'amu-
seras mieux qu'avec ce malheureux Lassète.

— Je veux bien ; et Ninie aussi : tu inviteras
Ninie, n'est-ce pas ?

— Si tu veux, mon chéri... Ah ! si tu te montrais
toujours obéissant ainsi ! mais il n'y aurait pas
d'enfant plus heureux que toi, petite bête ! Allons,
embrasse-nous tous, et que ce soit fini ! Nous t'ai-
mons bien, va ! moi je t'aime trop, c'est pourquoi
je suis si malheureuse... Enfin, je ferai un pèlerinage, pour que tu demeures dans ces bonnes dispositions !

— Moi, je ferai une neuvaine, dit madame veuve
Leclert.

— Et nous allons *commencer une nouvelle vie*,
n'est-ce pas ?

— Oh ! oui...

— Compte là-dessus et bois de l'eau ! conclut
Louis d'Ohet, en haussant les épaules ; et toutefois
il le baise au front.

... Maintenant Jean d'Yme est dans sa chambre.
Il pleure, il sanglote, mord ses draps, montre le
poing au crucifix, répète qu'il n'y a pas de bon
Dieu :

— Non, il n'y a pas de bon Dieu ! non, il n'y en a
pas...

Ainsi, il n'a plus de mère, plus d'ami, rien de

rien ; les seuls qui reviennent toujours à lui, ce sont ses parents adoptifs : des gens qui lui sont si peu de chose ! — Eh bien ! mais, justement, ils ont plus de mérite à l'aimer, et c'est lui, qui est un gredin ! S'il avait obéi toujours, il eût été toujours heureux : elle a bien raison, bien raison, mille fois raison, cette fichue tante !

Mais vainement il tourne, retourne, et tourne ces idées encore : il souffre par l'indifférence de sa mère et de son ami. — Sans doute, soit, ces d'Ohet le chérissent, mais lui-même a beau faire, il ne les chérit pas, il ne les chérira jamais...

Cependant on monte l'escalier. Jean s'essuie les yeux, feint de dormir, et Rosine entre doucettement. Longtemps, longtemps, elle le contemple, avec l'air d'être fascinée, enfin se penche et pose un baiser sur ses cheveux. Et la douleur de l'enfant crève, son besoin d'aimer, d'être aimé, le pousse en ses bras, — délirant :

— Mère, mère... il n'y a encore que toi... que toi !

Comme autrefois en Amérique, inconsciemment il crie des paroles enfantines, délicieuses, si souvent clamées, dans le hamac, pour sa mère Jeanne :

— Plus jamais, plus jamais de chagrin ainsi qu'à toi ainsi qu'à père !

V

Jean boude Julien, décidément ; les grandes vacances sont arrivées ; on a distribué les prix sans
qu'ils se soient réconciliés ; et, avant cette distribution, dignement il a renvoyé à *Monsieur Lassète* les
billets que *Monsieur Lassète* lui faisait passer durant
la classe. Sans doute, il en souffre ; il a même com-
posé des vers, des vers navrants : *A l'ami qui
trahit* ! Mais il ne transigera pas, c'est bien fini...

— Oh ! bien fini !

Aussi madame d'Ohet triomphe ; la *nouvelle vie*
qu'elle espérait a commencé. Jean ne parle plus de
sa mère, ne prononce plus le nom d'Édeline, écrit
intégralement les lettres qu'on lui dicte à leur
adresse. Il semble se plaire beaucoup en compagnie
de son cousin, lauréat, cette année encore, en gym-

nastique ; mais il ne témoigne nullement le désir
de sortir souvent ; Émile et lui ne quittent pas la
ville ; les îles vierges sont désertées ; le pupitre et
les sièges, dans le vieil orme, à jamais vides. Leurs
distractions, c'est d'aller voir, sur le Champ-de-Mars,
les soldats manœuvrer ou tirer à la cible ; c'est d'entendre, le soir, la musique au Jardin Vauban, ou, le
dimanche, toujours la musique au rond-point de
l'Esplanade, auprès du pont, — à cheval sur les
sphinx qui en gardent l'entrée.

Quelquefois, le futur docteur promène sa femme,
prise d'un soudain caprice, assoiffée d'air et de fraîcheur ; ils emmènent *les enfants*, quatorze et quatorze ans, et les laissent marcher en avant :

— Allons, courez, jouez, amusez-vous, voyons !

Ces jours-là, on *soupe* de bonne heure, et puis on
part *à la campagne*, sans toutefois dépasser les for-
tifications : à quoi bon ? Dans Wazemmes, Esquermes, Moulins-Lille, il y a de l'herbe, des talus, de
maigres gazons, des arbres mourants, peu de monde,
des affaissements du sol, des terrains vagues, des
cailloux : *la campagne*, enfin !... Mais déjà la campagne ne suffit plus à madame d'Ohet :

— Je crois que les bains de mer te feraient du
bien, ma fille, soupire la fée.

— Oui, les bains de mer, appuie Louis, qui sait
pourtant ne pas pouvoir en profiter.

10

— C'est vrai, je n'osais pas en parler. Mais laisser maman seule, aux soins d'une mercenaire ; toi qui la taquines, qui es si mauvais pour elle !

— Va, ma fille, va ! je suis bien habituée à me *sacrifier* ; fais-le pour moi.

— Et les études médicales de Louis ?

— Ne suis-je pas là ?

— Ça te fatiguera...

— Mais non, mais non !... Et cet enfant ? emmène-le, puisqu'il est sage. Il doit avoir envie de revoir la mer, n'est-ce pas, mon petit ?... Et puisque les Bastaing te refont une invitation tous les ans...

Il est décidé que Rosine passera le mois d'août à Calais ; madame veuve Leclert se résigne, malgré son rhumatisme articulaire, à surveiller son gendre, à tenir la maison. Jean se tait, feint l'indifférence, mais au fond est tout secoué par cette grosse émotion : l'espoir de revoir la mer, une fièvre de curiosité, des insomnies et des cauchemars. C'est cependant, cette mer, la première cause de ses malheurs ; c'est elle qui, véritablement, l'a séparé de Jeanne, d'Édeline, en les conduisant jusqu'en France... Aussi, comme il la hait et l'aime confusément ! Comme il la redoute et l'espère ! Oh ! redevenir tout petiot, vivre près des flots, dans une île, comme à Tahiti, entre sa vraie mère et sa sœur !

Commencer, ainsi que dit l'autre, *une nouvelle vie...* loin du trio !...

— Voyageurs pour Hazebrouck, Saint-Omer, Calais, en voiture !

— Surtout, Louis, n'est-ce pas ? travaillez bien.

— Sois tranquille et amuse-toi.

— Oui ! et je crois que mon petit Jean va être bien gentil, cette fois.

— Oh ! oui, mère...

La plaine à l'infini se déroule, toute rasée, hérissée d'arbres rares, barrée de forêts soudaines. Le train s'arrête à des stations dont les employés massacrent un jargon wallon, français et flamand, tout à la fois. Rosine, qui a *pris* des secondes, d'heure en heure se lamente sur ce dur *sacrifice :*

— Il est vrai que ces gens du peuple sont si grossiers !

Non pas ceux du peuple seulement : car, à Hazebrouck, monte un homme gras, suant, à la tenue bourgeoise, une chaîne d'or, à breloques, lui battant sur la panse :

— La fumée ne vous gêne pas, madame ?

— Un peu, monsieur ; mais enfin...

— Merci bien !

Et il fume, crache, écrase du pied ses larges expectorations, dépouille sa redingote, s'étale sur la banquette, s'endort et ronfle ; et quand, pour être enten-

due, Rosine dit : « Ce n'est vraiment pas la peine
de voyager en deuxième classe ! » — il ronchonne
ou déchaîne des tonnerres, tour à tour...

Jean, cependant, est silencieux, répond distraite-
ment à sa tante ; à mesure qu'on approche de Calais, ses yeux fouillent l'étendue immense : la brise
fraîchit ; le ciel, d'un bleu sombre au zénith, se
fond, à l'horizon, dans de vaporeuses brumes vio-
lettes ; deux ou trois fois de suite, là-bas, à droite,
des bandes mouvantes, murmurantes, noires, scin-
tillent sous le soleil, agitent de blancs panaches
diamantés, qui tombent et roulent.

— La mer ! crie Jean. La mer !

— Tu t'en souviens donc ? interroge, fort étonnée,
madame d'Ohet.

S'il s'en souvient ? Mais pas un détail n'est perdu ;
il va retrouver là, dans un coin de lui-même, toutes
ses sensations enfantines ; elles lui reviennent dans
cet air même, ce vent chargé de sel et qu'il aspire à
pleins poumons. Et cet horizon violacé, ces petits
nuages gris, courant dans l'indigo des journées
d'accalmie... Et le paquebot, les officiers, et, sur le
pont, les silhouettes de Jeanne, d'Édeline, et, près
des côtes, le cri : « Terre ! Terre ! » retentissant encore au fond de sa mémoire, avec le branle-bas
d'arrivée...

La voie s'est élargie. A gauche, des mâts, des

vergues, des voiles repliées, des cordages doucement balancés, de noirs goulots crachant une
fumée noire, des cris, des commandements, des
hommes chargés qui se déchargent ; et puis, là-
bas, là-bas, là-bas ! la mer à l'infini, immense, lumineuse sous les rayons d'or, — une nappe de
métal, enflammée, bossuée, dressant, sur sa mobilité, de lointains points infimes, blanchâtres, immobiles : des voiles... A droite, ces vieux remparts,
une sentinelle, des ponts-levis sur des fossés pleins
d'une eau sale, bourbeuse, verdie... Et enfin une
clameur :

— Calais ! Calais ! tout le monde descend !

Et, tout de suite, les Bastaing embrassés, le
baisant, même pas encore dévisagés : un homme et
une femme jeunes, c'est tout ce qu'il a vu ; « Bonjour, ma cousine !... Bonjour, petit ! », tout ce qu'il
a entendu... Il regarde, questionne et regarde,
court vers l'arrière-port : dont le fond, à marée
basse, apparaît par endroits, penche, sur sa gluante
vase, les barques des pêcheurs, leur coque noire,
leurs brunes voiles numérotées et rapiécées, leur
pont puant et encombré. Des gens passent, au visage tanné, un visage en cuir de Cordoue, causent
entre eux, d'une voix rude ; des militaires, des doua-
niers, toutes sortes d'uniformes, et des marchandes
d'huîtres, circulent... On franchit une porte cin-

10.

trée, percée dans les murailles aux béantes meur-
trières ; on pénètre dans la ville, silencieuse,
déserte à cette heure ; on va, sans plus tarder, s'ins-
taller chez M. Bastaing, rue de la Tête d'Or, et
dîner...

Maintenant, « *sois tranquille et amuse-toi* » ; espère que *ton petit Jean, cette fois, sera gentil* : on est
tranquille et l'on *s'amuse* aussi derrière votre dos,
tante Rosine !... L'apathique Louis d'Ohet a redouté
le premier tête-à-tête avec madame veuve Leclert.
Certainement, c'est un bon élève, docile, soumis, et
qui, après avoir arraché des canines ou confec-
tionné des mâchoires le mieux possible, apprend
régulièrement ses leçons de médecine ; mais ce
professeur féminin, unique, grognonnant, l'épouvante : sans compter que *ce professeur*, quand il y a
un mot à souffler, souffle le mot tout de travers;
ce professeur prononce *moëlie pépinière*... c'est
agaçant... ! Rosine, d'ailleurs, est bien *rasante*
aussi, bien dure : mais c'est le professeur en titre,
et qui jamais, jamais, du moins, ne défigure les
saints vocables... Donc, sans souci des deux couverts placés à table, en son chez lui ; indifférent
aux impatiences, aux inquiétudes, aux souffrances
physiques et morales de sa geôlière improvisée,
— Louis s'en est allé *dîner* chez son frère, le comptable, Edmond : rue d'Anvers, à Wazemmes, au

diable. Là il sera tranquille, entouré de *personnes qui abonderont dans son sens*, et desquelles, même, il sera forcé de modérer un peu la langue :

— Non, il faut être juste ; après tout, c'est ma femme..

... Sa femme, oui ! mais Edmond, d'autre part, est son frère : et les deux gros hommes s'aiment, trivialement, mais vraiment. Or, depuis le mariage de Louis, les efforts de la veuve Leclert et de Rosine, unies dans un pareil désir, toujours tendu, de domination sur le dentiste, ont eu pour seul objet la brouille des deux ménages. Par leurs médisances, leur hargneuse attitude devant Julie d'Ohet, leur mépris affiché de sa famille : « Tous épiciers !... ou paysans !... » elles ont provoqué des représailles. Ça été une guerre d'épigrammes, de féroces épithètes, de crues allusions au passé, d'hypothèses perfides, une continuelle obligation, pour les uns et les autres, de se tenir à la parade, afin de se rejeter à la tête l'ignominie des ascendants, ou véritable, ou inventée, ou exagérée sans vergogne... A en croire madame veuve Leclert, c'est un *impie* qu'Edmond d'Ohet ; puis, chose beaucoup plus grave, il excite son frère, il l'*exalte*, contre Rosine et contre elle-même... A en croire madame veuve Leclert, Julie est *pingre* comme pas une, et elle a *un dard !...* *Une vipère !...* Quant au petit Emile, dont la vieille

fée se sert ainsi que d'un espion, au moyen de
questions habiles, — c'est *une vraie brute* : « Tout
son père, quoi ! » Ses périodiques éruptions de
croissance sont dues au *sang vicié* de la famille ;
de plus, il fréquente les voyous, court les rues du
matin au soir : « Une jolie société pour Jean ! »
Madame veuve Leclert lui fait aussi un crime de
rapporter sur son cousin : « Mauvais camarade, il
a tout pour lui, il est complet! » Rosine calme sa
mère, en apparence du moins, mais en réalité l'ai-
guillonne davantage. Et, quand Louis défend son
frère, on les juge dignes l'un de l'autre : « Les deux
font la paire, c'est le mot ! »

Julie d'Ohet, de son côté, en son patois gras de
Comines, ne se gêne guère : elle a *bon bec !* — Sa
belle-sœur? une *pimbèche*, trop fière ! même point
capable d'avoir des *infants!...* — La veuve Leclert?... on la connaît : en épousant son Anastase,
elle en savait plus long que *la belle Rose* : « Oui : la
cocotte... »

Mais, tremblant devant le comptable, elle n'ose
attaquer son beau-frère. Edmond, en effet, affligé
du même tempérament que Louis, mais aussi d'un
visage moins *distingué* selon les filles, n'a jamais
subi l'influence féminine : en cela, il ne ment pas à
la tradition des d'Ohet; assez faible, cédant facilement pour le reste, sur ce point il n'admet aucune

discussion, avec, à la moindre réplique, un geste
inconscient de menace brutale. Julie, en paysanne
accoutumée à voir *la mère* plier, courber la tête
devant *son homme*, ne conçoit donc pas même l'idée
d'une désobéissance. Entre elle et le comptable, ce
sont d'incessantes plaisanteries sur madame Leclert et sa fille ; quant à Louis d'Ohet, il n'y faut
point toucher ; tout au plus Edmond permet-il de
dire que le dentiste se laisse conduire par le bout
du nez, reste trop bon avec sa femme, comme avec
cette petite vermine :

— C'est moi qui vous enverrais promener ça!...
Une bonne trique, c'est ce qu'il faut à des femmes
pareilles... Et ce morveux de Jean ; quand je
pense !...

Pas si méchant au fond, espion par simple balour-
dise, Émile prend timidement parti pour son cousin,
dont l'intellectuelle supériorité le fascine désormais, — plus invincible que l'envie... Jalouse de
lui, comme de Jeanne, comme de Julien, comme
de tout être pouvant lui disputer une place dans le
cœur de son fils adoptif, Rosine n'a jamais admis
que Jean dût aller, seul, passer une journée rue
d'Anvers ; elle refuse, systématiquement, toutes les
invitations de Julie, et se fâche quand celle-ci s'en
montre un peu vexée :

— Mais enfin, pourquoi ne voulez-vous pas le

laisser venir chez nous, cet enfant ?... C'est toujour
notre Émile qui doit se déranger... On ne vous le
mangerait *point*, bien sûr.,. Alors, pourquoi ?

— Parce que !

Donc, si les deux cousins sont constamment ensemble, surtont depuis que Jean a repoussé Lassète,
— entre les deux belles-sœurs tout rapport a cessé.
Elles ne se voient plus que le jeudi soir, aux réceptions hebdomadaires, boulevard de la Liberté, dans
le salon rouge ; encore est-ce pour se renvoyer des
allusions envenimées. Et les frères, séparés par cette
tenace inimitié latente, n'échangent plus que des
regards tristes et des dodelinements de la tête, afin
d'éviter les querelles...

C'est pour cette raison que Louis, las de sa double
servitude, a tellement appuyé, malgré la gêne croissante, malgré la ruine prochaine, — l'idée du voyage
à Calais ; c'est pourquoi, Rosine à peine embarquée,
certain qu'elle ne le suivra pas, ne s'interposera
pas entre eux, il s'en est allé, aujourd'hui, *dîner*
chez son frère...

Il est très fier, au fond, très fier de son audace, à
braver ainsi la vieille fée. Il marche d'une allure
de sylphe ; la rue de Béthune, si sombre, elle-même
lui semble gaie. Place de la République, dans la
torride gloire du soleil, largement diffuse, il s'arrête ; et brûlant, suant, mais heureux, il regarde de

coin, à droite, ce boulevard de la Liberté où tout là-
bas, bientôt, s'impatientera la veuve Leclert.
Toutes les femmes lui paraissent jolies, il se retourne vers plus d'une, oublieux de sa décadence...
Place de Sébastopol, encombrée de baraques fo-
raines, il regrette qu'il ne soit pas plus tard; seuls
les tirs commencent à s'ouvrir; et il sent des envies de voir des jambes de saltimbanques, d'entendre des piaulements pleurards de clarinettes,
des borborygmes de trombones, des parades de
queues-rouges, des défis de lutteurs, des orgues.
Dans son ivresse, sa joie d'être libre, des souvenirs
se lèvent, sous son crâne, du fond de son adoles-
cence : ah ! les *ducasses* d'alors ! les *noces* d'alors,
les filles d'alors, qui l'ont usé en si peu de temps..

— Drelin, drelin din din !

C'est la maison d'Edmond, blanche, avec des
contrevents jaunes aux croisées de ses deux étages,
l'air d'être neuve, inhabitée, tant elle est propre et
silencieuse, dans la paix morne de cette rue ! En
face, les ruines d'un vieil *Alcazar* délaissé se pour-
rissent, dans un abandon lamentable de la carcasse
en bois, des croisillons moresques, des croulantes
colonnes bigarrées. A terre, l'herbe croît entre les
pavés disjoints...

--Comment? c'est vous? s'écrie Julie. Est-ce qu'il
y a quelqu'un de mort ?

Malicieusement fixés sur ceux de son beau-frère, les noirs yeux de la Cominoise brillent dans son teint vert de bilieuse. Et des bras au ciel, un déhanchement de son épaisse taille dans une camisole à pois rouges, un traînement de ses pieds pesants dans des savates, une course de ses petites jambes, les jambes d'une femme de peine, héritées de son père, de son grand-père, des autres : de durs laboureurs, *savez-vous ?*

Embarrassé, Louis s'explique, oublie d'entrer, comme Julie, stupéfaite, oublie de l'y inviter. Déjà des fenêtres s'entr'ouvrent, toute une pouilleuse marmaille, sortie de l'Alcazar, ou peut-être de la chaussée, les doigts dans le nez, forme le cercle, la bouche bée...

— Suis-je bête ! entrez donc !... il ne dirait rien, ma parole... Alors vous êtes libre, comme ça ?.., Edmond n'est *point* encore rentré... C'est lui qui va *s'estomaquer !*... Émile est dans la rue à jouer : quel gamin !... Enfin, voulez-vous voir la maison, en attendant?

Elle s'empresse, montre la maison, achetée depuis deux mois seulement; fait bien sentir que *c'est à eux ;* donne des détails : Emile passe ses journées du dimanche à peindre, raboter, remettre des carreaux, dans une inextinguible joie de propriétaire parvenu: il ne va même plus *à la boule...*

Et Louis regarde : ce sont partout pendules dorées; meubles d'acajou, sous des housses; candélabres, voilés de gaze; un ordre navrant de choses auxquelles on n'a plus osé toucher, une fois achetées, — une méticuleuse propreté...

— Nous voyons si peu de gens, nous autres! Ah! nous ne faisons *point* de *fla-fla*. Puis je n'ai que ça à faire, mon ménage; et je ne me paye pas des bonnes, moi!...

Le comptable rentré, doléances de Louis. Son frère le secoue, le console; Julie soupire : « Ah! le pauvre homme! »; le jeune Emile roule de grands yeux.

— Je savais, que ça en viendrait là! Il ne faut plus te laisser *conduire par le bout du nez*, c'est honteux! Regarde - *moi:* est-ce qu'on me mène, *moi?*

— Et je n'en ai pas envie non plus : une femme doit se tenir à sa place...

— Avec ce monstre d'enfant (encore une invention de ta femme, — une jolie invention, ma foi), tu avais fini par comprendre, tu vois comme il *file doux* maintenant; avec ces fiérots-là *gna* rien de tel : *une bonne trique!...* Je veux bien que tu ne peux pas rosser ta femme ou ta dévote, ça ne se fait pas; mais de là à te laisser traiter comme un *gosse*, il y a loin! car elles te traitent en *gosse*... et

11

encore !... Ce *mendiant*, Rosine n'aime que lui seul; si du moins il était à elle, mais pas du tout !... Enfin il faut que tu sois maître chez toi, n'est-ce pas ? Je n'ai *point* pour habitude de me mêler des affaires des autres : mais pour une fois !... et puis tu es mon frère, ça me regarde, après tout !... Si ça continuait, elles nous brouilleraient, ces sacrées femmes...

Edmond parle longtemps ainsi : il est éloquent, le comptable !... Quand Louis rentre pour *souper*, la vieille fée n'ose rien dire, à cause des domestiques; et, le repas fini, pour éviter l'orage, il s'enferme vite, et se couche. Les jours suivants, même comédie : après avoir mangé, Louis d'Ohet s'enfuit, et dans l'atelier, le salon, la chambre à coucher, se verrouille, poursuivi par les vains appels désespérés de madame veuve Leclert, qui brandit sa baguette impuissante de sorcière.

— Ah! sans mes rhumatismes!... Aïe, aïe !

Envoie-t-elle quelqu'un le chercher:

— A table! répond-il. Et tout ce travail? Non, je n'ai pas le temps...

Certes, il continue de *bûcher ses matières;* mais il se les récite à lui...

— Ou à d'autres *fffemmes* ! insinue la dévote, désolée.

..... Une femme? oui, ce doit être cela! Autrement,

pourquoi le dentiste, deux fois par semaine, le *sou-per* terminé, sortirait-il jusqu'à des une heure et demie du matin ?

— Je vais au café, *la mère*, dit-il régulièrement.

— On le connaît, votre café!... *Si encore vous étiez un homme...* Comprend-on ça ?

— Je vous répète que je vais au café Thieffry, rejoindre Edmond !

En effet, c'est bien là qu'il va : il y joue au billard, au bésigue, aux dominos, avec Edmond, le vieux praticien, M. Bersot et leurs amis, *en discutant un peu politique...* Louis se déclare républicain : non pas *rouge*, mais tout de même il reçoit *le Voltaire*, veut qu'on chasse les congrégations, n'enverrait pas Jean à la messe, s'il ne fallait point que les enfants eussent une religion : surtout ce monstre-là ! on n'a pas le temps de le conduire au Temple, on se trouve donc bien forcé de le conduire à l'église. Tous ces messieurs sont de cet avis, les enfants doivent avoir une religion :

— Mais non *point* les enfants seulement, mon cher... le peuple aussi. Autrement, il fait la Commune !

— Puis dans certains métiers on est bien obligé...

— D'ailleurs, on a beau dire, c'est beaucoup plus convenable... Vous reconnaîtrez bien, je suppose, qu'il y a quelqu'un au-dessus de nous ?

..... Pour soustraire son frère à l'influence de *ces sacrées femelles*, le comptable n'a rien imaginé de mieux que de l'associer à ces personnelles habitudes périodiques. Tous, au café, sont des hommes forts! Tous, ils mènent leurs femmes, faut voir ça!... Tous, du moins, le proclament très haut :

— Et moi donc! enchérit Louis, fort écouté, à cause des études médicales.

..... Cependant la situation devient trop grave: au bout de quinze jours, madame veuve Leclert en avise Rosine : qui, sans avertir son mari, revient à la hâte, un mardi, — *ces belles réunions* se tenant les mardis et samedis, le soir. Après les embrassades, les attendrissements, les détails, les yeux au plafond, les soupirs :

— Tant pis! je veux m'assurer s'il est au café, dit Rosine.

— Ma fille, ma pauvre fille! tu es folle? C'est bon pour les Parisiennes, d'aller au café, ou pour quand tu vas à Paris. Mais ici tu ferais un *scandale*.

— Eh bien! je ferai un scandale; mais je lui dirai son fait, à mon beau-frère!

Elle part, elle court, arrive rue Neuve, s'arrête devant la porte, ouverte, du café Thieffry, regarde:

— Pardi!

Ils sont bien là. Louis cause, rit, avec des gestes, abat atout et ratatout! et son *joli frère* l'encourage :

— Attends, attends, je vais t'aider...

Oui ! mais si, au milieu de ce monde, le dentiste *fait son fendant*? Si Edmond le soutient? et il le soutiendra!... Tous ces *piliers d'estaminet* se moqueraient d'Elle, Rosine d'Ohet !

— ..... Quand il rentrera; ça vaut mieux...

— Eh bien? demande madame veuve Leclert.

— Eh bien! tu as raison, j'ai réfléchi : pas de *scandale*. Nous savons qu'il va bien à ce café, c'est déjà ça.

— Quitter son travail! son foyer !!

— C'est vrai : et ses études?

— Et le mal que nous nous sommes donné?

— Ah ! ça ne se passera pas ainsi !

..... Minuit vingt. Le coupable rentre. Comment? il ne rentre pas seul? Edmond d'Ohet? Le vieux praticien?... *gnen* a plus?... Oublié dans un coin, Jean dort, ou fait semblant ; il attend, un peu inquiété, l'explication de ce mystère : vu que toujours il *paye les pots cassés*, toujours!

Toutefois, quand sonnent deux heures, et que l'on se sépare, aucun pot n'a été cassé; et cependant, grâce à l'absence des domestiques, on se fût disputé à l'aise. C'est qu'après la première surprise, après la colère des deux frères pour cet inopiné retour, madame Leclert, prudente, d'une voix mielleuse les a *sondés*.

— Tais-toi d'abord, laisse-moi *sonder*; nous serons deux pour nous défendre. Et avec toi, qui *as des iambes*, il ne pourra pas s'enfermer, s'enfuir: il s'expliquera.

Et l'on s'est expliqué, on s'est entendu : dame! le comptable consent à faire, sur ses économies, des *sacrifices* : son frère, une fois reçu médecin, lui rendra ça ; pour l'instant, inutile de compromettre davantage l'avenir, en entamant sans cesse le capital.

— Mais pas un mot de ça à Julie! vous entendez bien: pas un mot! Je la mène, moi! c'est vrai; mais, sur l'argent, elle ne plaisante pas ; et, comme elle a raison, je ne saurais quoi lui raconter...

— Soyez tranquille.

Donc, désormais Louis récitera ses *matières*, d'abord pour qu'on lui fiche la paix : « Et puis décidément, Edmond, tu as beau dire, c'est nécessaire! on apprend mieux... »; il ira au café Thieffry, puisque ça fait plaisir à l'autre :

— Bon débarras, vois-tu? répète la veuve Leclert.

— Non, maman. Ah ! ce n'est pas gai d'être lâchée par son mari, — donnée en spectacle à toute la ville, ainsi que la dernière des dernières...

— Et moi? Est-ce que je ne suis pas là ?

— Mais tu ne me promènes pas, toi... tu ne peux même pas sortir, avec ton rhumatisme.

— Aïe, aïe, mon genou!... Bah ! tu as Jean : c'est un homme à cette heure, un homme !... Aïe!

..... *A cette heure,* comme Jean *est un homme,* le reste des vacances il traîne *Mère* à son bras, chaque soir. *Mère* lui parle de ses folies passées, de son aveuglement, de son obstination à ne pas l'en croire, quand elle lui disait, pour Julien; *Mère* lui donne de très sages conseils : Il faut y mettre du sien, dans la vie :

— Vois comme moi-même, et ma bonne maman Leclert, nous abaissons notre orgueil, mon enfant !... devant les clients ! devant ton oncle Edmond, qui nous oblige pour nous humilier... Que ça te serve de leçon : il faut être raisonnable, avec les gens dont on a besoin... Et surtout, pas de nouveaux amis, tu as éprouvé où ça mène... Et tes vers ? entre nous tu les fais mal, très mal : et puis, c'est un tas de saletés, ça ne profite à rien... Plus tard, tu diras : *Mère* avait raison, pourtant...

Cependant, malgré ses sermons, *Mère* est très fière de se montrer, appuyée sur son *fils,* — un *homme :*

— On jurerait le frère et la sœur, affirme, ironique ou galant, le vieux praticien : quand, d'aventure, il les rencontre, aux concerts du Jardin Vauban :

— Eh! oui, réfléchit Jean : avec mon front ridé !

Et, vraiment, ce voyage à Calais l'a vieilli ; avec ses impressions d'enfance, un amour de sa mère, d'Edeline, un amour absolu, sans un doute, lui est revenu. Devant l'immensité, presque déserte, de la mer, il a mieux senti le vide de son cœur, le besoin d'un confident : Julien en était un si bon ! Julien lui parlait, après tout, en ami, dans son intérêt ; accueillera-t-il encore celui qui l'a si durement repoussé ? Malheureusement, comme Jean ne peut écrire, il faut attendre la rentrée, et il en souffre... Ah ! oui, ces vacances à la mer, dont il s'était promis tant de joie, ont aussi mal tourné que celles de l'année précédente !... Certainement les Bastaing, ensemble un demi-siècle, — l'homme, un grand diable de sanguin, à l'énorme nez long et rouge ; la femme, une boule de suif, masse de chair adipeuse sous une tête admirable, — les Bastaing sont des gens parfaits. Comme ils font, en très gros, le commerce des vins, plus d'une fois Jean s'est mis dans les draps, un peu gris, bien triste de tous les souvenirs qui lui troublaient tant l'âme, alors... Puis ils ont prononcé, souvent, ces Bastaing trompés comme les autres, des paroles sur l'indifférence de Jeanne envers son petit Jean : et il a bien fallu se taire, puisqu'on *commence une nouvelle vie* !... A la plage, on s'est étonné du caractère sombre de Jean, de sa répugnance à courir avec les *enfants* de son âge :

— C'est singulier : toujours avec les grandes personnes !

— Bah ! c'est une pose, ça lui passera.

... Non, non, *ça ne lui passera* point. Triste il est, triste il restera. Toujours il préférera la solitude aux *grandes personnes*, les *grandes personnes* aux *enfants de son âge*, la rêverie au jeu, Edeline et Jeanne à sa nouvelle famille ! Aux villes, à Lille surtout, jusqu'à la mort il préférera les champs, et aux champs la voix sourde, l'énorme voix des vagues, le spectacle des flots balançant les blanches voiles, ou déferlant et se brisant contre les falaises du Gris-Nez, — la rude descente, sur les galets, vers la base des roches assaillies par la croissante fureur des lames...

Et voilà ce qu'il en rapporte, tante Rosine !... Un peu plus de gravité qu'auparavant, un peu plus de poésie au fond du cœur, quelques vers, une pitié pour vous, un désir doux, mélancolique de se raccrocher à sa mère, à sa sœur, à ceux qu'il adore, en un mot, et qu'avait reniés son dépit... Et c'est pourquoi, quand vous vous promenez à son bras, il baisse la tête, silencieux, morne ; c'est pourquoi vous êtes obligée de lui répéter si souvent : « Tiens-toi droit !... Monte le trottoir !... Tu vas te flanquer les quatre fers en l'air, bien sûr... » ; c'est pourquoi, plus vous lui rappelez, attendrie, l'époque où il s'é-

11.

tait apprivoisé, plus lui, sourd à votre verbiage, à votre luxe de détails, il rêve de la bonne existence qu'il aurait eue, près de sa mère... et plus il s'éloigne de vous, et plus, à peine *commencée, Mère,* la *nouvelle vie* touche à son terme...

VI

Toute une année s'est écoulée : dix mois de tortures au Lycée, d'amitié délicieuse entre Julien et
Jean, qui aura quinze ans le 10 août ; d'opposition
passive au trio des d'Ohet ; d'attente exaspérée contre
la pauvre Jeanne, dont les lettres deviennent plus
rares, parce qu'elle doit se remarier...

Dix mois de tortures au lycée : en ces dix mois
M. Munier, goutteux professeur de troisième, a
bourré de grec, en vue du Concours général, tous
ses élèves, et surtout Jean. Chaque matin, majes-
tueusement, il pénétrait dans sa classe, balançant,
sur d'énormes pieds, ses jambes énormes, et sur ses
jambes énormes son corps, dans une toge ; et, d'un
pénible geste familier, reboutonnant, avec lenteur,
l'ultime bouton de sa brayette, il s'asseyait. Les évo-

lutions de sa main droite empruntaient un comique
énorme, cause d'innombrables retenues, à la rigidité du petit doigt, paralysé depuis le jour où, dans
un accès de fureur, il se l'était cassé en frappant
sur la table. C'est que M. Munier jouit d'un caractère fort irascible ; à chaque distribution des prix,
ses élèves, terrifiés, domptés, emportent des récompenses obtenues aux concours départementaux, aca-
démiques ou généraux : par exemple, ces vacances-
ci, ils sont sortis abrutis de grec, merveilleu-
sement nuls en latin. Aussi a-t-il payé son succès
par les railleries de ses collègues, et par les *niches*
de ses victimes... Ah ! il leur imposait des exercices
où, régulièrement, συνέλκω, *je traîne avec*, appa-
raissait !... — Eh bien ! soit ; mais pas de journée où
même Jean, Julien n'écrivissent sur le tableau, les
murs, le dos de la cathèdre, les faces de la chaire,
partout... ces vocables vengeurs : VIEUX BOUC !... et,
après eux, des mains perfides se disputaient l'honneur d'y ajouter : PUANT !... Or, *l'élève d'Yme*, surpris un soir, a bien failli être chassé : sans compter
que, ses places demeurant excellentes, en revanche
ses devoirs n'étaient pas toujours faits, ses leçons
pas toujours apprises ; et, comme il inventait des
excuses très variées ; comme, d'autre part, madame d'Ohet correspondait avec *Vieux-Bouc*, on découvrait ces graves mensonges ; cinq ou six fois par

mois, M. Munier, l'index et le petit doigt tendus, menaçants, vers le coupable, s'écriait :

— Petit malheureux ! vous voulez donc finir au bagne ?

Rosine et madame veuve Leclert montraient des inquiétudes pareilles :

— Mais le mensonge conduit à tout ! Menteur ou voleur, c'est tout un !... Mais tu as donc tous les défauts ?

Tous les défauts, non, — mais beaucoup, selon *Vieux-Bouc*, suivant aussi M. Rabie, professeur de mathématiques : un sanguin jeune, à moustache rousse, tout de suite impatienté quand on ne *saisissait* pas. Jean n'a-t-il point imaginé, afin de le faire enrager, d'écrire sur ses copies d'algèbre : « *Pas de raisonnement; voici l'équation devinée...* » Si encore il n'eût rien *fichu!* mais, au tableau, il expliquait, avec une lucidité parfaite, prouvait qu'il comprenait ; et dès lors, comment donc *coller* le meilleur élève de la classe ?...

Le *coller* ? Seul Muller l'osait, *Herr Muller*, professeur d'allemand : un vieillard de soixante-six ans, court et râblé, solide encore, gymnaste accompli, terrible escrimeur, radical redouté, qu'après son coup de fouet à chien, en pleine figure de l'élève Tesse, — pour insolence, — on n'avait osé retraiter... Celui-'à vous *matait* ces *mômes* ! Prompt comme la foudre, il bondissait, dressait par le toupet les têtes inattentives, vociférant d'une voix tonnante, à travers le silence des cours : « *Hé, bbé ! Hé, bbé !* Euh ! *ppolisson !* » ou bien : « Morbleu ! *Matiche ! matiche !* » en arrachant sa barbe verte...

Quant à M. Gillon, un fier original, qui semblait professer pour Jean ! parlant, impertubable, en lâchant des jeux de mots, au milieu d'un étourdissant charivari ; distribuant, avec noblesse, des retenues jamais inscrites. Toutefois, lorsqu'il les inscrivait, c'était terrible, par exemple ! Il fallait, sept ou huit externes, le poursuivre, depuis le Lycée jusqu'à la rue Beauharnais, en larmoyant : « M'sieur ! laissez-moi payer ! m'sieur ! laissez-moi payer ! » grimper ses étages avec lui : « M'sieur, laissez-moi payer ! m'sieur, laissez-moi payer... » Et alors, flegmatique, il répondait : « Oui, pour cette fois... »

Jean en a traduit de ces thèmes à συνέλκω, avec Munier ! il en a « *deviné* » de ces équations, avec Rabie ! il en a eu de ces maux de tête, son toupet redressé par la patte de Muller ! il en a gravi, de ces étages, derrière Gillon ! il s'en est attiré, des reproches, pour son irrégularité ! il en a donné, en *payement*, de ces exemptions blanches, roses, jaunes ! Il s'en est créé, des ennemis : d'abord parmi ses condisciples, inévitablement jaloux, puis parmi les maîtres d'études, chargés de surveiller les

rangs : il est détesté de *Peau-Rouge*, cramoisi surveillant général, l'honorable M. Gressier ; et de
Point-et-Virgule, M. Marchandise, préposé à la retenue simple...

Durant ces dix mois, en effet, il se faisait punir
exprès. La classe finissait à quatre heures ; la retenue commençait à quatre heures et demie ; dans
l'intervalle, il se promenait avec Julien, sous les
marquises, en devisant, pendant la récréation des internes. Seuls instants où leur amitié pût se manifester sans crainte, avec des mots si tendres, des confidences si douloureuses, de si profondes exaltations
d'enfants précoces, et toujours des conseils pra-
tiques, positifs, de Julien, fils et frère de folles, plaçant son point d'honneur à ne rien exagérer : non
pas plus mûr, plus homme, plus sain que son ami,
mais plus tristement *raisonnable*. Ne pouvant se
voir au dehors, ils s'écrivaient de longs billets,
qu'ils échangeaient en rang, dans la peur qu'on ne
les *chipât*, confiés à de tiers camarades. Lettres au
style étrange, incorrect, et lyrique ; des puérilités
et des incohérences ; des emphases, des pensées vi-
riles ; une correspondance souvent ampoulée, sincère cependant, issue de leurs lectures romantiques,
dans les coins...

« Ta lettre m'a fait une impression pénible, Ju-

lieu. J'y sens bien une amitié réelle, à toute épreuve ;
j'y sens le désir de me voir meilleur d'esprit, de
cœur peut-être ; mais j'y sens aussi que tu n'es pas
gai. Tu as beau dire : tu es triste, tu t'ennuies, tu
le dis toi-même. Pas plus que moi, tu n'étais né
pour la vie que tu as aujourd'hui. Il nous aurait
fallu, vois-tu bien, nos familles, et ensuite la possibilité de nous lancer, de marcher en avant, sans
soucis matériels : alors, nous eussions été grands,
grands de notre puissance, de notre union solide. Te
rappelles-tu qu'un jour, dans nos *îles vierges*, tu
disais : « Il nous faudrait dix mille livres de rente ? »
C'est vrai ! pourquoi *le bon Dieu*, qui existe, quoi
qu'on dise dans des heures de colère et de découragement, pourquoi *le bon Dieu* nous a-t-il donné
l'amour du beau, l'amour de la nature, sans nous en
laisser jouir à notre aise ? Pourquoi partout l'impuissance d'accomplir ce qu'on se sent le désir,
et parfois le pouvoir de faire ? Mais je m'arrête : j'en
arriverais encore à des révoltes, qui te révolteraient
toi-même. Assez !

» Ta lettre m'a laissé triste pour d'autres raisons
encore... Tu viens, de nouveau, m'affirmer que l'on
m'aime ici, quand tous les jours j'ai des preuves du
contraire ! Tu te ligues contre moi avec ceux qui
me haïssent ! Tu t'es laissé prendre à leurs grandes
paroles ! comme je m'y suis laissé prendre trop

longtemps, comme je m'y laisse prendre encore,
mon Dieu ! Est-ce que, toi aussi, tu m'ignorerais?
Tu me taxes d'excentricité, quand ce qu'il te plaît de
nommer ainsi est tout simplement l'exaspération
d'une sensibilité trop vive, aigrie par de perpétuels
froissements. Excités, les nerfs poussent au rire
ou aux larmes, aux ricanements ou aux sanglots, à
une gaîté factice

> Pleur qui rit, rire qui pleure,

et tu devrais le savoir. Là est tout le secret de mon
organisation. Une grande douleur m'a laissé un
grand vide, qu'ont encore augmenté des déceptions
profondes, dans mes affections secondaires. Et maintenant, quand dans ce vide viennent flotter les impressions du dehors, il y a secousse, et spasme par
suite ; on veut pleurer, on ne peut pas : alors, on
rit, ou l'on ricane, hélas! et l'on traite d'excentricité
ce qui est seulement l'impuissance d'épandre en
larmes une souffrance contenue et trop vaste.

» Je ne sais si tu me comprends, mais c'est ainsi
que j'explique mon cas, si tant est qu'il soit expli-
cable, et que j'en puisse saisir quelques traits... »

— «... Poète ! avoir des alternatives de doute et de
foi, de joie et de douleur, et de grands calmes après

de grands orages de l'âme, et des rêves sur les grandes et les petites choses de la vie, et trembler à tout vent, et être plus impressionnable qu'une sensitive, eh bien! si c'est là être poète, je le suis, et j'en tremble de rage, et j'ai peur de moi, de moi dont rient les autres; et j'ai des envies folles de m'ouvrir la tête, et de prendre ma cervelle à deux mains, et d'y chercher, pour l'arracher, ce don de poésie... Don, quelle ironie! Et pourtant moi qui souffre, est-ce que je n'aime pas cette souffrance? Parfois je me rebelle contre elle, mais parfois aussi je la bénis! Tant d'autres, dans leur vanité, ont des jouissances creuses, mon Julien!...

» Est-ce que j'ai le droit de me plaindre, après tout? Est-ce que je ne vis pas dans une illusion perpétuelle, devant un mirage incessant? La désillusion arrive, c'est vrai! mais elle est si brève! Elle m'épuise par sa fréquence, et par sa violence; mais elle est passagère, et je n'en garde pas même le souvenir... Je me construis un château de rêves et d'espérances dont roule une pierre parfois, qui me cause, par sa chute, un retentissement douloureux, mais qui n'arrête pas la construction de l'édifice entier. Je m'épuise à cette besogne, le rêve mange la vie, le corps maigrit au profit de la pensée, mais qu'importe? si la pensée est une source d'infinies jouissances!... Je vis dans la croyance que les

hommes s'aiment et sont bons ; c'est un songe,
mais les réveils rares et hideux qui m'y arrachent
ne me font sentir que davantage la splendeur de
mes visions et le bonheur que j'ai d'en jouir ! Un
jour, peut-être, la vision s'éteindra. Et je nagerai
dans la nuit, et la douleur ne sera plus une excep-
tion, mais une vie ; alors je me consolerai de cette
vie même par le souvenir des rêves splendides que
j'aurai vécus aussi... »

— « Peut-être ai-je du génie : et qui peut dire : Je
n'en ai pas ? Mais aurai-je la force de le prouver ? Si
je n'en ai point, acquerrai-je seulement du talent ?
questions de second ordre pour qui a l'âge et la
puissance de se faire écouter. Mais pour moi, si
jeune, si exposé de toutes parts, à la mort ou à la
folie, c'est autre chose ! Que de talents, que de
génies ignorés, parfois réhabilités, mais morts dans
la profonde désespérance de n'avoir pas vu leur
œuvre atteindre son but : être utile aux hommes,
utile au développement de la vraie et pure idée de
Dieu parmi eux, susciter l'idéal enfoui tout au fond
de leurs cœurs ! Quelle sombre chose : les plus
nécessaires ravis plus tôt aussi ! Après chaque flux
du progrès sur la grève de l'Humanité, un plus grand
recul du reflux ! Et le mal, cette hydre aux millions
de têtes, sans cesse coupées, sans cesse renaissantes!

Ah ! quel Hercule viendra nous en défaire, de l'hydre immonde ? Quel ami lui prêtera son aide ? Et cet Hercule-là, sans aucun doute, subira, dans la tunique d'un Nessus quelconque, la vengeance posthume de l'Hydre !.. Mais aussi, quelle joie de mourir sur son bûcher d'angoisse, illuminant l'Humanité entière de sa chair transformée en flambeau !... C'est que, sauvée au prix de ses souffrances, consciente enfin d'elle-même, elle ne s'arrêtera plus dans la fraternisation de son universelle et commune joie, cette Humanité ! Combien de victimes faut-il ? J'en veux être ; mais je ne crains la mort que pour une raison : elle pourrait m'arracher trop tôt à cette œuvre de régénération... Sous le fumier du passé, je vois déjà croître le lys de l'avenir, superbe, immaculé. Merci, mon Dieu ! d'avoir ouvert mes yeux, merci d'avoir réveillé, par un rayon sur sa paupière, l'enfant insensé qui dormait... »

— « Je veux te dire d'abord, répondait Julien, le bien que m'a fait ton retour à Dieu. Te voilà ramené comme moi, et l'espérance poussera encore quelques racines dans nos cœurs. Depuis notre dernier entretien, l'œuvre de *ma petite amie* s'est poursuivie, et j'ai trouvé de nouvelles inspirations. Et puis je possède le calme ! Puisses-tu l'acquérir également, toi, Jean, qui en as tant besoin ! Je voudrais te le

communiquer, et, pour cela, lorsque je suis auprès
de toi, je me fais *positif*, et je soutiens que tu *cher-
ches* l'extravagance. Le calme, vois-tu, se trouve
dans la conscience pure, l'âme rêveuse et vibrante,
mais sans fureur, et distraite des grands écarts par
le travail... »

— « Ta longue lettre est venue me distraire douloureusement, et je ne sais pourquoi tu te relances
toujours dans tes étrangetés. D'abord, je ne comprends pas tes états, et je t'ai conseillé souvent de
t'en méfier. L'exagération t'a pris, au physique et
au moral, et semble ne pas devoir te quitter. Tra-
vailles-y, je t'en supplie... »

— « Quant à ta mère adoptive, quoique j'aie des
raisons, n'est-ce pas, de lui en vouloir, je te reproche vivement de parler d'elle ainsi. Elle t'aime, quoi-
qu'il paraisse. Je suis sûr que ni elle, ni même son
mari, ni sa mère, ne proportionnent pas du tout,
comme tu l'affirmes, leur affection au plus ou moins
de frais d'entretien ; car, s'il en était ainsi, con-
viens-en, ils ne t'aimeraient plus depuis longtemps :
depuis que tu es chez eux... Voilà tes torts bien
posés, Jean ; à toi de les réparer... »

— « ... Je comprends tout en toi, sauf ton excen-

tricité ; je te l'ai dit franchement et je le crois : tu
peux beaucoup... tu es si supérieur à ces niaisde
ton âge, à ces condisciples qui se moquent de ta
précocité, qui ne te devinent pas, et que tu fais si
bien de tenir dédaigneusement à l'écart ! Tu peux
donc beaucoup, mais encore faut-il *faire* ! J'avais
confiance en ton avenir, la déception m'attend sûrement si tu ne te règles point. La lettre n'est pas
commode à tout dire, et trop lente à tout raconter,
mais j'ai ma charge aussi, et elle me pèse. J'essaye
de vouloir et parfois je puis, pas toujours, je
l'avoue...

» Allons, mon cher Jean, pense à tout ceci: que tu
as à réformer ton cœur même, autant que ton
esprit ; que l'un et l'autre se sont faussés, et que la
modération leur est bien nécessaire à tous deux.
Travaille, aime ta mère, ta sœur : aime *tes parents*
d'Ohet ; aie des sentiments, non des fièvres ; des
idées, non des folies... Songe à Edeline, et regarde
son portrait, qui m'a dit tout ce qu'elle était : doucement triste, expansivement bonne, sereine et
aimante, heureuse de cette joie que vous font les
regrets, la résignation, la largeur du cœur et l'*espoir*!... Je m'émeus à t'écrire ces lignes, et ne puis
que te dire : Je t'en supplie, mon cher Jean, cesse
d'être ce que tu es. Moi, je voudrais tant te voir aller
loin, si loin, — dussé-je te perdre de vue !... »

De ces lettres naïves et graves, si risiblement
convaincues, Rosine d'Ohet en avait bien surpris
quelques-unes, cinq ou six. Dès ce moment, rupture
des trêves : *Mère*, soutenue par la veuve Leclert et le
dentiste, et tous trois excités par le vieux praticien,
par le comptable et par sa femme, s'étaient remis à
persécuter Jean. Des allusions, sans cesse, à la folie,
aux fous : à haute voix, le gros homme lisait, dans
ses bouquins, les mêmes passages, que l'écolier,
hanté, savait presque par cœur. Il en venait à se
demander, sans leur montrer rien de ses doutes, si
en effet, Julien, toujours, se manifestait sain d'esprit... : à n'en juger que par cette idée fixe, le calme, la
modération, cette disposition à considérer Jean
comme un exalté, un excentrique, — lui qui se
croyait si naturel !... Et, même persuadé qu'il faisait
erreur, poursuivi par un remords vague, il n'en
examinait pas moins, à la dérobée, son ami ; il ob-
servait, épiait ses gestes, les mouvements de son
visage, pesait et méditait anxieusement telle de ses
phrases. A qui donc se confierait-il, en qui se réfu-
gierait-il, si Julien aussi, par malheur... Bientôt il
n'aurait plus sa mère, et seule Édeline lui resterait !

Jeanne devait se remarier en ces vacances, le 5
septembre. Il avait été convenu qu'à cette occasion,
Rosine et son fils adoptif iraient à Paris, pour la
noce ; justement il y a, là-bas, l'Exposition univer-

selle ; et, « malgré les méchancetés de ce mauvais garnement... »

Ce *mauvais garnement* se rendait assez insupportable, il est bien vrai. Ce personnage qui, tout au fond de lui, raillant ses pardons emphatiques, se révélait quelquefois ; ce personnage qu'il ne connaissait pas, sournois, hypocrite, félin, cruel, effroyablement pervers, avec des envies de voler, de tuer, de se venger, — Jean s'épouvantait lui-même d'en subir plus souvent les tristes suggestions. A mesure que ses réflexions devenaient davantage celles d'un homme, d'un homme déjà fort éprouvé, fort expérimenté, en revanche certains de ses actes prenaient un caractère d'enfantillages, qui s'accentuait de plus en plus. Au Lycée il se livrait, avant les prix, à des gamineries naturellement blâmées par Julien Lassète, et alors Jean l'appelait : « Bourgeois! » A la maison, maintenant, madame veuve Leclert était, à son tour, le continuel souffre-douleurs, l'objet des taquineries de cet inconscient monstre. Point de cruelle *fumisterie* qu'il n'inventât contre la vieille fée, et qu'une fois perpétrée il ne déplorât avec des larmes et des excuses, spontanément. Tantôt, à pas de loup, il s'approchait de la rhumatisante clouée sur son fauteuil, et tout à coup, tirant son bonnet tuyauté, faisait disparaître, en ce blanc, la sénile étroitesse du front, les rides et le recroquevillement

de cette figure réduite à rien, comme une pomme
sèche ; et madame veuve Leclert en avait pour dix
bonnes minutes à le relever, en geignant, avec des
contorsions macabres de ses mains ankylosées ; tantôt il lui cachait son bâton, ses frisons postiches,
son chignon, ou bien allait dans sa chambre y étein-
dre les cierges, devant un saint Joseph en plâtre,
colossal :

— Ah ! l'impie ! l'hérétique ! Jésus-mon-Dieu-
sainte-Vierge, vous le punirez !

— As-tu fini de faire *endéver* maman ? Sois tranquille, j'écrirai tout ça à ta *tante Jeanne.*

Le dentiste en personne intervenait ; et, sur les
rapports de l'infirme, il le giflait à tour de bras, se
réservant le droit de taquiner *la mère :* parce que
lui, passait encore, il avait l'âge !... Mais un morveux d'à peine quinze ans ? Dire que, s'il lui eût
mouché le nez, il en serait sorti du lait !

Cependant les deux femmes n'osaient plus, cor-
porellement, châtier ce grand garçon ; aussi avaient-
elles, cette année, trouvé un excellent moyen de le
rendre un peu plus tranquille... La passion des
livres tenait Jean : il en achetait, il en achetait, avec
son argent, *sur sa bourse* ; et sa bourse, c'était la
collection des cinq francs, des deux francs cinquante,
qu'il recevait pour ses places de premier, de second.
Il en achetait, de ces *sales bouquins*, plus même

12

qu'il n'en pouvait payer ; car toujours Masson, le libraire, bravant les menaces de Rosine, livrait à l'écolier jusqu'à des poésies !

— Je vous défends, monsieur Masson, de lui vendre *ces ordures-là* ! je les déduirais plutôt de votre note !

Mais jamais elle ne déduisait, et Jean dévorait, dévorait, et prêtait à Julien Lassète *ces ordures-là :* qu'on *chipait* au Lycée, parfois, non sans des retenues de promenade :

— C'est bien fait, c'est bien fait, déclarait le trio. Ça t'apprendra, avec tes vers...

Ce dernier trimestre, pourtant, Jean d'Yme n'en avait guère acquis, de ces volumes : la recette inventée par les deux femmes, précisément, pour le rendre un peu plus tranquille, consistait à le priver des récompenses méritées par son travail... S'était-il trop moqué de Rosine, laquelle, au moindre orage, sous prétexte que les éclairs détruisent la vue, se cache les yeux ? S'était-il obstiné à tirer le bonnet de madame veuve Leclert ? S'était-il laissé prendre un billet de Julien :

— Autant de *bénef*, tu sais ? tu peux te fouiller, grand lâche ! disait alors madame d'Ohet.

Et les épithètes injurieuses : grand fainéant ! grand mou ! va-nu-pieds ! sale mendiant ! et les menaces, hélas ! jamais réalisées, de le renvoyer à sa mère ! et les coups, les coups de Louis, attiré par le bruit des vociférations ! et, devant le mutisme dédaigneux de Jean, la croissante frénésie des allusions aux fous...

A chaque lendemain d'une scène semblable, il s'insinuait, le matin, dans la chambre à coucher des deux époux stériles. Le gros homme y ronflait, vautré, les cuisses à l'air. Jean se rappelait soudain cette année de son enfance, où, quelque peu apprivoisé, il accourait, sur un appel, dans le *grand lit*, jouait avec l'homme et la femme, recevait leurs caresses, leur chatouillait les pieds, et quotidiennement déclarait, sévère, comique, le front plissé :

— Rentre ça, c'est *vil-lain*, c'est *sssale*, de montrer sa *cou-isse !*

A ce souvenir, il souriait : oh! oui, les temps étaient changés!... Cauteleux, sur les traînettes, il se glissait vers la cheminée : toujours, le soir, parmi ses clefs, Louis y avait mis son porte-monnaie plein. Lentement, avec d'obliques regards, Jean le saisissait, l'entr'ouvrait, puis, son dû pêché, s'enfuyait, suivi par la tonitruante respiration de sa victime.

— Oui, va, dors bien, dors! mâchait-il; et, en idée, il simulait les sonores grognements d'un porc.

Cependant, Rosine exigeait que le dentiste, à un sou près, lui détaillât l'emploi des *sommes folles* dépensées par lui. Ces périodiques disparitions d'argent les troublaient tous deux, les irritaient; vainement madame d'Ohet recommençait dix fois *sa caisse;* elle y renonçait, *qna y as à dire*, elle y renonçait :

— Ou vous le cachez, vous nous volez, vous *nocez* avec, démontrait-elle; ou ce sont les bonnes, l'une ou l'autre! Dans tous les cas, c'est bien bizarre... c'est réglé, — chaque dimanche matin...

Bref, Louis d'Ohet, à la fin, ayant fait semblant de dormir :

— J'aurais dû m'en douter! dit-il, constatant le flagrant délit.

— Et voilà sa reconnaissance! larmoyait madame veuve Leclert.

— Parbleu : le mensonge conduit à tout! Menteur et voleur, c'est tout un. Mais vous ne vouliez pas m'écouter!

Et, après d'inutiles protestations, supplice de Jean : les reproches, les outrages, les coups, les désapprobations de Julien, les lettres désespérées de Jeanne, d'Edeline, de la vieille institutrice, même de maman Samot et des parents de Tahiti, Gustave et Jules Delbaere, rentrés à Paris ruinés...

— Mettray ! conseillaient des amis. Mettray, Mettray! il n'y a que ça.

— Oh ! si c'était le nôtre, je n'hésiterais pas.
Mais Jean, vous comprenez... Ah ! moi, du moins, je
n'aurais pas mis au monde un voleur, j'en suis *sûre
et certaine*...

Dès lors on *vousvoya* l'enfant ; on affectait de le
surveiller sans cesse ; on enfermait tout, les vêtements dans les placards, les porte-monnaie, l'argenterie, jusqu'à l'or et jusqu'au platine dans le laboratoire, où, depuis fort longtemps, il n'allait plus. Tout
le monde le condamnait ; Edmond défendait à son
fils la fréquentation du galeux ; le misérable n'osait
plus paraître aux soirées du jeudi, prétextait des
devoirs à terminer, une composition à préparer, un
mal de tête :

— Bah ! c'est la méchanceté qui sort... Houp ! vite
au pieu ! A ta niche, à ta niche, grand mou !

...Jean d'Yme voleur, c'était la fable du Boulevard,
du quartier, de la ville, du Lycée ; les professeurs,
les pions, les condisciples s'écartaient, punissaient,
lâchaient des insinuations ; les mères, en attendant
leurs gars, se soulageaient : les leurs attrapaient de
mauvaises places, mais ne possédaient point ce
défaut-là ; ah ! le petit gueux !... Les leurs ? mais
elles les eussent mieux aimés morts, qu'affligés d'un
semblable vice !... Seul contre tous, Julien plaidait
pour son ami ; au fond pourtant des doutes le tortu-
raient, d'horribles doutes : Jean lui racontait-il

12.

l'exacte vérité?... Et ils s'étaient serré la main sur
cette gêne, avant les vacances...

   A présent, malgré les succès, malgré les triomphes
de l'écolier, premier prix de Thème grec au Concours, madame d'Ohet l'exhibe à peine; elle redoute
l'ironie des saluts, des sourires, les regards d'intelligence, les : « *Pauvre amie* ! » de ses connaissances; elle a honte, elle regrette ses confidences
irréfléchies... Jean ne sort ainsi presque plus, continuellement dans sa chambre à rêver, à rimer, à
lire : il lit tout, Dumas comme Hugo, et pêle-mêle
des classiques avec des feuilletons bêtes, Pierre Zac-
cone, Ponson du Terrail, des collections de *l'Omnibus*, du *Passe-Temps*, d'autres inepties, soustraites
à madame veuve Leclert; il ne descend qu'aux
heures des repas. D'ailleurs, plus se rapproche la
date du voyage à Paris, plus Rosine se reprend d'attendrissement, de crainte : si Jeanne remariée lui
disait : « Cet enfant vous cause trop de chagrin,
rendez-le moi ? » — Un vrai prétexte ! mais non, ah !
non; et l'engagement, le fameux *papier*? pas de ça,
Lisette !... La vieille fée même approuve sa fille, la
vieille fée fort impressionnée par la bienveillance
de son confesseur, l'abbé Pyat, pour cet enfant, par
ses reproches de n'avoir pas su l'amener *dans le
giron de N. T. S. Mère l'Eglise catholique, apostolique
et romaine;* elle lui pardonne ses taquineries, le

soutient, plus indulgente à mesure qu'elle devient
plus infirme... Vexé par les doutes de Julien; irrité
du mariage; rebuté par la sévérité d'Edeline et de
ses autres proches parents, Jean aussi en revient à
désirer conclure une trêve; doucement il s'abandonne aux caresses, aux attentions maladroites des
deux femmes; mais les préparatifs sont longs, d'une
réconciliation si dure! et, à moins d'une heureuse
circonstance, — imprévue...

Un matin, émoi général; les bonnes se précipitent dans la chambre, effarées :

— Monsieur Jean, Madame vous demande.

— J'y vais.

— Oui, mais tout de suite, dans le salon rouge :
avec sa mère, Monsieur et le frère de Monsieur...

— Un conseil de famille, enfin! Que peuvent-ils
bien me vouloir encore?

Un conseil de famille? non! mais un tribunal.
Abasourdi par la rigidité des faces, par le simul-
tané chorus des quatre juges interrogeant, le
malheureux comprend à peine. Un châle indien du
plus grand prix, don du vieux praticien à Rosine,
pour sa noce, a disparu après dix ans d'oubli noir
au fond d'un placard :

— Allons, avoue, voyons, avoue!

— Par qui l'as-tu fait vendre? Un camarade?

— Le Mont-de-Piété, peut-être?... Oh! ne nie pas!

Avec quoi aurais-tu payé ces *OEuvres de Badaire...
Badlaire...*, le nom m'échappe, — que j'ai trouvées hier au soir ?

— M. Masson...

— Et il répond, il ose répondre ! C'est trop fort !

— Il y a du Julien là-dessous, j'en donnerais ma tête à couper.

Soupçonné, accusé, menacé, supplié, roué de coups, Jean pleure, hébété, puis proteste, avec des accents si sincères !...

— Soit, je consens à tout retourner de nouveau ; je te crois !... Si je le trouve, je verserai dans ta bourse toutes les places que l'on t'a supprimées cette année.

Et Jean le retrouve, en effet, dans l'armoire condamnée par le lit de madame Leclert ; il y avait pensé tout de suite, à cette armoire !

... Il triomphe, on lui demande pardon, *cette erreur rachète bien des fautes...* Passionnément Rosine le baise, le berce et le cajole sur ses genoux, comme un baby ; et l'enfant touché s'abandonne, écoute s'échapper, de cette bouche, une cascade de tristes paroles, coupées de sanglots et de larmes :

— Va, mon chéri, il y a longtemps que les *grandes eaux*, comme dit *ton père*, jouent en cachette ! Si tu savais combien tu nous fais de peine ! Il nous semble que tu n'es pas heureux, et par ta faute !... Toujours ces idées *exaltées*, *décousues*, toujours cette

maudite poésie!... Chasse ces vilaines chimères...
Tu juges probablement que mes chagrins ne sont
pas assez grands, et qu'il faut, par-dessus le marché,
t'entendre raisonner de la sorte... Toi que nous ai-
mons autant, que si j'avais eu le bonheur de te
mettre au monde, — et plus encore!... Nos affaires
ne marchent pas du tout, notre capital est mangé,
qu'arrivera-t-il si ton oncle Edmond nous abandonne ?... Et j'ai comme un pressentiment que la
clientèle ne viendra pas, dans un an, quand *ton
père* sera reçu médecin... Enfin, mon lot, c'est le
chagrin, et toujours le chagrin, vraiment je suis
trop malheureuse; je commence à comprendre le
souhait de ma pauvre mère : que je ne lui survive
pas... Ma pauvre mère, ah! tu ne sais pas : nous
faisons les démarches nécessaires pour qu'elle entre
à l'*Hospice Gantois*. C'est une maison pour les vieilles
femmes, — oui, rue de Paris. On doit payer quatre
cent cinquante francs de pension par an; mais, avec
des protections, on obtient d'y entrer pour rien. Ton
père ne veut plus l'avoir avec nous, il refuse cette
somme, tu devines combien des discussions pareilles me sont pénibles! Si maman se trouve dans
cette position, aujourd'hui, c'est pour nous avoir
abandonné ses droits; bien des parents en feraient
autant, mais c'est bien dur pour elle d'entrer dans
un hospice... Je t'avoue que je préférerais manger

du pain sec et la garder, car je ne m'en consolerai
jamais, ce sera un remords éternel... *Ton père* est
bien mal conseillé ! Enfin, j'y suis, il faut que je me
résigne, il m'arrivera probablement pire encore à
moi... Je ne me fais pas d'illusion : mieux vaudrait
que je meure, que la misère qui m'attend ; car *ton
père* ne vivra pas vieux, avec son diabète, et cela
m'effraye ! Je n'aurai plus aucune ressource, sans
avoir été habituée à travailler pour vivre... Voilà où
j'en serai réduite, après avoir été élevée, non pas
dans la richesse, mais dans une position aisée... Tu
es trop jeune, toi, ne pleure pas. Tu es intelligent,
tu auras de l'instruction, nous ferons pour toi des
sacrifices jusqu'au bout: *le monde* jasera déjà assez,
à cause du départ de maman... Travaille, tu arri-
veras à une belle *situation* qui fera alors notre joie,
nous te saurons heureux, mon chéri...

Et Jean, presque endormi, écoute toujours ; articule des monosyllabes, par intervalles ; plaint la
vieille fée ; s'accuse et se condamne pour l'avoir ta-
quinée... Et *Mère*, cette tante Rosine, quoi? *Mère*
sans ressources, plus tard?... Aussi lui rend-il ses
baisers, et ses caresses, et ses tendresses : tant pis !
pourquoi Jeanne d'Yme va-t-elle se remarier? pourquoi ses proches sont-ils plus sévères, plus injustes,
plus inexorables que ses parents adoptifs? pourquoi
Julien lui-même a-t-il douté de son ami?...

TROISIÈME PARTIE

I

Depuis la noce de Jeanne, le retour de Rosine, la rentrée de Jean au Lycée, madame Leclert ne bougeait guère, toujours étendue ou couchée, de plus en plus noueuse, ankylosée, voûtée, ratatinée. Elle mangeait, toute seule, dans sa chambre illuminée de cierges, hyperboliquement simple en son ameublement, ornée d'un hortensia, de statuettes bénites, vierges et saints, encombrée de bouteilles, eau de la Salette, eau de Lourdes, hérissée de chapelets et de rameaux séchés, — mais dénuée de crucifix. Sur les impératifs conseils d'Edmond d'Ohet, le ménage se passait de bonnes; l'apprenti de Louis aidait Rosine aux gros ouvrages ; et ainsi, faute de mercenaires, Jean continuellement, entre deux devoirs, deux

leçons, couchait, soulevait, levait l'infirme abandonnée, lui tenait compagnie, reconnaissant et dévoué, administrant les drogues, remuant les *chauds-
d'eau*, lui prêtant même secours, sans nul dégoût,
pour des soins plus intimes et plus désagréables.
Elle avait exigé, pour entrer au *Gantois*, qu'on lui
remît le prix de la pension, en vue de ses petites
dépenses, de ses dévotions, et du reste ; car il fallait
s'attendre à des frais personnels dans ces maisons-
là, surtout quand on se trouvait dans une telle position, qu'on dépendait de l'un et de l'autre. Son
gendre et Rosine marchandaient, elle leur lançait
des mots pénibles, réservant sa tendresse pour Jean;
et, comme Jean le lui rendait bien, la mère adoptive
souffrait, aspirait, ainsi que Louis, à la voir *filer* au
plus vite.

Enfin, le 1ᵉʳ janvier 1879, l'infirme avait reçu l'au-
torisation de vivre à l'hospice, gratuitement. De
belles étrennes, *gna pas à dire* !... Une année commencée le vendredi, d'ailleurs !...

— « Ah ! le départ, écrivait Rosine à ses *amis et
connaissances*, a été *rude* pour elle et *moi*. Pauvre
maman ! penser qu'elle a vécu jusqu'à présent avec
sa fille, et qu'elle doit s'en séparer à soixante-trois
ans, presque au bord de la tombe ! Ce qui lui cause
le plus de chagrin, répétait-elle encore au moment
de nous quitter, c'est de ne pas mourir auprès de *ses*

enfants; et, du reste, *c'est ce qui* m'en cause *le plus,*
à moi aussi... Elle n'est pas gaie, vous comprenez ;
mais, pour les soins, elle en a *plus* que je ne pourrais lui en donner moi-même. Bien sûr, elle s'ha-
bituera difficilement à notre séparation ; c'est même
plus pénible pour elle que pour moi, à son âge !...
Enfin, la fatalité l'a voulu !... »

Au fond, Rosine s'en réjouit. *Celle-là,* vraiment,
commençait à se faire trop aimer de Jean, *avec ses
simagrées* ; elle le défendait, elle aurait fini par le
pousser à la désobéissance, l'encourager dans son
ingratitude, lui inculquer de mauvais conseils. Toutefois, madame d'Ohet, quoi qu'elle *soit la servante,
maintenant,* affirme-t-elle, *court visiter* sa mère tous
les jours, sans l'enfant, *pour le monde;* mais elle ne
répond rien, sourit même approbativement, quand
le dentiste, brouillé avec la veuve Leclert, rappelle
ses nombreux ridicules.

Les époux démolissent, d'ailleurs, d'autres idoles !
Jean recueille sur son père, sur sa famille entière,
des renseignements prodigieux. Ainsi, Edouard
d'Yme a quitté la France, autrefois, sa clientèle
perdue, à Tours, parce qu'il *buvait trop;* dans des
états pareils, il *battait sa femme* : quelle misère !
un garçon si savant ! et ce n'est pas de la fièvre
jaune, mais bien d'*excès,* qu'il est *claqué...* Quant à
Jeanne, elle *n'aime pas ses enfants,* pas du tout !

13

Pas de cœur, pas de cœur, pas plus qu'un pou! Ce second mariage, par exemple: s'amouracher, à trente-neuf ans, d'un architecte! Un vaurien qui se dit inventeur, et ne fait rien du matin au soir! Inventeur de quoi, s'il vous plaît? Ah! oui, il a inventé le moyen de manger l'argent de Jeanne, et elle a dû, pour le nourrir, prendre un débit de vins, et puis tomber encore plus bas : concierge, à présent, oui, concierge!

C'est pourquoi, lorsque Jean ne se montre pas *raisonnable*, on lui jette sa mère à la face. Sa mère, et son beau-père, et son père, et les autres, — toute *sa jolie famille*, enfin !

— Va, nous te renverrons à Paris. Tu balaieras les escaliers, tu tireras le cordon. Oui, je te vois tenant le plumeau... Tu étais né pour ça, tu as une tête à ça...

Né pour ça? le premier élève de Seconde, le *futur honneur* de son pays, comme le prédisait M. Lhomme, cet original professeur qui voulait transformer ses élèves en gens de lettres, leur lisant, d'une voix nasillarde, une heure au moins par classe, — les *Contes du Lundi*, le *Petit Chose*, *Colomba*, jusqu'à du Musset!... Une tête à ça? le *sujet* auquel M. Imbert, sciences naturelles, pardonnait, à cause de sa *force*, le sodium s'enflammant dans l'encre, sur sa plume, et même les *batraciens*

lancés, avant la classe, dans l'énorme salle de
physique?

... Jean se plaint à sa mère : Julien envoie ses
lettres et reçoit les réponses, toute une correspondance secrète :

— « C'est vrai, mon cher petit, nous sommes très
malheureux ; et, pour comble, un petit frère va te
naître bientôt, un petit frère ou bien une sœur. »

Voilà un *avorton* que Jean exècre d'avance, par
exemple !...

— « ... Mon mari ne trouve nulle part de quoi
employer lucrativement son intelligence... »

Eh ! qu'il se fasse n'importe quoi ! mais qu'il
gagne la vie de cette femme, après lui avoir pris son
cœur, sa fierté, sa fortune et tout !...

— « ... Il ne peut guère m'aider, pour les choses
matérielles. Alors, oui ! je me suis mise marchande
de vins ; j'y ai perdu nos derniers sous ; et désormais
je vis dans une loge de concierge. Il n'y a pas de dés-
honneur à cela, quand on a des dettes à payer...
Mais que dirait ton pauvre père Edouard, s'il me
voyait ! quelle chute, hélas ! Respecte sa mémoire,
elle est pure, mon enfant... Tu ne dois pas en vouloir
à *les parents* de Lille ; ils te chérissent tellement que
la jalousie les égare ; je leur pardonne, de grand
cœur, tout ce qu'ils déblatèrent sur moi, en faveur
de l'éducation qu'ils ont bien voulu te donner. Tu

ne peux garder de rancune, quand je n'en garde pas moi-même, et que je te prie, je te supplie de m'imiter... »

Ces conseils, qu'il accepte d'elle, Jean ne les tolère plus dans la bouche de Julien. En vain celui-ci lui sert d'intermédiaire, reconnaît ses fautes, regrette ses doutes, ses affreux doutes : Jean s'éloigne de son ami, s'irrite de cette obstination à lui prêcher la reconnaissance, le calme, à blâmer son excentricité. La pureté même de leur amitié les empêche de conserver, désormais, une absolue confiance de l'un en l'autre; car Jean subit une crise physiologique et morale, depuis longtemps terminée pour Julien. Il n'ose pas lui communiquer les suggestions qui lui en viennent; ses rêveries, momentanément détournées de leurs objets platoniques, humanitaires et poétiques, — ses rêveries, les idées qui germent en lui, sans qu'il puisse parler d'autre chose, sans qu'il trouve le courage d'en entretenir Julien, contribuent encore à refroidir cette brûlante affection, tant de fois attiédie déjà. Jean ne se fait plus guère *coller*, pour causer avec son confident; il se sent presque davantage à l'aise auprès de son cousin Emile, dont le naturel, plus grossier, se prête mieux à de tels épanchements, à des curiosités, des recherches, des questions, comme celles qui constamment le hantent.

Depuis le mariage de sa mère, rapidement sa taille s'est accrue, il dépasse un peu le dentiste; ses os sont devenus plus gros; ses muscles, plus fermes, plus saillants. Il semble que le sang, plus coloré, plus irritant, insinue une surabondance de vie dans tous ses organes encore faibles, sa gracilité de nerveux. Un matin, il s'est effrayé de se trouver des poils au ventre; il lui en pousse maintenant partout, sur les jambes, la poitrine, les bras, sous les aisselles; et même un duvet cotonneux, doré, dont il se vante et qu'on plaisante, couvre ses joues. Sur son torse élargi, d'autres phénomènes l'épouvantent : ses mamelons s'enflent, douloureux, au simple contact de la chemise, bavent des humeurs séreuses, blanchâtres, comme du lait; et il se demande, innocent, si l'on n'aurait pas fait erreur en le prenant pour un garçon. Parfois des battements de cœur le brisent, paraissent le vider tout entier, ainsi qu'une machine pneumatique; d'angoissantes constrictions l'oppressent, entre les côtes; des frissons le secouent, soudains, parmi des bouffées de chaleur et des sueurs froides, comme internes. Moins vigoureux que beaucoup; peu favorisé, dans son développement physique, par des exercices corporels même modérés, il éprouve les malaises, tous les engourdissements de certains individus débiles, à pareil âge. Sa face a changé d'expression; les yeux y brillent

plus que jamais, au milieu d'un teint plus foncé,
sous des cheveux passés du blond pâle au châtain,
et les oreilles se sont serrées contre le crâne. Sa
muante voix, désagréable, tour à tour s'élève en
tons faux, et s'abaisse à des sons plus pleins, plus
égaux, plus retentissants. La nuit, d'inconnues
jouissances, des contractions intimes, des spasmes
l'éveillent en sursaut, l'inquiétent, le charment,
malgré lui.

Ce surcroît de vie torrentielle, en circulant dans
ses artères, échauffe son cerveau, agite tous ses
membres, le distrait de ses chères lectures, ou plutôt sollicite son attention vers des mystères, des
découvertes, des scènes nouvelles, des livres soi-
gneusement cachés par les d'Ohet, des passages
incompris dans les œuvres connues. Tout entière
au souvenir, à la crainte, au désir de si nombreuses
sensations neuves, son imagination s'égare, touchant les sexes, en mille combinaisons confuses,
d'un indéfinissable vague; tandis que, sur le reste,
ses idées se fixent, ses dispositions, ses penchants,
ses volontés, sa plus compréhensive mémoire. La
souriante mélancolie, la langueur de ses condisciples, en cette crise, se fait discerner moins en
lui, triste de par éducation; seulement, Julien ne
l'attire plus; il préfère, à sa compagnie, ou celle,
plutôt brutale, d'Émile, ou, dans la solitude, les

songeries silencieuses. Alors, ou bien ses entretiens,
à voix basse, avec son cousin, sont tout composés
de mots crus, de détails obscènes, sur des hypothèses très naïves et sur d'inespérées trouvailles;
ou bien, quand seul Jean rêve, son cœur, de plus
en plus, s'ouvre à la générosité des grands sentiments, à la tentation des lointains voyages, à la
magie des réminiscences tahitiennes...

Il se plaît à revivre aussi ses antécédents passion-
nels; il remonte le courant de son enfance, métho-
diquement, scrutant le passé, jour par jour... Ses
premières amours datent de son arrivée dans ce
Lille: à ce moment, désespéré de cette brusque
séparation, sa mère, sa sœur parties, enfuies sans
l'embrasser, il s'est mis à chérir un coq de Barbarie,
un petit coq mignon, multicolore, splendide, lâché
dans la cour, mort sans doute de n'avoir jamais eu
de poules, pense-t-il maintenant. Que de larmes
versées sur ce pauvre animal, des semaines et des
mois d'inconsolable peine!... Puis il s'est attaché à
d'autres bêtes, des vers à soie, des serins, — jamais
des quadrupèdes: ils puent. Des passions véritables,
avec un rare acharnement à caresser, entre ses
doigts, les douces créatures effrayées; avec des
cruautés, — quand la tendresse n'existait plus, —
comme de poursuivre un vieil oiseau, en hurlant,
d'un accent féroce : « Ah! cul pelé! cou déplumé! »

Après le coq, les vers à soie ; après les serins, une femme : oh ! mais avec des rages, des jalousies ! oui certes ; et, s'il vous plait, c'était Adolphine de Beaupré, la vierge pauvre, au jeune visage, sous des cheveux blanchis depuis l'âge de vingt ans... Sérieusement, ils devaient se marier ; à toute heure on les taquinait, le dentiste répétaillant : « Eh bien ! vous voilà *dans l'pétrin* ? Fichue brute de bout d'homme ! C'est moi qui resterais garçon ! » Mais bientôt ça lui a passé : décidément, trop mûre pour Jean, cette fille à rides...

Mieux valait Virginie Blondel, Ninie, Ninette, une blondinette, sœur de son camarade Adolphe. Une marmotte qu'il suivait, même dans les cabinets, afin de lui chatouiller le cou, baisant ses follets frisons d'or : très malheureux, quand elle laissait, à d'autres que lui, ces licences... Hélas ! elle l'a *trahi*, pour un cancre fieffé ! Et l'on soutient que c'est la plus belle époque de la vie ? Le prendrait-on pour un enfant ? D'ailleurs, souffrent-ils moins que tout ce monde, les enfants ? Que signifieraient les douleurs, les anciennes douleurs de Julien, à chaque *lâchage* de ses amies ?...

Trop de souci pour une *ingrate* !... Sinon, à quoi bon cette leçon, féconde en progrès de toute sorte ? c'est depuis une année surtout qu'il en réalise, des progrès, grâce à cette excellente Marie !... Marie,

une bonne vicieuse, de vingt-cinq printemps, fraîche et grasse (non congédiée, par extraordinaire,
au bout de quinze jours ou trois semaines), lui
en apprenait de ces choses, en le conduisant au
Lycée! D'abord que les mioches ne poussent pas
sous les choux, et comment ça se fabrique, *ben oui*!
Tous les *gosses*, au village, connaissent *ça-la* dès
leur naissance, se montrent tout derrière l'église,
gamins et gamines; — et des jeux!... Seule avec
Jean dans la cuisine, quand il ne demeurait per-
'sonne à la maison, elle lui abandonnait ses jupes;
il les soulevait jusqu'aux genoux, débouclait ses
jarretières, tirait ses bas, fébrile, caressait les mollets dodus, baisait les pieds très blancs, soignés, à
cause de ces passives faveurs. Même elle lui permettait, en lessivant le linge, la chemise plaquant
sur la peau, de lui glisser les mains dans le dos,
sous les aisselles, entre les seins; quelquefois il
s'enhardissait, en suçottait les sèches pointes brunes,
en maniait voluptueusement la chair élastique,
ferme et saine... De plus âpres curiosités le tortu-
raient : « Ah! non, pas ça, jamais, jamais! » criait-
elle avec des rires drôles, serrant énergiquement
ses jupons et ses cuisses, menaçant de parler à
Madame, quand il voulait tâter plus haut que les
jarretières... Elle l'eût déniaisé peut-être, sans la
perte de sa place, sur l'injonction d'Edmond, qui

13.

désormais fournit les fonds et se *sacrifie* pour son
frère... Et Jean rêve de ce qu'il n'a pu contempler,
toucher, connaître, se figure assez mal la construction d'une femme, d'après les coupes, et les
gravures, des livres dérobés à son père adoptif...

A première vue il les aime toutes ; dans la rue, il
les cherche, les suit, les enveloppe de ses regards,
aspire leurs effluves, leurs parfums, épie des coins
de nudité, guigne des ballonnements, des retrous-
sements d'étoffes, par les temps de vent ou de pluie.
Un rien, c'est-à-dire tout, l'excite : le café, le schiedam, les mets épicés ; les veilles prolongées, dans sa
chambre, aux lueurs d'une bougie volée ; les vers,
les romans, les statues, les tableaux de nu, au
Musée ; les sous-entendus si graveleux de Louis, du
vieux praticien : alors ce sont des ardeurs brusques,
d'agaçants picotements, de lancinantes brûlures,
des fourmillements, par tout le corps. Et que de-
viendrait-il s'il allait dans le monde, ce monde dont
il voudrait les épaules nues, les décolletages, les
valses folles, le milieu grisant, vu à travers les
enthousiasmes de ses camarades plus riches, — des
aristos de la rue Royale? Déjà les promenades, et les
bains, et l'escrime, et l'équitation, précipitent, en
ses organes las, d'étranges voluptés incomplètes.
Certes, il ne conçoit, ni n'acquiert, aucune habitude
libertine ; mais il découvre inconsciemment, en tels

besoins physiologiques, des moyens de se soulager ;
par exemple, il savoure un plaisir véritable à se
meurtrir les chevilles, les reins, en les serrant, à
même, avec une corde fine ; et, dans la douce béatitude de son être martyrisé, il se demande s'il n'est
pas fou, s'étonne des résultats, ne les attribuant
même point, dans son ignorance, à leurs causes...

Une phrase ambiguë, un vague désir charnel, idée
vite envolée, un genou, un sein nus sur une image
le troublent délicieusement ; et, tandis que ses
oreilles, à tout propos, perçoivent des allusions fort
indécentes, ses yeux craignent et fuient les spectacles
brutaux, les accouplements de bêtes, les dévergon-
dées attitudes des filles de fabrique, dépoitraillées,
en loques poisseuses, embrassant à pleine bouche, le
soir, leurs amants vulgaires, dans la rue, ou lâchant,
à travers les ducasses, des mots sales... Il comprend
qu'il a trop vécu pour lui, d'une existence végétative ;
et, malgré ses aspirations vers l'autre sexe, il le redoute, empoigné par l'angoisse et la timidité, à son
approche, lui-même stupéfait par la nature de ses
vœux, déconcerté par la terreur d'un irrémédiable
insuccès...

Toujours, toujours, pour son âme tendre, ç'a été
une nécessité de s'attacher à quelque chose ou à
quelqu'un, dût-il y renoncer bientôt pour y revenir
dans la suite. Maintenant, dans le bouleversement

de cette révolution physique, il s'accuse de mobilité,
de lâcheté, de trahisons, pour avoir tour à tour pré-
féré, à quiconque, sa mère, sa sœur, les d'Ohet, madame veuve Leclert, Adolphine de Beaupré, Ninette,
Marie, jusqu'à des bêtes!... Mieux eût valu embrasser tout ce monde dans une même affection indifférente : son cœur aurait bien moins souffert, rendant
à chacun davantage ce que chacun en méritait. En
somme, pour pas un de ces êtres, il n'a jamais eu de
passion, de passion réelle et tenace; et il est temps
d'en chercher un, plus fidèle et plus dévoué... une
femme, par exemple, oui, une femme... ou plutôt
une jeune fille, une *ange*, une future compagne, une
épouse... il est temps de se retremper l'esprit et le
moral, dans la pureté d'un amour vrai : qui, sans
doute, le fera devenir grand poète... Et pourtant!
pourtant, que de vague, que d'inconnu probléma-
tique, en ce chanceux demain d'ivresse! durera-t-il
plus que ses caprices? et, s'il devait ne pas durer,
quelle bêtise de le souhaiter! Peut-être serait-il,
après tout, préférable, de suivre les conseils de
Julien, de Jeanne même, à un enfant... presque un
enfant, sans expérience et qui voit faux... qui voit
faux, c'est probable! certain! Car enfin, que d'argent dépensé, pour lui, par ces d'Ohet, ruinés, en
partie, par son éducation!... Si, en définitive, il se
trompait à leur endroit?... Des souvenirs de jadis

l'obsèdent, — ces folles visites à tout le personnel d'un Lycée ; cet acharnement à s'occuper de ses leçons, de ses devoirs ; ce souci de ses places, de ses compositions ; cette journée de Saint Nicolas, où il s'extasiait, dans l'atelier, devant une arche de Noé sur le tabouret le plus noir, celui du *meilleur ouvrier*; ce dimanche de Pâques, où toutes les traînettes de sa chambre, en leur milieu, portaient un œuf, des œufs microscopiques tachés de vert, de rouge ; madame veuve Leclert y avait joint un gros bonhomme en sucre, qui tournait un orgue ; et de plus, posée sur deux chaises, devant la cheminée, s'étalait la chanson du *Clair de la Lune* : un Epinal énergiquement désiré, souvent réclamé, un papier — *tout avec de l'or* — qui coûtait si cher, jugeait-il !.. Trop tôt, malheureusement, il a cessé d'être *un enfant* !

Et puis, oh ! ces paroles sur son père, sur sa mère, sur *cette perche d'Edeline* : « Un nom à coucher dans la rue ! »... Sera-t-il donc toujours écartelé entre sa reconnaissance d'adopté et sa rancune de fils, de frère ? — Non, non !... Et comment Jeanne, aussi, montre-t-elle si peu de fierté? car, — autant de mensonges, tout ce qu'on raconte d'elle !... Et ces gens-là osent répéter, pour des vétilles, que le mensonge conduit à tout?

Mais ils lui donnent l'exemple, ils l'instruisent à

mentir... Aujourd'hui même, madame d'Ohet, gourmande malgré sa pénurie, fréquemment lui demande, au retour du Lycée :

— Veux-tu que je *te paye* un petit gâteau, chez Meert?

Un pour lui; elle en mange cinq, six.

— Surtout n'en parle pas à *ton père*, mon chéri : il ne me gronderait pas, mais il t'en voudrait de ma *faiblesse* pour *toi*. Et puis c'est pour ton oncle Edmond ; tu sais comme nous avons besoin de lui ; en voilà un qui crierait, avec son avarice!...

Il ne faut point parler, non plus, des tramways, — le *car*, prononce-t-elle, — des tramways *pris* sur la Grand'Place :

— J'en suis honteuse : c'est si près, le Boulevard! Soutiens bien, si l'on nous voyait, que nous le *prenons* très rarement.

Et il soutient, sans conviction...

Si, du moins, Rosine lui accordait un peu de liberté! Autrefois, le jeudi, le dimanche, il sortait: d'abord avec Julien Lassète, puis avec Emile, ou bien seul; à présent, comme instruite de ses nouveaux désirs, et, par avance, jalouse de leur réalisation, madame d'Ohet le *tient* davantage, exige de longues explications sur l'emploi du temps, de l'argent, car il n'achète plus guère de livres...

— Nous sommes allés aux environs, à *Mon Château,*

pour boire du lait. Hier encore, tu me recommandais de bien toujours payer ma part...

— Ta part, mais non la part des autres ! Est-ce que tu les connais, seulement ? des voyous, je parie, ton cousin ne fréquente que ça... Et puis, quand on est pauvre, et qu'on dépend des gens, on ne se promène pas, on reste à sa place ! Ton oncle nous reproche sans cesse de te laisser gaspiller *ses sous*...

Non, non, décidément, ces êtres-là ne méritent pas qu'on réponde à leur amour bête ! La vieille fée valait encore mieux, malgré ses coups de canne, ses patenôtres, et ses paroles de conversion... Pauvre fée, peut-être mourante, de chagrin et de maladie ! Couchée, épouvantable à voir, pour un érysipèle, avec phlyctènes, sur toute la face, méconnaissable, les yeux fermés par l'enflure, la bouche, aux dents jaunies, ouverte, en un hurlement continu. Et, si l'horrible mal gagne le cuir chevelu, elle est *fichue*, comme le prédisent les deux époux, presque contents. Par exemple, ils pourront, ceux-là ! se vanter de l'avoir tuée ; et, machinalement, Jean répète ce qu'il entend baver sur Jeanne :

— Pas de cœur, pas de cœur, pas plus qu'un pou...

Faute d'autres confidents, il s'épanche en Emile : qui maintenant, loin de *rapporter*, lui invente des excuses quand il se trouve en retard ; et l'on ac-

cepte ces excuses, dans la peur d'offenser Emile,
tout-puissant sur l'esprit de son père.

... Les cousins, avec des *copains*, ou, plus souvent, tous deux ensemble, effectuent des parties à
Loos, à *Ma Campagne*, dans les guinguettes de la
banlieue, surtout chez Lefebvre : à Canteleu, au bord
de la Deûle. Ils canotent furieusement, Emile brail-
lant et gai, Jean plus mélancolique, au milieu des
bateaux goudronnés, entre les rives aux verdoyants
talus : on longe le Bois de Boulogne, on passe en vue
des îles, des malheureuses *îles vierges ;* au delà, à
la fois monotone et variée, calme, reposante, la
campagne étale ses verdoiements, ses ors, ses lu-
zernes sanglantes, ses bouquets d'arbres isolés, ses
vastes prairies aux vaches grasses, sa riche platitude jusqu'en d'opalines brumes, sous le soleil, jusqu'en un loin violâtre ou gris, les jours de pluie...

Alors, on cause des « *filles* », avec des mots obscènes : Emile s'imaginant qu'il a *tapé dans l'œil* à
toutes ; Jean se désespérant aux grossièretés de son
compagnon, qu'il essaye d'initier, d'amener, à son
poétique idéal d'un amour pur, unique, éternel :
l'autre en rit ; sanguin, brutal, mal et solidement
charpenté, jouisseur et pataud, ce jeune gymnaste
ne comprend que les *caprices*, et même admire
Lucien Gourdin, cet élève de Philosophie, célèbre
pour avoir séduit une ouvrière, abandonnée, à peine

enceinte, suivant les bons conseils de ses parents
tout fiers de lui... Toutefois, les deux cousins ne
songent l'un et l'autre qu'aux « *filles* », n'aperçoi-
vent, ne regardent qu'elles, les déshabillent en
termes d'ignorants et de novices; chaque événement
public de la vie locale leur est devenu une occasion
de manifester et de satisfaire, en partie, cette préoccupation qui les absorbe : — la *Braderie*, ce di-
vertissement singulier pour cent cinquante mille
âmes flamandes, une cohue s'écrasant sur les places,
dans les rues, étalant, achetant sans besoin, devant
toute maison, pauvre ou belle, sur tout trottoir, étroit
ou large, les vieilles ferrailles, les vieux vêtements,
toute la pouilleuse friperie d'une ville, un vrai
Mont-de-Piété en plein vent ; — les ducasses de
quartier, les ducasses de banlieue, avec leurs saltimbanques, leurs cabarets improvisés, leurs parfums de poissons salés, de viande humaine et de
houblon, les glapissements des femmes pincées par
les danseurs et se renversant souriantes, souriantes
ou [hideuses dans leur refrognement effarouché de
prudes, aux cheveux filasse, au patois gras ; — la
caractéristique descente, en masse, de tout l'arron-
dissement, des faubourgs et de la cité, courant à
Loos, le lundi de Pâques, se saoûler de bière, danser,
savourer des abois de pistons et de pitres, après les
momeries religieuses d'un matinal pèlerinage ; —

les bruyants jours de carnaval, imposant, à une
foule béante, la même périodique exhibition de
sociétés chorales, orphéoniques, à tambours, mé-
dailles et bannières, suivies de chars où s'échafau-
dent des vulgarités allégoriques, tous les siècles
dans la défroque d'un seul costume ; de chars où,
parmi l'enrouement des voix *gueulant* un charabia
rythmé, parmi l'oscillation des gélatineuses gorges,
s'agitent des harengs-saurs au bout de cannes à
pêche, tentation des voyous vainement rués pour
les happer ; — la procession de la Fête-Dieu, cette
mascarade de prêtres, de garçonnets, de gosselines
et de sacristains, protégés par l'armée, par les *lé-*
gions municipales des pompiers et des *canonniers*
sédentaires ; cette mascarade grave, solennelle, cé-
rémonieusement déployée devant le reposoir de la
Grand'Place enguirlandée de fleurs, de draperies
rouges et blanches, toutes les chaussées jonchées
de roses, toutes les rues encombrées de dômes à
mille paillettes, et de transparents et de têtes ; — la
messe même, la sortie de la messe à l'église Saint-
Maurice-lez-Lille, *la cathedrale,* comme disent les
indigènes, exaltés par l'éblouissement de sa façade
neuve, aveuglante, et de sa commune flèche ajourée,
si légère... Autant de circonstances favorables, autant de prétextes pour voir, dévisager, taquiner,
aborder les « *filles* » ; et les deux cousins en profi-

tent, s'accoutument à cette hardiesse effrontée des
êtres timides.

Ils donnent des rendez-vous à des gueuses de fabriques, coureuses de kermesses, à peine femmes,
déjà privées de sens moral, viciées par les promis-
cuités de leurs misérables familles, souillées par les
attouchements, par les investigations d'une marmaille masculine, populacière, non moins cor-
rompue. Jean, et surtout Emile, les caressent, les
embrassent, parfois les emmènent en canot, leur
payent ou bien des gaufres, ou des tours de che-
vaux de bois, — l'un charmé, l'autre dégoûté, de
leur bêtise, de leurs paroles, de leur parfaite bestialité... Ils rôdent aussi, le soir, dans les ruelles,
les boyaux louches : la rue de l'ABC, bien nommée,
et, là-bas, parallèles aux remparts, vers la porte de
Fives, des rangées de maisons très hautes, l'air endormi, comme vertueux, dans la journée, — emplies, le soir venu, de fracas, de lumières, de nudités filant ou bien coulant leur ombre, le long des
croisées illuminées où se penchent des bustes sans
voiles, cheveux épars, mamelles pendantes, avec
des appels, des mots doux, quelquefois des injures
en des gestes ignobles... C'est là qu'en bande, de
temps en temps, les deux cousins et leurs *copains*
s'en vont *faire flanelle,* comme ils disent. Alors, ces
demoiselles descendent au salon rouge, les crins

piqués de roses fanées, les seins flasques dissimulés sous des écharpes polychromes ; l'innocence les amuse, de *ces pauvres mignons ;* ils n'ont pas le sou, qu'importe ? elles leur payent des douceurs, boivent dans leurs verres, frottent, au duvet de ces mentons, leur lamentable peau avachie et sans forme ; ou même, bravant les menaces des surveillantes et les amendes, initient l'un d'entre eux devant les autres excités, soudain graves, haletants, remués dans leur chair qui désire et redoute : envieux du gringalet choisi, cependant honteux et passif... Emile aime ce milieu, ces spectacles, ces choses ; mais Jean, plus d'une fois, agrippé par l'une de ces harpies, s'est dérobé : les camarades l'appelant : « *Jobard !* » ; lui, jurant, écœuré, de ne jamais toucher ces malheureuses, malgré les pressantes suggestions de son organisme exaspéré...

II

Mais qu'a donc Jean depuis hier? Son sang bout,
sa tête brûle, ses mains tremblent; de ce qu'on lui
dit il n'entend rien; il vit comme fou :

— Est-ce que ce serait elle, par hasard?

Eh ! non... Et cette maudite idée lui revient sans
cesse à l'esprit! Trop jeune, trop jeune, et elle de
même ! Il ne peut pas, ne veut pas l'aimer... Pourtant, dès son refus de danser avec lui, il a cru
ressentir, vraiment, jusqu'au fond du cœur une
souffrance. Déjà hier, en l'apercevant pour la première fois, il restait stupéfait, muet, tellement
qu'elle ne prêtait à lui nulle attention, même le
jugeait stupide, sans doute!... Allons, un peu de
courage, pauvre fou de poète! un peu de raison...

— Comme si l'on raisonnait dans un pareil état !

Et ces yeux qui partout le suivent!... Et ce
Georges: ah! ce matin, sa rage intérieure, à la voir
suspendue au bras fort de Georges Maison! Avec
quelle volupté réelle il l'aurait étranglé, tué! Car
il la lui volait, s'emparait d'elle! Après tout, elle ne
lui appartient pas...

— Pauvre idiot! est-ce qu'elle m'appartient plus
qu'à lui?

Et elle le regardait, ce Georges, elle le regardait!
Quand il pense que ce grand gaillard va essayer de
la séduire! Misérable! une enfant de quinze ans, à
ce bellâtre de dix-huit! une ange d'amour, avec ses
yeux immenses de rêverie et d'azur, un être supérieur, unique, créé pour aimer et jouir... *Et pour
inspirer un poète*! Et voilà ce qu'on en ferait? Non,
non: il ne le laissera pas agir; il lui parlera, à elle,
il lui dira... Il ne conserve aucun scrupule, lui! sur
de semblables questions; on criera bien, peut-être,
qu'il trahit un ami; mais, après ce que Georges lui
confiait ce matin, Jean ne veut point d'amis si
lâches!

— Je l'aurai, il faut que je l'aie, je ne puis plus
vivre sans elle...

Oh! il la forcera de l'aimer! On ne souffre pas
éternellement; il doit cueillir, lui comme les autres,
un peu de bonheur à son tour... Mais il aspire à lui
parler: il s'y trouve impuissant, n'ose pas. Tant

pis! Ce sera pour demain!... Oui, demain, il l'entre-
prendra, si doucement et si bien, qu'elle l'aimera
un peu; et que, au lieu de ruminer, le soir, des
choses aussi incohérentes, il rêvera, tranquille et
joyeux, les rêves d'avenir, les splendides rêves, qui
flamboieront dans sa cervelle!...

... Depuis hier, depuis cette grande promenade à
Loos, à l'occasion du lundi de Pâques, combien
d'événements, que de sensations, que de sentiments, nouveaux pour lui! plus, bien plus, que
dans toutes ces semaines qui viennent de s'écouler,
après sa sortie de Seconde, ses dernières vacances,
et sa rentrée en Rhétorique... Le dentiste reçu médecin, et la plaque rêvée qui s'étale, orgueilleuse-
ment, en sa pleine porte; même la mort de madame
Leclert, survenue au mois de janvier,... dans quel
loin tout cela, depuis hier!...

— Cette partie!... on était nombreux; il y avait là
Georges Maison, Berthollet et Brévart et Tesse, et ce
fou de Van Peteghem, tous rhétoriciens, bruyants,
gais, *l'ayant perdu* depuis longtemps, affirmaient-
ils; et chacun avec sa chacune, Jean excepté. Car
lui, plein de ses idées bêtes, demeure naïf près des
typesses, dédaigne leurs avances à sa grâce de nerveux sauvage, soutient même, quand on le pousse
un peu, que l'homme vierge est tenu d'épouser la
femme vierge, et que lui, du moins... : « Mais que

jobard ! » crie-t-on en chœur ; et cependant on le respecte.

Or, ce lundi, Emile et Brévart, justement, attendaient aux guinguettes Lefebvre deux sœurs brunes, délurées, très excitantes, folles ; elles devaient amener leur cadette, une blonde de quatorze ou quinze ans ; et Georges, qui se trouvait seul, tout de suite saisissait l'occasion, offrait son bras, en imposait à l'innocente par sa haute taille, ses gros biceps, sa verve endiablée, son audace ; il l'accaparait, l'étourdissait aux balançoires, payait en prince des friandises, des fleurs et des consommations grisantes, valsait et canotait en serrant, contre lui, la pauvrette confuse et troublée. Et Jean aussi, à effleurer son poignet tendre. à entrevoir ses fines chevilles et ses jambes, sur l'escarpolette, dans le tourbillon fou du bal, sur les branlantes planches de la barque, se sentait violemment troublé : surtout pour ce refus de danser avec lui, si blessant à son amour-propre ; d'ordinaire les femmes le priaient, ce joli garçon de seize ans... Et, tout pâle, il serrait les poings, se taisait, plein de rage, et, du regard, suivait partout Estelle et Georges ; et Berthollet le plaisantait : « Maladie de cœur !... » — « Es-tu bête ! » lui répondait Jean. Mais le soir, toute la bande revenue au Bois de Boulogne, une paix fraîche, un bruissant silence tombant des feuilles, montant des

mares, incitant· la sottise des potaches à rêver,
chacun baisait la sienne sur le cou, sur les yeux, la
bouche, sans polissonne idée de plus furtives caresses; ces bruits de baisers s'élevaient, comme
pieux, tirant de petits rires et de sentimentales
romances, à mi-voix fredonnées par cette adorable
ineptie des fillettes qui se croyaient aimées ; seul,
tout seul dans son coin bien sombre, Jean s'enfonçait les ongles dans la chair, à contempler, couchée
presque sur Georges, parmi l'herbe, la naïve blondine, le palpitant velours de ses lèvres avide-
ment tendu aux baisers dont il lui insinuait la sa-
voureuse volupté pâmante, le goût, le désir, la
rougissante curiosité...

Aujourd'hui, la partie continuait, Estelle toute
fière au bras de son nouvel ami, qui s'épanchait en
Jean sur ses projets ignobles; de *la petite* il louait
tout, ses mollets, ses « *nichons,* » ses cuisses, qu'il
avait, disait-il, palpées tout à son aise, dans cette
propice obscurité du Bois de Boulogne :

— Faut bien s'assurer de la marchandise !

Le malheureux ne répondait rien, si visiblement
secoué, qu'un peu inquiet son camarade l'interrogeait, l'air protecteur :

— C'est à cause d'Estelle? Tu sais, je n'y tiens
pas davantage. Je te la cède bien volontiers...

La *céder ?* comme une *chose* à lui !...

14

— Pour rien ? vraiment trop bon, mon cher ! trop
généreux ! Je m'en *fiche* pas mal, de ton Estelle!
Elle peut bien crever si elle veut !

— Ah ! si tu le prends ainsi, tant pis ! Mais tu as
tort : un morceau de roi ! et je t'assure, c'était de
bon cœur...

Et ces mots, et les moindres gestes sont là, de
l'un et de l'autre ! *Il en mourra*; et, cette mort-là, il
la devra à ses deux sœurs : ne la forcent-elles point
d'aller avec cet imbécile, ce lâche ? ne la laissent-
elles pas souiller par ces baisers, qui *retentissent au*
cœur de Jean *comme autant de coups de poignard?*...
S'il la possède enfin un jour, il faudra donc les lui
effacer de la bouche, lui en recréer une nouvelle?
Oh ! cet instant de frénésie rouge, où il eût mas-
sacré, joyeux d'une féroce joie, et les sœurs, Adolphine, Juliette, et le séducteur, — même Estelle!

Eh ! que lui importerait, après tout ? Mais elle
les lui rend, ces baisers ; et le baiser rendu, chose
sainte, indice d'amour ! Aimerait-elle donc déjà
Maison ? L'aurait-elle aimé une seconde, une seule
seconde, en sa pensée ?...

— D'habitude, je ne mange pas les restes !

.... Bah ! Emile prétend bien que les *pucelles*, ça
n'existe pas ! En voilà une, pourtant; mais ces baisers, ces sales baisers, ces dégoûtants baisers de
Georges ! — De Georges, au reste, ou bien d'un

autre, même ordure : tous ils se montrent répu-
gnants, ces jeunes éphèbes, pourris de vices secrets
et de libertinage, fanfarons et blasés des femmes
avant de connaître l'amour ! tous ils baissent vers la
terre, sous le même bouffissement rougeâtre des
paupières, les mêmes vagues prunelles de ma-
niaques, la même inexpression de visage, la même
démarche dandinante, le même amaigrissement
momentané d'êtres lascifs : jusqu'à Julien !... Et
elle, si pure, si douce, si neuve, s'attacherait à l'un
de ces vieillards ?

— A tout prix il faut la sauver !

Mais il y réfléchit de nouveau, et des terreurs le
hantent, tenaces. Ignorant et dégoûté, lui, de toute
solitaire accoutumance, il se juge plus mal pré-
servé contre les excès de la passion ; plus son âme
est chaste, et son corps, plus facilement, après le
coup de foudre, l'aveuglement doit le frapper, et
son exaltation en aggraver très rapidement les conséquences. Elève de Rhétorique, il se moque de lui-
même, de son habileté à enflammer des mots, des
déclarations — pour les autres : que ne garde-t-il
rien, jamais, de cette assurance, auprès d'elle !...
Ainsi son besoin d'un pur amour, après de conti-
nuelles poussées sourdes, crève enfin ; sa puérile humanitairerie s'émeut à l'idée de disputer cette fille
au vice, dans lequel elle tomberait, qui la mène-

rait si loin peut-être, avec ses innocences d'enfant :
et déjà, de chute en chute, son imagination la suit
jusqu'au milieu de ces frôleuses, errant, la nuit,
rue de la Gare , rue Nationale, en des quartiers
plus excentriques... Elle ! elle !...

— Veux-tu fumer ?

... Il la tutoie, ce misérable ! Il ose lui offrir de
fumer ! Tiens, pourquoi pas ? ses sœurs fument
bien ! Tous ces jeunes fous fument bien aussi,
et du vrai tabac à présent : non plus, comme autrefois, du chanvre, des feuilles de tilleul, des bouts
de cigarettes, de cigares, et des bribes, — volés dans
les services de leurs « *paternels !* »

... Seul parmi eux (après de rares essais, naguères,
pour se prouver un homme), Jean s'en abstient :
toujours « jobard ! »... Mais cette insolente offre le
révolte, il parle :

— Non, mademoiselle, ne fumez pas. C'est très
mauvais, vous serez malade ! Et puis c'est déjà sale
pour nous ; ainsi!...

— Eh bien ! et nous ? clament les deux sœurs.
Nous sommes sales alors ?... Fume, Estelle !

— Non, merci, monsieur a raison ; je crains que
ça ne me fasse mal. Et puis...

— *A ta mode*, ma petite, *à la mode !*

Mais elle regarde Jean en face, et de quel œil ! Le
devinerait-elle, à la fin ?

... Forcé de rentrer chez ses parents, Brévart
quitte ses amis, son Adolphine; et Georges, pour
éveiller la jalousie d'Estelle, presse et caresse *la
femme* du camarade absent; et Adolphine se prête
au jeu, et Jean ose présenter son bras à l'abandonnée, qui l'accepte. Et leurs langues se délient;
d'un trémulant organe l'amoureux se livre, il dé-
nonce Georges; et il trouve des paroles si douces,
d'une si persuasive coulée! L'enfant n'aime personne, elle le jure; et elle y insiste, très rouge :

— Même, je ne lui donnerai plus le bras, à votre
ami : il est grossier, il dit des *affaires*... Enfin,
vous avez bien raison, il pue le tabac! sans vous
j'aurais fumé, je me serais rendue malade...

— Soit, je vous crois... Mais ces baisers!...

— C'est vrai : il me plaisait, d'abord; et puis, je
ne savais pas; mais depuis, j'ai deviné bien des petites *machines*. Il ne m'embrassera plus jamais,
soyez tranquille.

— Et moi?

— Oh! nous verrons. Vous êtes bien plus gentil,
moins brutal. Avec vous ce serait sérieux, tout à
fait sérieux, *savez-vous ?*

... Quelle joie! et elle accorde un rendez-vous,
elle repousse Georges :

— Non, laissez-moi, je vous dis de me laisser en
paix.

— Ah !si vous *en pincez* l'un pour l'autre, fort
bien. Mais *tu sais,* Jean, tu es *rien* sournois !... Enfin, ta sœur me *gobe,* je ne perds pas au change !

... Quelle brute ! Et c'est cette brute qu'elle écoutait? Quelle brute !

... Revenu chez les d'Ohet, Jean, comme un au-
tomate, soupe, se tait, puis monte en sa chambre ;
il se couche, se tourne et retourne sur le lit, fort
agité, et il rêvasse et il rumine...

Deux jours déjà, deux jours seulement qu'il la
connaît ; il l'a vue à peine ; et voilà dans quel désespoir, sans ce rendez-vous, il tomberait? Qu'est-ce
que ça deviendra, mon Dieu ! si elle ne l'écoute pas,
si elle *résiste à son amour?* Tout le monde le rejette,
lui, trop triste et trop bon ; et, si elle ne le rejette
point, elle rira ou aura pitié... Faut-il être stupide,
aussi, pour s'aller en une heure, tout de suite, épren-
dre d'une enfant de quinze ans ! et puis bien misérable, en outre, de vouloir troubler la paix où elle
vivait, *insoucieuse et gaie comme un oiseau des
bois?*...

— Qui sait si je suis digne d'elle ?

Qui lui prouvera, si elle l'écoute, qu'il n'y a point
là caprice d'un jour, joie de railler un malheureux
pour l'*assassiner* mieux ensuite? Et qui lui prouvera que, de même, il ne subit pas un caprice?...
Eh ! non, mille fois plus fou encore, de laisser se

loger ces idées dans son crâne !... Il l'aime, retrouve partout, devant soi, ces deux grands yeux limpides et clairs, le regardant en face, comme naguère, une seconde, et sans qu'elle y songeât peut-être ! Et sa taille si pliante, si souple, *de roseau* ? Et cette enfantine grâce flottant tout autour d'elle ? Et ces beaux cheveux blonds, dorés, ondoyant sur son front comme une auréole sainte, et tous ces charmes de la vierge adolescente... Et toutes ces folies de son âme, à lui !

— Ma foi ! tant pis pour moi, je vais me mettre à l'adorer !

Et, si elle ne le lui rend point, comme désormais Estelle demeure son espérance unique au monde, — eh bien ! nous possédons un petit arsenal, n'est-ce pas?... Sa vie, jusqu'ici, se décèle tellement vide et gaie, que la mort ne doit rien avoir ni de plus vide ni de plus sombre.

— Donc, je puis gaiement et bravement mourir, comme dit *Gringoire*.

..... Quinze jours s'en sont allés, quinze jours : quinze fois Jean a revu Estelle... Son visage n'est pas régulier, mais à la fois d'un air si mutin, si joli, d'une expression rêveuse, si douce ! Ses longs cheveux lui tombent aux reins, en grosses nattes d'une blondeur cendrée, et de leur voltigement, comme d'une mobile, flottante et fluide auréole, encadrent son front découvert, aux pans sculptura-

lement coupés. Des yeux d'un vague bleu d'azur
pâle, mystérieux sous la soie des cils presqu'invisibles, et de mignonnes oreilles, exquises, fixées
aux tempes par des fils d'or. La bouche, — un sen-
suel écrin de fines quenottes, au-dessus du menton
gras, rond, lié d'une ligne pure au cou très élancé.
Et des mains patriciennes, des poignets délicats,
enrésillés de marbrures roses! et, dans les jeux
fréquents de sa physionomie, dans son allure,
dans la spirituelle démarche de ses petits pieds,
quelque chose de rythmique, de familier, de franc...
Et Jean adore s'imaginer qu'il vit à côté d'elle,
toujours, avec ses prunelles dans les siennes, et,
entre ses doigts, sur son bras, la tiédeur de ses
doigts fuselés ou de son bras...

C'est la fille d'une femme veuve, doreuse, laquelle
habite rue d'Angleterre. Ah! madame veuve Vaillant mérite son nom: elle *trime*! Et ses enfants aussi
travaillent, maintenant qu'elles possèdent l'instruction. Estelle même, chaque matin, se rend au *Pauvre
Diable*, un grand magasin éclairé à l'électricité,
comme ceux de Paris, disent les réclames. Non loin,
place du Théâtre, elle rencontre Jean qui passe là,
tous les jours, allant au « *Bahut* »; et l'amoureux s'entraîne de plus en plus à la chérir, mais tout ainsi
que les livres, avec de grands mots, de grandes
phrases; et il dévore *Sous les Tilleuls*.

Quant aux d'Ohet, quant à sa sœur, quant à sa
mère même, et le Lycée, qu'est-ce que c'est que tout
ça, vraiment? Est-ce que même ça existe, ces gens
et ces choses? Rien n'existe, sinon cette monomanie
de son amour, à laquelle il rapporte tout, monomanie ardente faite de délires, de fausses conceptions, de jugements pervertis. Son caractère, déjà
tenace, s'affirme difficile, intraitable : les places,
l'honneur, la position, la prudence, l'argent, les
amis, les parents, les conseils, au diable! autant de
bêtises !... — Julien? il le connaît maintenant, celui-
là! et il le déteste, jamais plus ne lui écrit ni ne lui
parle! Et les causes de cette brouille mortelle?...
Lisez plutôt :

« L'amour ne remplace que rarement l'amitié.
Pauvre ami !... pourquoi vas-tu t'y plonger? Qu'est-
ce que ce coup de foudre, et ne va-t-il pas te fendre
le cœur? y faire une lézarde *imbouchable?* Renon-
ces-y : moi, j'oublie. Attends encore pour t'attacher, et n'aime que lorsque tu seras compris : « Je
crois qu'une belle âme n'a de repos à espérer ici-bas
qu'en Dieu, qui est notre fin dernière, et qu'en une
âme amie qui soit *sœur* par la ressemblance ». L'aurais-tu oubliée, cette parole de Sainte-Beuve, si chère
jadis à nos deux êtres? C'est l'âme qu'il faut contempler, non les yeux. Les lacs les plus bleus contiennent
les vases les plus immondes. Vienne la rame, et leur

fange domine. Les yeux bleus, eux aussi, peuvent cacher une âme noire; la surface est brillante, le fond est bien souillé! »... — Le lâche! une pareille lettre! Et sans rien savoir d'elle! Un hypocrite, pourri par ses vices solitaires!...

— En voilà assez, n, i, — ni. Je suis édifié, à présent!

Finie aussi la grande amitié pour Emile; *cet être-là* devient de plus en plus grossier, et Jean ne le voit plus qu'à cause de ses visites chez les d'Ohet, et de sa liaison avec Juliette Vaillant; et, fraternellement, il console Adolphine, pour qui Georges Maison et Brévart sont brouillés.

Cependant, Estelle reste froide; plus d'une fois Jean retient ses larmes, ne veut pas pleurer devant elle; et, seul, se désespère en des vers insensés! Il soigne maintenant sa toilette; néglige, en revanche, son travail, coupé d'involontaires soupirs. A table, il ne mange guère; son pâle et mince visage pâlit encore et s'émacie, ses yeux se creusent; et, dans la rue, les gamins se le montrent, le surnommant « *grand esquelette* ». Plus de sommeil; des battements de cœur; et des révoltes en classe, et des révoltes à la maison, et de pénibles mots à tous les familiers, et une absolue insouciance des correspondances parisiennes. Le dentiste, fier de son titre, et qui incessamment pontifie, bafouillant médecine, le dentiste

et Rosine s'imaginent des *horreurs,* pénètrent brusquement dans sa chambre, la nuit : le proviseur et
M. Bellanger, le nouveau maître de Jean, leur ont
persuadé que tous, à pareil âge, acquièrent *ce défaut-là ;* même il faut attacher les mains à quelques-uns, chaque soir, dans leurs lits, sur la demande
de leurs parents... Et le gros homme prive l'amoureux, de vin, de café, de liqueurs, « afin de ne pas
l'exciter *davantage :* »

— Je m'en passe bien, moi!! dit-i!, avec mon
diabète.

— Et puis, ajoute Rosine, ça fait économie. Ton
oncle Edmond est de notre avis.

Elle assiste, du reste, au bouleversement des mate-
las par la femme de ménage, et elle les saupoudre
de camphre : il paraît que ça guérit *ce vice-là.* Et
Jean hausse les épaules, plein de pitié, ne veut pas
comprendre :

— Ma parole! ils m'y feraient penser..

Bah! il pense à bien autre chose! Et pourvu
qu'Estelle l'aime un peu, il se *fiche* parfaitement du
reste. Aussi les devoirs sont-ils rarement bons : tous
bâclés! et, les compositions demeurant excellentes,
M. Bellanger s'en étonne :

— Il y a un Dieu' vous serez *recalé* au baccalauréat, monsieur d'Yme!

Dieu exaucera pourtant, sans doute, les prières

de Rosine d'Ohet, devenue plus dévote que sa mère,
et aussi les prières de — Louis ; car, suivant la pré-
diction de madame veuve Leclert, il imite son ami
Sureux, flatte *la calotte*, et se moque d'elle — après
la messe. Dame! le vicaire Pyat lui promet des
clients!... Jean, forcé d'assister aux offices, et de
chanter, ne se sent même pas le cœur d'en rire :
il ne voit rien : si peu de chose qu'un jour on le
suit, à son insu, on l'aperçoit causant avec Estelle,
place du Théâtre; bien plus! on suit Estelle, on
avertit madame Vaillant, — qui, dès lors, chaque
matin, la mène au *Pauvre-Diable* : chaque matin
Jean la guette, sa martyre aux yeux rouges, et quels
imperceptibles clignements de paupières!

— Tant mieux, après tout, rumine-t-il. Peut-être
m'aimera-t-elle un peu, maintenant que se dressent
des obstacles.

...Estelle l'aime en effet; oui, l'aime! car un jour
Adolphine va l'attendre au Lycée, l'aborde et l'en-
tretient sous une porte cochère : la *bien-aimée* le
prie d'écrire poste restante, place Saint-Martin ; et
elle lui répondra Grande-Poste, Boulevard de la
Liberté... Place Saint-Martin, dès le lendemain, il
trouve une lettre, d'allure tellement inespérée!
Moins timide devant le papier, Estelle a mis des
pages, des pages, à lui répéter qu'elle l'adore : « Oui,
je t'adore! » et elle le tutoie...

Toutes les douleurs sont oubliées, toutes les images sombres, tous les fantômes affreux, qui sans cesse le hantaient, soudainement transformés en adorables, en riantes visions, en d'extatiques rêveries. Quelle joie! il ne doute plus : elle l'aime...

— Elle m'aime, et elle me le dit !

Il a pleuré encore; mais, cette fois-ci, d'ivresse. Toutes les émotions qu'il ressent se manifestent si violentes! Tout chez lui est extrême, la joie et la douleur. Jusqu'à présent, quelques preuves qu'elle lui eût données de son amour, il tremblait, si elle avait su! Tant d'autres se croyaient chéris, pour se voir délaissés bien vite! Celle qui tenait leur vie, leur cœur, brusquement *torturait* ce cœur, le *broyait* froidement entre ses mains! Comment a-t-il pu penser cela, d'elle? Mais elle le *vousvoyait*! ses baisers restaient si glacés!... Maintenant le voilà courageux : jadis il fut une volonté, c'est-à-dire quelque chose de bien flottant souvent : aujourd'hui il devient bien davantage : une force. Il tient son but ; il y marchera : par une route pénible, sans doute, mais dont aucun obstacle ne l'arrêtera plus!

Et, à son tour, il lui écrit! Autrefois, son amour ne savait ni parler, ni se manifester, — en présence d'un tiers. Parfois, dans quelque rue déserte, Estelle s'étonnait de le voir, très brusquement, s'écarter d'elle au bruit d'un pas. A son avis,

15

c'était déjà trop des étoiles pour l'épier, des maisons pour l'entendre, de la terre même pour le porter. Il eût souhaité qu'eux deux seuls, l'un pour l'autre, pussent exister, détachés de tout lien, de tout souci terrestre, humain. La passion, pensait-il, à ses mots très spéciaux, réservés aux seuls initiés ; et il souffrait bien cruellement, chaque fois qu'un nouvel être apprenait leur amour...

...Les mois coulent, Jean acquiert la première partie du Baccalauréat ès-lettres. Les vacances viennent : enfin ! Madame Vaillant s'absente des heures: il guette ses sorties, et, alors, se glisse dans la boutique, parmi les trois sœurs sans ouvrage; cause et recause avec Estelle; l'embrasse et la baise, à son aise, derrière des montagnes de cadres ; ne quitte plus cette rue d'Angleterre.. Et les d'Ohet ? Ah ! qu'ils sont loin, ces bourreaux adoptifs de Jean !

Un jour, malheureusement, Juliette est accourue, Juliette qui faisait sentinelle : Madame Vaillant revenait, — comment s'enfuir sans être vu ?... Or habitait, chez les Vaillant, dans l'arrière-boutique, une *entretenue* de vingt-sept ans, assez jolie, déjà fanée, et elle assistait à la scène :

— Cachez-vous dans ma chambre, a-t-elle crié. Vite, vite !

Et Estelle d'ajouter :

— Vite, vite! Oui, chez Victorine! allez donc!...

Là, cette charmeuse l'a pris, violé, malgré sa résistance, ses larmes, le peu de plaisir qu'il ressentait!... Quelle honte : succomber ainsi, se laisser dompter par cette femme, si l'on peut appeler ça une femme...

— Par cette ordure !

Oh! non sans lutte, assurément; mais enfin n'a-t-il pas roulé sous cette chair molle, souillée, vendue? Huit jours de suite, après cette chute, il n'ose retourner chez Estelle, malgré des lettres folles, navrées, d'une jalousie trop tard venue. Et il faudra mentir, jurer que ce n'est pas vrai, supporter les sourires, peut-être, et les sous-entendus de *ça* ! Ne voilà-t-il pas que des fièvres le brûlent dans le sang, sous la peau? Ne voilà-t-il pas qu'il redoute de désirer encore cette...., *ça*? — Bah! pour se calmer, se calmer... oh! simplement pour se calmer...

— Ah bien ! il est joli, l'homme vierge, qui doit épouser la femme vierge!

...Enfin madame Vaillant, pour quatre jours, gagne Aire : les amoureux se reverront dans les glacis de la citadelle. Oh! ces aveux, pour la première fois prononcés, à voix basse! ces étreintes passionnées! cet affolement, — et puis...

Quelle belle soirée, tout au moins quelle belle heure d'amour il s'était promise, ce jour-là! L'amour, peut-être l'avait-elle comme lui; la soirée, ils l'avaient aussi : mais elle ne devait pas s'écouler, comme il l'espérait, tout illuminée de joie, toute secouée d'ivresse heureuse et tendre. Pourquoi donc? Ah! il se trouvait dans cet état de l'esprit et des sens qui, depuis si longtemps, depuis sa *chute*, surtout le torturait, le forçait d'être froid pour elle, et de la torturer aussi. Il l'aimait du seul amour vrai, de l'amour véritablement vivant, idéal et matériel tout ensemble; il la désirait et il la voulait, inconsciemment. Fort bien! Mais ils s'étaient aimés trop *tôt* pour pouvoir satisfaire *tous* leurs désirs, *toutes* leurs volontés plus ou moins instinctives. Et ils restaient, cette fois encore, trop jeunes tous deux, pour ne pas devoir en triompher quand même!... En ce qui la concernait, elle se fût abandonnée, innocemment, avec trop de facilité naïve, pour qu'il pût se laisser emporter, par une passion trop aveuglée, à lui dire, ou plutôt à faire fuir, en longs flots brûlants, de ses lèvres, l'amour de sa beauté *divine*. De sa beauté si grande, ajoutait-il intérieurement, que, pour la bien saisir, la choisir entre toutes, il fallait un poète; et qu'un homme du vulgaire, trop épris du joli, l'eût dédaignée peut-être!

Hélas! elle ne comprend rien à ses silences, à ses causeries brèves, sèches, énigmatiques, pleines de réticences douloureuses. Quand il parle, il se saoûle, souvent, de ses paroles; que serait-ce s'il lui parlait longtemps, seul avec elle qu'il aime, qu'il aime si fort, si fort?

— Fou que je suis!

... Il lui prend bien, chez elle, dans le corridor sombre, des envies enragées de l'étreindre en ses bras, et de l'emporter loin, si loin! — Si loin que nul, jamais, n'entendrait parler d'eux, cependant qu'ils vivraient heureux, tout l'un à l'autre, nourris de leur amour, désaltérés de leurs baisers!

Il s'est contenu, cette fois-ci! peut-être, pour bientôt, n'en peut-il espérer autant? Ah! si elle l'aimait davantage! s'il était plus sûr de son amour! Si, comme celles-là qui vraiment aiment, elle venait lui dire: « Je suis tienne; où tu iras, j'irai », si elle lui disait cela seulement, il n'hésiterait pas une seconde; il lui répondrait: « Viens! » il fuirait ses parents, il rejoindrait sa mère, *il vivrait de sa plume!* Mais elle n'a pas, assez de confiance en lui; elle ne l'aime pas assez pour croire en l'*éternité* de sa passion; elle ne pense point ces choses; et, même s'il fallait les prononcer pour sauver sa vie, *son génie*, elle ne les prononcerait pas...

Risibles raisonnements d'enfant! — Voici venir, avec septembre, le recommencèment de l'*ouvrage*: madame Vaillant conduit, prend de nouveau la *bien-aimée* au magasin; et le moyen, dès lors,

d'aller rue d'Angleterre? Il faudra donc s'écrire encore?...

Lui écrire, à la *bien-aimée*, lui écrire? Oh ! durant
ce septembre d'ennuyeuses vacances, tous les jours
il se prend la tête à deux mains, pour s'empêcher
de lui écrire des choses si tristes. En dépit de lui,
toutes les douleurs du passé lui piquent au cœur
leur âpre souvenir. Il se croyait pourtant brave,
fort! il se croyait armé pour la lutte ! il voulait
être lui, lui-même, dans un an, ses études finies; il
voulait se lancer tout de suite, pauvre, au milieu de
ce Paris, dans le tourbillon littéraire, avec la misère
en perspective, mais loin, du moins, de ses bourreaux, loin de cette imbécile société provinciale !...
Mais il faudra vivre, il faudra !

— Vivre de ta plume?... Triple idiot !

Et Jean renfonce en lui sa peine, ses inquiétudes,
se met les mains sur la poitrine, pour empêcher
son cœur d'y battre violemment : mais il y saigne,
y saigne, noir!... Bah ! n'y a-t-il pas du bonheur
plein l'avenir, auprès d'elle? Son amour fermera
toutes les blessures, chassera loin les rancunes, les
amertumes, les haines... Quel malheur qu'elle ne
soit pas libre, et que ce soit l'automne, aussi ! On
partirait au bon soleil, par les champs, par les blés
où sa lumière chaude roule en larges plaques d'un
or fauve, sur les routes blanches, dans les sentiers;

on se disputerait, on se raccommoderait ; et puis, on se tiendrait par la main, par un doigt ; et puis, silencieusement, on se regarderait... Un tas de pensées sombres l'envahit encore, par sursauts : mais le temps court, ses livres sont là :

— Bûchons !

A l'œuvre ! à l'assaut de l'avenir, de la gloire qu'il veut conquérir, pour la mettre autour de son front comme une auréole !

III

Des semaines, des mois ont passé ; Jean est un *philosophe* maintenant, et un excellent *philosophe*.

Cependant la séparation, la fatale séparation dure, les lettres exaltées se suivent. Chaque fois que celles de la jeune fille se trouvent brèves, l'amoureux s'irrite ; même elle ne répond pas régulièrement aux siennes : comment ne sait-elle point échapper aux surveillances de la doreuse ? Si encore il pouvait, rôdant rue d'Angleterre, guetter, comme autrefois, les sorties de madame Vaillant !... Mais non : quand il quitte le Lycée, Rosine se porte à sa rencontre ; et les camarades rient, plaisantent ce grand garçon qu'on vient chercher :

— Tu ne sais donc plus marcher tout seul ?

Tas d'imbéciles !...

Il y a bien le jeudi, et le dimanche — après la messe ! Or, ces jours-là, madame d'Ohet attire, invite des condisciples ; en son instinctive jalousie, elle suit là les conseils répétés du *Docteur :* pour arracher Jean à *son vice*, et pour le détourner *des femmes*, le gros homme souhaiterait qu'il *imitât les autres*, — Emile, Brévart, Georges Maison :

— Voilà des jeunes gens comme il faut !

Aussi, pour *imiter les autres*, Jean s'étourdit-il avec eux. Car ces jeunes gens si *comme il faut*, en leurs promenades à la campagne, beuglent des refrains orduriers, ingurgitent d'innombrables chopes ; ou, désormais trop fiers pour courir les ducasses, fraternellement partagent, entretiennent, tous ensemble, la même petite cocotte, rue Neuve !... Tous l'un après l'autre : *très chic !*

— N'importe ! réfléchit Jean d'Yme. Si c'est *comme* ça qu'*il faut* se conduire !...

Il assiste, las, immobile, à d'interminables parties : écarté, rams, baccara même, prolongées, des journées entières, pour des piles de consommations, au *Café Jean* ou au *Café du Grand-Hôtel*, rue de la Gare : parmi le conseillard intérêt des garçons, les clameurs, les cliquetis, l'abrutissement des dos, la stupeur des faces, dans les fumées bleues qui semblent assourdir les bruits, capitonner d'ouate l'atmosphère...

15.

Comment se *décramponner* de ces idiots? *Pas mèche !*

— Ils sont de ton monde, au moins! insiste le *Docteur.*

— Et sages! reprend madame d'Ohet. Ils laissent les filles tranquilles, ceux-là! Tandis que toi... Tu vois bien, tu rougis!

— Moi, ma tante?

— Oh! tu me comprends, va! Oui, cette traîneuse de ruisseau, cette *rouleuse*, cette Estelle!... Nous ne t'en parlions jamais, n'est-ce pas? mais nous connaissions toute l'histoire...

— Quelle histoire?... Quelle rouleuse?... Assez, ma tante, assez : pas un mot là-dessus, *vous savez?*

— Calme-toi, calme-toi, c'est bon, ça te passera, affirme Louis, conciliant. Oui! Quand tu hausseras les épaules!... Surtout si tu *imites les autres.* A la bonne heure : voilà des jeunes gens comme il faut!

Toujours doux maintenant, ce dentiste! Et il se garde d'être brutal, de plus en plus subit sa femme, malgré les conseils du comptable.

Et comme Jean, tout entier saisi par la passion, paraît oublier sa mère, sa sœur, on parle moins souvent de Jeanne, on se moque moins de ce qu'elle prise; on ne s'acharne plus sur son second mari : on pourrait l'insulter, d'ailleurs, ce voleur d'âmes :

il lui a pris le peu d'amour que conservait Jeanne à son fils, et Jean le hait profondément ! Mais ni madame d'Ohet ni le *Docteur* n'y songent.

Aussi vit-il content, le *philosophe !* ayant la paix.... Cette situation d'amoureux, encore, toujours nouvelle pour lui, ce besoin de plaire, d'aimer, de le dire, et de s'entendre répéter ses propres mots, tendres et vides : cette situation, ce besoin, malgré lui l'entraînent, le transportent ; c'est la continuelle exaltation d'un doux délire, d'une ravissante folie si chère ! Identifié avec Estelle, en elle seule, par elle seule et pour elle seule il sent et pense. Et comme il respire largement ! comme son cœur bat ! comme brillent ses yeux, dans le rose épanouissement de sa mélancolique physionomie ! Quel silence, mais d'extase, sans cesse, chez les d'Ohet ! Et puis, plus de *grand esquelette !* Les désirs nés, tout est changé, mollement le malheureux Jean d'Yme se laisse couler vers du bonheur.

Bonheur bien panaché, toutefois. A peine une fois par mois, — madame Vaillant en retard, — peut-il avec Estelle chuchoter quelques phrases, à la sortie du magasin !

Et bête, et monotone, la vie fuit : des leçons aux devoirs ; des devoirs aux querelles domestiques, aux changements incessants de bonnes, — on les paye si mal, à présent ! Et de nouveau, et de nouveau, les mêmes lamentations d'antan, sur le retard des clients à venir! Et les reproches, et les : « Pauvre mère! je voudrais bien mourir comme elle! »; et, à cause de ses *sacrifices*, les récriminations; déjà, d'Edmond d'Ohet : si on lui remboursait, du moins, les intérêts de son argent!...

Donc, le *va-nu-pieds*, le *mendiant*, le fils adoptif réfléchit : qu'en somme, il ne doit pas se plaindre, — *le destin* punit ses bourreaux ; comme le déclarait si souvent le Bellanger, *il y a un Dieu!*... Et combien il jouit de sa tranquillité actuelle! combien elle serait complète, bénie, si plus fréquemment il baisait les lèvres de la *bien-aimée!*

Par malheur, elle écrit de moins en moins, la pauvre fille! Ni lettres, ou si brèves! ni baisers, c'est trop peu! Donc, voilà tout ce qu'elle a, d'elle-même, à lui donner? — Quelques mots bien secs, à la hâte? — Ça lui est donc égal, à elle, qu'on lui chante son amour sur tous les tons possibles? Elle n'éprouve nulle envie, nul impérieux besoin, de mille fois répéter : « Je t'aime »? d'envoyer son âme, toute son âme, en ces sept lettres, à qui l'attend? Et elle prétend l'aimer!

— Ah! elle me fait bien mal!

Et, bien souvent, il pleure, en dedans. Mon Dieu, mon Dieu! elle ne doute point, que, follement, Jean ne soit fou d'elle! mais lui, si elle savait quelles craintes! et quelle cruauté, pour une femme, à sans cesse attiser ces craintes!

Ainsi s'en vont les heures, et les jours, et les semaines. Et voici sourire le printemps. Puis, un soir, — ah! bien oui, il s'agit de douter! Il s'agit de printemps, ah! bien oui, et de passion... D'emblée, sournois, sans crier gare, il est revenu, le chagrin, cette vieille connaissance de Jean d'Yme! Et il se double d'un remords : Jeanne, Edeline, oubliées, — quand même chéries au fond, certes! mais si lointaines...

Cette sœur de Jean, Edeline, était une grande jeune fille aux yeux bleus, aux cheveux dorés, avec une chair, en apparence, de lymphatique, modelée finement, les membres bien harmonisés, sans aucune mollesse des tissus. Toujours elle avait conservé une belle tranquillité de vierge, que glorifiait, dans sa face sereine, l'étonnement de ses prunelles pures. Capable d'excessives fatigues, quoique très sensible aux surmenages ; et jamais, malgré sa constitutive faiblesse, jamais de dépression, ni physique, ni morale. Tous ses sens, et aussi son âme, s'affirmaient doués d'une exquise impressionnabilité ; violemment le moindre désordre ébranlait, — elle n'en disait rien, — toute sa trop délicate machine. Or, près de petites filles qui l'adoraient, si bonne, elle accomplissait cette tâche humble d'institutrice protestante.

Mais, depuis des mois et des mois, d'une péritonite purulente, dont nul ne trouvait le remède, elle souffrait, ne se levait plus, en dépit de son héroïsme. Les plus indifférents la chérissaient au point, qu'on lui conservait son traitement ; et, dans la parisienne provincette calviniste, chacun, la jugeant sainte, idéale, s'honorait : de lui faire parvenir ou des fruits, ou des vins, — qu'elle distribuait à ses pauvres ! Avec une angélique douceur, au milieu de ces sympathies, au milieu des tendresses, pour elle, de toutes les vieilles dames dans l'asile, — délaissée un peu, comme Jean d'Yme, par sa mère toute à son mari, toute à l'enfant, un fils, né de cette seconde union triste : Édeline martyrisée, remerciant quand même *Christ*, dans l'enthousiasme de sa foi joyeusement soumise à l'épreuve, acceptait les tortures, s'enfonçait elle-même, par pudeur, tout en s'inquiétant de ses chats, des tubes et des sondes dans le ventre : digne héritière du stoïcien, du génial docteur inconnu, qu'avait été son père Edouard. Bonne si invraisemblablement, qu'elle défendait, surtout ! de rien écrire à Lille :

— Loin de nous tous, voyez-vous, mon Jean doit bien assez souffrir....

Souffrir! certes Jean souffre, hélas ! mais non plus de par les d'Ohet. Il souffre du silence de sa petite amie, et douloureusement monologue. C'est trop se consumer dans l'angoisse, à la fin ! Un jour viendra où, si son cœur se brise, tant pis ! il ne l'adorera plus aussi... Elle ne l'aimait et ne l'aime point! Elle a pris plaisir à se moquer de sa naïveté, dont déjà d'autres souriaient. Elle a pensé : « Voici un fou, un poète; démolissons-le, tuons le peu à peu »; et elle commence à réussir! Il faudrait joliment des baisers, des baisers, pour lui faire oublier les larmes! les larmes qu'elle lui tire des yeux ; mais ces yeux se creusent, en attendant!' Le pauvre enfant languit et meurt : elle n'en sait rien, — il ne veut pas, il n'a jamais voulu lui dire... Qu'elle se hâte d'en finir! Que le supplice ne dure pas plus longtemps! Qu'elle lui adresse ces mots : « Je ne vous aime plus », ça suffira! qu'elle l'*assassine* tout de suite, car il en a assez! qu'elle l'*assassine* tout de suite, à temps, pour qu'il n'ait point à la maudire...

— Eh bien ! je te félicite, articule une voix aigre. Si c'est ainsi que tu travailles!... Voilà dix minutes que tu rêves, — que tu rêvasses, le nez en l'air. C'est le grec qui te produit cet effet?... Ne mens pas : j'étais là, tu ne m'as même pas entendue venir... Oh! je ne te gronde pas, du reste: nous partons pour Paris ce soir!...

Pour Paris? à quoi bon? Devient-elle folle, ou lui?... Et Estelle donc, croit-on qu'il va s'éloigner d'elle?...

— Tiens, lis cette dépêche, qui arrive.

Et le malheureux lit, relit, sans bien comprendre : « *Édeline mourante* », « *Édeline mourante...* »

— Comment? Édeline mourante? redit-il, hébété.

— « *Lettre suit.* » Il y a : *« Lettre suit »*; mais nous n'attendrons pas cette lettre. Nous partons ce soir même, tu comprends. Ah! je ne veux pas qu'*on* m'accuse de te priver de ses *dernières paroles!*

Elle en parle, cette femme! comme d'une chose entendue : c'est réglé, Édeline va mourir, et elle lui en voudra sans doute s'il ne meurt pas, *cet échalas!* Et rien, pas un mot de tendresse, qui consolerait l'enfant, le laisserait espérer, — rien, rien!... Elle mourra, puisque cette mégère l'a décidé! Jean le sent bien... Et lui qui songeait à Estelle... ah! oui, il s'agit bien d'Estelle, encore une fois! Vrai, il était trop bête! et trop lâche! et sans cœur, et il mérite toutes les insultes, et sa vie ne suffira pas pour expier un tel égoïsme,.. Une fillette! qui se moque de lui! qui l'a brouillé avec Julien! Et avoir négligé, presque oublié, pour elle... — Et le voilà qui, extrême en tout, se jette à une passion frénétique de cette sœur, de cette sœur parfaite qu'il a méconnue et affligée, tandis qu'elle souffrait : —

plus de cette négligence, sans doute, que de son propre mal physique !

... Oh ! ces dix journées dans Paris ! madame d'O-het, cinq fois seulement, permet à Jean de voir Édeline, elle-même continuant de courir, rassurée, avec ses amis les théâtres ; elle offre enfin à Jean de l'y mener, à Jean qui refuse, trop triste pour s'indigner, toujours craignant qu'on ne s'en aille. Et, les dix jours passés, l'on s'en va, en effet.

— Encore, s'écrie Rosine, un voyage inutile ! C'est moi qu'on ne reprendra plus à faire des *sacrifices* pareils ! Il faut que ta tante soit un peu folle, pour effrayer les gens comme ça : car enfin, elle n'a rien du tout, ta sœur Edeline...

Si peu de chose, en vérité ! que, la semaine suivante, elle en meurt !

... Eh bien ! elle choisit mal son moment, voilà tout ! Comme si elle n'aurait pas dû avancer ça de quelques heures ! mais il y a des gens qui se plaisent à contrarier les autres, jusqu'à la fin... Ainsi ricane, intérieurement, le *philosophe*, désespéré. Ah ! ces gredins le lui payeront ! il les quittera, c'est résolu... Car il ne les a pas recueillies, les *dernières paroles* de sa sœur ! Car il n'a pu, trop tôt revenu, ni suivre l'effroyable char à baldaquin, ni écouter, de toutes les bouches, tomber des éloges, des éloges, si exceptionnellement sincères ! Et ce

n'est pas encore assez : comme depuis des années il
use, raccommodés, les vêtements dont Louis ne
veut plus, comme Louis n'en a point de noirs,
— Jean d'Yme ne prendra pas le deuil! Et pas un
sou, pas un, pour en acheter lui-même!...

— Si tu habitais Paris, mon chéri, je comprendrais, *pour le monde*! Ainsi, j'ai dû me commander un
deuil à la mort de ma pauvre mère : et tu vois bien,
ton père, par économie, n'a mis alors qu'un crêpe à
son chapeau... Mais toi, allons, franchement, ce serait une dépense inutile, c'est même *ridicule* d'y
penser... Une sœur que tu as si peu vue, si peu connue... et qui ne s'inquiétait guère de toi...

— Canailles! canailles! canailles! Qu'ils attendent
le mois d'août! Et que je sois seulement bachelier!...

... Maintenant, accoutumé à vivre en soi, absorbé
bien souvent dans ses idées, dans ses souvenirs, —
grâce à la morte Jean vit plus de la tête et du cœur,
que des sens, et il goûte un âcre plaisir à songer au
passé, à reporter, vers l'Irréparable, son esprit, pour
lequel cette douleur est la seule joie encore possible...

Oh! oui, c'était une ange, et — combien adorée!
Il paraît quelquefois de ces *âmes* rares, divines, qui
volontairement (du ciel?) s'exilent en ce monde,
pour consoler, de la dépravation des autres, les

cœurs hauts, pour leur apporter des exemples, un
peu d'espoir, lorsque le dégoût, le remords, les hantent et les torturent : Edeline était une de ces *âmes*...
Seulement, elle si pure! elle souffrait de son
impuissance à convertir au bien ses frères. De
cette souffrance, qu'elle chérissait pourtant, venant
de son immense amour, — le Dieu qui voit a eu
pitié !

Ah! Jean n'a nul besoin d'être faible, ni triste,
pour songer à la chère défunte, car il ne fait rien
sans se dire : « Eût-elle agi ainsi, jadis? » Et alors,
il se sent la force d'être bon... Il porte sur son cœur
ce doux portrait, toujours, mais il ne lui est pas
nécessaire : il garde assez, dans les prunelles, ses
traits bienveillamment sévères, et son regard vraiment céleste, et ce rayonnement qui semblait émaner
de tout son être... Il ne pleure point sur Elle : Elle
elle est heureuse. — Heureuse? et qui sait?... mais
il faut le croire. — Il pleure sur sa mère et sur lui,
qui n'entendront plus sa voix d'or, ne pourront
plus la voir sourire, ni de leurs mains tremblantes,
serrer les siennes, si diaphanes, ni caresser les
beaux cheveux, épandus autour d'elle en longues
vagues capricieuses! Il pleure sur lui lorsqu'il a
pu, par une erreur coupable, inquiéter son repos
sans doute! Il pleure : plus jamais il ne sera charmé
par ses naïvetés profondes, par ses enfantillages

sublimes! Et plus jamais, dans ses grands yeux, il ne puisera sérénité, extase et foi!...

Oh! comme il ira voir souvent sa tombe, bientôt, quand il aura fui cette sale ville! Et il y plantera, sur cette tombe, des fleurs belles et si pures, des lys d'argent, des roses immaculées! Et puis, dans leurs calices, il laissera couler ses larmes, comme une rosée amère qui les fera mieux croître! Et, de leurs corolles, il respirera les parfums suaves; car ils seront un peu d'elle-même; car, bien que son âme soit, malgré tout, loin d'ici, un peu d'Elle, certainement, demeure en cet humus...

Et comme ils causeront d'Elle, Adolphine, Jeanne et lui, dans les veillées sans fin du soir! Il travaillera, et, de temps en temps, s'interrompant, trouvera dans tel souvenir une force irrésistible, un irrésistible courage...

Julien, qui regrette son ami, lui a, durant la classe, fait passer une longue lettre : « Tout t'abandonne, mon cher Jean; réfugie-toi dans la poésie; reviens à moi qui t'aime toujours... Sous tes larmes, sans cesse, *amollis l'ivoire de ta lyre...* » — Belle occasion perdue de se taire!... Estelle, poste restante, écrit dans le même sens :

— « Je te reste, du moins », dit-elle après Julien.

— Nous te restons, répètent le gros homme et Rosine.

Prétentieux imbéciles tous quatre ! Egoïstes sans cœur et sans intelligence, sans délicatesse et sans tact ! Mais d'ailleurs Jean ne les écoute guère... Des dimanches entiers, il se sauve dans les campagnes, dans les bois, partout où bruissent des feuillages, partout où des sources gémissent... Poésie? un beau mot ! sonore ! Poésie ? mais c'est Elle qui était Poésie ! Et dans les cieux sereins ou sombres, et dans les dos des vagues tempêtueuses ou lisses, et dans les scintillements, voilés ou limpides, des étoiles, il y en a moins, de poésie ! que dans un seul de ses regards !...

Et de tout cela, maintenant, de tout cela, plus rien, néant ! Oh ! non, car dans son âme mauvaise elle a semé des germes qui ne seront pas stériles. A lui, pour favoriser leur développement, d'arracher sans repos les herbes malfaisantes !

— Poésie, dit l'autre... Et Jean rêve.

... Oui, horriblement malheureux, il a tenté de noyer sa peine dans ce flot éternel, qui, en retour, lui conserve quelques plaintes de sa rive ! Oui, régulièrement ont coulé, coulent et couleront ses maux, en *strophes sculpturales*. Des vers presque chaque jour et par saccades, des vers qu'il voit, qu'il écrit fatalement, composant « lettre à lettre, chiffre à chiffre, note à note », la grande épopée universelle de Dieu, la Nature et l'Homme, la symphonie obscure des Mots, des Nombres et des Rythmes... Poète ! et il croit bien n'être jamais rien d'autre : la poésie résume en soi et tous les arts et toutes les sciences : c'est le seul vrai langage des *exilés de Dieu* sur cette terre. Heureux s'il ne meurt pas avant d'avoir terminé l'œuvre qu'il a conçue, et qui existe en son cerveau, aussi réellement, plus et mieux peut-être, qu'elle n'existera un jour pour ses semblables ! Que cette œuvre leur soit utile, autant qu'à *subir* elle lui est douloureuse, il ne souhaite rien davantage ; car seule sa douleur est féconde, et c'est en en faisant sa passion quotidienne, c'est en la ruminant qu'à peu près il est arrivé, et qu'il arrivera tout à fait, à la forme définitive qui moulera ses pensées.

... Donc, ce qui le guide et l'inspire, ce n'est pas le bonheur, c'est son mal corrosif, fatal... Il désire faire les autres un peu moins souffrants, dût-il rouvrir ses plaies mal closes... Va donc, misérable, va ! Sois heureux des seules joies qui désormais te soient licites, — la joie de voir tes peines soulager tes semblables, parfois ton rire factice les étourdir un peu ! Va, misérable, va !... Et puis, meurs : pourvu que ce ne soit pas trop tôt ! Et cependant, il aurait le droit de vouloir en finir tout de suite... « Mon fils, répond la Conscience, tu n'as qu'un droit au monde, c'est celui d'être bon... » Va, va donc, misérable, va !

— Je vais...

Et lorsqu'il aura marché jusqu'au bout, très longtemps ou fort peu de temps, — s'il n'est pas enterré
là-bas, — là-bas près de son père, près de ses frères
et sœurs, — ou bien ici, tout près de la dernière
partie, d'Édeline..., plaise à la destinée qu'il aille,
une boule au pied, jusqu'au fond des bleus de la
mer, vivre la vie des madrépores, des animaux
aveugles, éternellement inertes, amis de ceux qui
vont sur les collines de l'Océan sans bornes, dans la
monotonie des flots fuyants et gris!... Ce désir l'a
pris tout petit : alors, au bord des grandes eaux
mugissantes, perdu, presque tout seul, dans leur
sourd bourdonnement, il sentait en lui naître le besoin, l'immense besoin de se balancer sur ces vagues, toujours, d'être un marin enfin, d'aller et
d'aller, et de voir ! Et ce sera l'une des grandes mé-
lancolies irrémédiables de sa vie, de n'avoir pu aller,
aller et voir, être un marin enfin, comme il le désirait. Il aurait fallu à sa peine ce balancement, grave
et très lent, de la petite patrie de bois, toute seule
dans toute la solitude ; et ce balancement, tournant
sa pensée vers son enfance, vers son berceau bran-
lant, l'eût peut-être empêché de s'égarer, de dépouiller sa foi naïve, son mysticisme un peu bizarre,
et ses joies de petit enfant...

C'est lors de ce triste voyage, le dernier accès qu'il
ait eu, de cette foi et de ces joies douces... Comme il

il lui semblait bon, depuis un si long temps qu'ils
n'avaient causé, de pouvoir confier ses idées à cette
sœur qui sentait comme lui, et qui serait toujours
là, — il l'espérait alors, — pour le conseiller désormais, le consoler et le soutenir ! Comme il lui semblait bon aussi que ce quelqu'un-là fût Édeline, —
l'unique souvenir vivant du mort, du mort tant de
fois évoqué dans les heures de découragement, de
doute et de désespoir !... Car Jeanne, hélas ! n'aime
plus son fils : Jeanne remariée, humble, concierge,
abêtie par l'acharnement de la destinée, rendant un
machinal baiser, sous l'œil méfiant de son mari, à
cet enfant qui n'est plus le sien ; Jeanne n'ayant (pas
plus que Rosine !) souci ou conscience de l'état dans
lequel languissait sa fille !... N'en a-t-elle pas un
autre à élever, ce Raoul ? à élever, à chérir, et à
nourrir aussi, comme elle nourrit *son* inventeur ?...
Jeanne d'Yme ? elle est bien morte, et Jean n'a plus
de mère ; inconsciemment, sans qu'il y songe, elle
lui est devenue assez indifférente, comme il lui est
indifférent : non qu'elle lui fasse honte, et, certes, il s'imagine l'aimer tout ainsi qu'autrefois ;
mais une angoisse l'étrangle, un vague malaise le
trouble, — l'angoisse de ce latent mépris inavoué
pour celle qu'il a connue si haute, dans sa douleur
d'épouse et de mère, et qu'il a retrouvée, en ces dix
affreux jours, négligée, aplatie, — une chose !... la

chose de ce beau-père fainéant, de ce gosse mal dé-
barbouillé, — de ces deux *étrangers* haïs qui lui ont
volé son amour ! ...

— Loin des yeux, loin du cœur... ah! il est vrai,
le proverbe !

....Eh bien ! soit : c'est à Elle, c'est à Édeline qu'a-
près sa mort, comme il eût fait durant sa vie, il
confiera, toujours, ses secrets désespoirs, et ses intimes regains de gaîté ou de foi... Car ce dernier
voyage a causé, très décidément, un bien infini à son
âme : quand il repense à Elle, à sa confiance inaltérable en ce Dieu dont il a douté, que parfois il a
blasphémé, il goûte des bonheurs purs, d'exquises
et divines extases... Les heures qu'il passait, près de
ce lit! Ils ne se disaient pas grand'chose (car Rosine
était là, guignant, tendant le cou dès qu'ils par-
laient bas), mais souvent se serraient les mains,
dans une étreinte très longue, qui les fondait l'un
avec l'autre ; ou ils se regardaient, et la lumière de
ces prunelles, pénétrant au plus profond de Jean,
lui communiquait tout leur calme, leur sérénité
bienfaisante.

...Pourquoi faut-il que toute joie demeure incom-
plète? la sienne, près d'Elle, était troublée, par le
chagrin de la voir souffrir. Elle lui demandait ce
qu'il voulait faire... Hélas ! vivre à Paris entre sa
mère, Édeline, et même tante Adolphine , même ce

Jules Delbaere et son frère, les deux parents de Tahiti... Ou bien la mer, la mer immense, mugissante
et tourbillonnante... Mais plutôt le rêve de son enfance, de son enfance *précoce* illusionnée quand
même : il se sentait poussé, par tout ce qu'il subissait, vers la littérature et l'art, vers cette vie enfié-
vrée, toute débordante d'activité, tout emplie par la
lutte quotidienne, croyait-il, avec la gloire qui se
dérobe. Il y avait si longtemps que ces élans gron-
daient en lui, avec la violente voix d'une vocation
irrésistible! Mais il se taisait, car ces choses irritaient trop, vraiment, ceux qui le désiraient *dentiste*!... Ils ne savent ce qu'ils disent, pensait-il, et
volontiers les excusait : car l'âme, si vite, perd sa
sensibilité vraie, dans le milieu froidement banal, si
étriqué, de la province, sous l'influence des heures
qui reviennent, sans cesse les mêmes, la bercer de
leur fatigante monotonie ..

Aussi , comme elle l'avait exaspéré , cette ville
maudite, lymphatique agglomération d'habitants
figés! avec son envahissement, moins tolérable chaque année, par toute une lourde populace, Wallons
et Belges, à l'inintelligible et rocailleux baragouin
gras! et avec ses rues vides, ses boulevards vides,
si vides, que les trottoirs en semblaient pavés de
dalles tumulaires, serrées les unes contre les autres,
et de temps en temps, ébranlées, par de rarissimes

passants mornes !... Ah ! si : elles s'animaient, ces
rues, les dimanches, les jours d'élections, d'enthousiasme à froid pour la cabotinesque visite d'un mi-
nistre, pour la rentrée d'un Orphéon, victorieux
dans quelque concours, pour *l'armée* défilant, sur
la Grand'Place, devant cette Bourse et cette Grand'-
Garde édifiées par les Espagnols, devant cette colonne bête, mesquine, magnifiant sans grandeur
l'héroïque défense de 1792... Mais toujours, — et
dans les batailles entre les abonnés et le public, au
Théâtre (où Jean n'a eu la permission : « C'est immoral ! » et les moyens d'aller que deux fois); — et
dans les fêtes de gymnastique, et dans les carrou-
sels et les *Courses* de Flers, et dans les expositions
agricoles, et dans les annuelles cohues de *la Foire*,
baraques de saltimbanques place de la République,
boutiques de commerçants là-bas, sur l'Esplanade;
— et dans les hebdomadaires lavages du samedi,
toute la valetaille sortie aux portes, frottant rageu-
sement les devantures, les ruisseaux et même les
chaussées, ou entrevue, derrière les fenêtres ou-
vertes, acharnée à user les dalles, les parquets, les
murs, à grand renfort de cire, de brosses, d'eau sa-
vonneuse...; et dans tout, et pour tout, et partout,
et toujours, — toujours le même entrain convaincu,
et torpide !... Et, dans l'intérieur des d'Ohet, ces interminables repas, ces siècles de dialogues empoi-

sonnés de reproches, d'allusions, d'outrages pour Jean
d'Yme et les siens... Et, dehors, les cris de marchands
d'*oss* : « *Peaux d'lièv's, peaux d'lapins* » ; et, dès la
matinée, à chaque date de locale ou patronale solennité, les vociférations des bandes ivres de bière,
les coups de couteaux entre soûlards, au fond des
quartiers flamingants, parmi la nauséeuse puanteur
des fabriques, des usines, des manufactures, des
filatures, le tohu-bohu des ducasses, et l'horrible
voyoucratie enfantine glapissant, inlassable : « *La
comédie pour un sou ! Au bureau ! Au bureau !* » —
Oui, cette ville : tour à tour trop de brutal vacarme,
et trop de silencieux ennui... Et ce ciel, inexorablement terne ! Et ces campagnes (quelle ironie !) où
l'on voit se dresser, au lieu de pointes d'épis ou de
roches, autour de Lille, — d'ininterrompues files
de pignons en briques rouges, coupées de branchages rabougris sur des arbres ratatinés !... Ce
grand soleil de l'Amérique lui avait poussé, à Jean
d'Yme, lui avait poussé, dans la tête, un de ses
rayons brûlants ; il appartenait à un sol de feu ; il
aspirait à tant de jour, à tant de lumière et d'air
tièdes, à la vue d'une végétation — capricieuse, folle
et presque vierge... Et voilà ce qu'il trouvait : cette
Flandre ! Et dire qu'Estelle, Julien, quand il s'occupait d'eux, dire qu'Émile d'Ohet admirent ça !
Dire qu'ils montrent tous. ces Lillois, une iden-

tique fierté pour leur chef-lieu stupide, encombré,
— embelli, pensent-ils, — de plus en plus, par d'ex-
travagants édifices, églises nouvelles, palais nouveaux, sans style, sans caractère, sans vie !

... Et tout cela, ce n'eût été rien ! Mais ne fallait-
il pas endurer les discussions politiques des graves
jeunes camarades? les périodes de Louis d'Ohet
contre *la calotte?* le royalisme, irraisonné, de madame Leclert et de Rosine? et d'Edmond, du vieux
praticien, et des *amis et connaissances,* les chauvins
emballements, placides? et ces conversations qui, à
perpétuité, viraient, viraient dans le même cercle,
faites de cancans et de médisances, nourries de
racontars plats, vides, et jamais variés, — touchant
les mariages, les décès, les généalogies, et le reste,
— des familles X, Y, ou Z !... Où étiez-vous, esprits,
génies, vous dont seuls les hauts noms, après le
doux nom de son père, encourageaient l'enfant dans
sa voie douloureuse? vous dont il entendait, en ses
journées d'accablement, en ses nuits d'insomnie, le
cri puissant l'exhorter à la lutte, l'exhorter à l'A-
mour?

Et à l'amour de quoi? hélas! de cette *Humanité*
que ses yeux voyaient inepte, rétive à tout ce qui
pourrait la rendre heureuse! de cette Humanité qui
déjà l'abreuvait de dégoûts, de soulèvements de
cœur, dont les nausées faisaient plus de mal à répri-

16.

mer qu'à ressentir!... C'est tant pis pour nous, après tout, *penseurs et rêveurs*, concluait Jean. C'était tant pis pour lui aussi d'avoir voulu, se mêlant à leur troupe virile, partager leurs idées, leurs songes, et leurs joies rares, et leurs douleurs de chaque instant...

Il lui avait parlé ainsi, à son Edeline : c'étaient bien des mots, et de grands mots! mais puisqu'en Elle il découvrait une confidente capable de le comprendre, il laissait s'envoler de lui ses rêves, libres et fous. Hélas! il se sentait bizarre déjà : depuis si longtemps il se renfermait en soi-même; et ces larmes rentrées, ces sanglots étouffés lui serraient l'âme, d'une dure angoisse; mais il ne voulait pas pleurer; car, comme a dit quelqu'un : « Que ta femme pleure avec ses yeux, l'homme ne doit jamais pleurer que du cœur. » — Et pleurer ainsi, pleurer autrement, c'est toujours la même chose, toujours... Oh! comme il allait l'adorer, cette sœur angélique, et lui dire...

... Elle est morte! — Il veut croire qu'il y a une autre vie, éternelle! que, s'il lui parle, elle entendra! qu'elle fera, pour lui, monter sa douce voix jusqu'à Dieu, — quel qu'il soit, dans son essence et dans sa forme...

Que Dieu l'écoute! que, par elle, il aide Jean à pardonner (et il a beaucoup à pardonner!); mais

jamais, oh! jamais ne sera comblé le vide immense,
que cette mort a creusé dans l'avenir de l'enfant,
et dont la profondeur lui laissera mieux percevoir
les cris de douleur qui y retentiront!...

IV

« Mon cher Jean, ton projet, de venir à Paris
nous met dans une très grande inquiétude. Si nous
avions le moyen, ta mère, tante Adolphine, ou Gustave, ou moi, de t'offrir un *gîte* et le nécessaire, en
attendant que tu te trouves une *situation*, passe
encore ; mais, dans l'impuissance où nous sommes
tous de t'aider, nous restons très émotionnés de ton
projet.

» Il ne faut te faire aucune illusion, rien de plus
difficile que de se procurer des leçons à Paris ; des
milliers d'individus en cherchent, et les donneraient
même à 1 franc! Gustave a vu le Doyen d'une Fa-
culté, qui lui a dit qu'il était assailli de demandes
à cet égard, de la part de ses élèves, et ne réussit

pas à leur en découvrir, malgré *les meilleures recom-*
mandations.

» Tu pourrais *t'offrir* comme *maître d'études* dans
quelque collège ; mais actuellement on s'est *muni*
de son personnel pour la rentrée... Resterait une
possibilité, si tu obtenais de très bons *certificats* de
ton Proviseur : celle d'arriver à la bourse *instituée*
en faveur des *bons sujets,* — *bourse appelée* bourse
de licence, qui peut être d'*un millier de francs par*
an.

» Ces *issues* t'étant fermées, il n'y aurait plus qu'à
travailler de tes mains à *n'importe quoi,* ainsi que
les Lincoln, les Garfield, qui ont débuté par les travaux les plus infimes sans se croire avilis.

» Mais enfin, est-ce bien décidé que tu quittes
Lille, où, si tu voulais te *réfréner,* tu trouverais,
dans ceux qui t'ont *si généreusement élevé* jusqu'ici,
le secours nécessaire pour *poursuivre,* je ne dis pas
tes idées, mais une *carrière quelconque* qui te per-
mettrait, *une fois dentiste* ou autre chose, de donner
cours à tes *aspirations de littérature ?*

» Nous redoutons tous pour toi *ce grand Paris, à*
ton âge et sans ressources *pécuniaires.* Tu ne te pro-
poses pas, j'en suis certain, de te mettre ici *à la*
charge de ceux qui *voudraient t'aider,* mais qui sont
dans l'impossibilité de le faire !

» Pourtant, si tu ne rencontrais pas d'issue tout de

suite ? que devenir ?... Risquer de tomber, comme tant d'autres, *hélas* ! dans *ce troupeau de déclassés qui perdent goût au travail et ne remontent plus le courant ?*

» Crois-moi : *on ne gagne pas, ou l'on ne gagne rien* à se retourner contre ceux qui vous ont élevé. Si tu as une *vocation irrésistible* pour autre chose que *ce qu'on voudrait* te voir entreprendre, cette vocation *percera* en dépit de tout. Si ce n'était qu'un rêve, cela se vérifiera. Si c'est sérieux, tu *trouveras le temps* d'arriver quand même. Mais conforme-toi aux désirs de tes parents adoptifs, qui, en définitive, ne veulent que ton bien.

» Ta lettre est un *acte très grave, à mon sens*. Tu ne te donnes aucun tort, aucun ? Il est pourtant peu probable que les choses soient vraies ainsi, et qu'après tant d'années, ceux qui t'ont *recueilli* t'abandonnent gratuitement : personne n'acceptera cela.

» Deviens plus *humble*, mon cher *garçon* ! Reconnais ce qui a été fait pour toi. Demande, à ceux qui t'aiment plus que tu ne veux le dire, un *pardon complet* d'avoir cherché à *t'émanciper* de leur tutelle, et, d'accord avec eux, mets-toi au travail comme un *garçon d'honneur* qui doit montrer, à ceux *auxquels il doit tout*, qu'il n'est pas *ingrat*. Fais cela, mon cher Jean, et c'est dans cette voie que tu trouveras le calme, que ton cœur ne connaît plus.

Tout le monde en sera bien *heureux* : tes parents adoptifs, *ta mère* et *nous tous*.

» Donne-nous au plus tôt un mot qui nous *rassure*, et crois-nous tes *amis dévoués, malgré les apparences*, peut-être.

» *Que Dieu t'inspire*, mon cher Jean !

» Ton cousin, mais *ton frère en Christ*,

» JULES DELBAERE. »

Jean vient de recevoir cette lettre ; et il la relit, hébété... Eh bien ! celle-là se trouve complète ! tout y est bien !

— Bourgeois ! bourgeois ! bourgeois ! grince-t-il, les dents serrées.

Oh ! quel superbe monument de la sottise humaine, ces pages ! C'est beau, c'est beau, c'est beau ! horrible d'une laideur invraisemblable et belle !.... Donc, voilà l'affection des siens ; voilà les termes dans lesquels elle réussit à s'exprimer ! Et des mots, de ce document, lui reviennent, sublimes d'inconscience : il les pèse, les savoure, avec une féroce joie d'en souffrir, et de les constater si conformes à son attente...

Donc ces bonnes gens ne peuvent, ne veulent lui procurer — ni le *gîte*, ni le nécessaire ? Non, mais le *gîte*, est-ce *tapé*, hein ?... Puis une *situation*,

âtion, avec vingt accents circonflexes: en ont-ils
assez plein la bouche, — *situâtion* !... Et ces *milliers*
d'individus cherchant des leçons,., à 1 franc!
1 franc, s'il vous plaît, par un chiffre : Jules oublie
sans doute le zéro... Et *Gustave* avec son *Doyen*, par
un grand D!... Et cette idée que Jean devrait *s'offrir*,
— *s'offrir* est joli, — comme *pion* ? vous plaisantez?
non, comme *maître d'études*, — *maître d'études*,
entendez-vous ? dans quelque collège de l'État ! Par
malheur, on s'y trouve *muni* : oh ! ces *munitions* de
personnel !...

Et encore ces vocables qu'ils emploieraient, tous!
en des conjonctures identiques, ces passants qui
passent dans la rue, tant la Société les frappe, tous!
au même coin de bêtise terrible : *certificats du Pro-*
viseur, P majuscule, naturellement !... *Bbourse des*
bons sujets, bbourse instituée... bbourse qui... Et Jean
le répète, ce mot *bbourse*, avec le geste que ferait
Jules, mais de cette voix pointue que flûte une
ironie... Ainsi, *bbourse* qui peut être *d'un millier de*
francs par an : à la bonne heure! voilà de quoi
vivre, et vivre dans un *gîte*, avec *le nécessaire*, et
même réaliser quelques économies...

... Cependant, ces *issues* fermées, diable ! *tra-*
vailler de ses mains ... Hum! vraiment un peu
dure, cette insinuation ; et pour l'atténuer (excellent cousin Jules !) « ... *comme les Lincoln, comme*

les Garfield... » — Oui ! le double idéal des journaux
calvinistes, l'inévitable double exemple ! Jean les
connaît pourtant, ces saints : a-t-il assez dormi sur
leurs panégyriques, dans le *Rayon de Soleil*, *l'Ami
de la Maison*, ces chrétiennes imbécillités soi-disant
moralisatrices, et si puériles, et si vides, auxquelles Jules avait eu, du moins ! *le moyen* de l'a-
bonner jadis !... N'importe ! ils débutèrent, ce Lincoln, ce Garfield, par les travaux les plus infimes :
— Quoi donc? égoutiers? vidangeurs ? ricane Jean
d'Yme grossier — à force de froide rage.

Bref, ça n'avilit pas, ces métiers, certes non : *a
fortiori* l'Art dentaire, — car c'est aussi un Art,
tout comme la Poésie !... Tu vois bien, mon *garçon*,
qu'il faut te *réfréner*... Artiste? tu le seras, parbleu!
artiste *dentaire*, tout d'abord; et, une fois artiste
dentaire, rien ne t'empêchera, je suppose, de *poursuivre* tes folles idées, de *donner cours* à tes *aspirations de littérature*...

Décidément, décidément, cette lettre est un chef-
d'œuvre unique !... Jean la déguste toute, en res-
suce les beautés, dont les moindres sont éternelles:
ce grand Paris ! et *à son âge !* et sans ressources
pécuniaires ! et, — ah ! voilà le *hic*, cousin Jules, —
à la charge !!! de ceux qui *voudraient bien*, mais
qui... Ainsi donc pas de ressources ! — à dix-sept
ans et demi ! — dans *ce grand Paris*... et alors ? —

17

Et alors, *que devenir ?* point d'interrogation...

« Risquer de tomber, comme tant d'autres, *hélas!*
» dans ce *troupeau* de *déclassés* qui perdent goût
» au travail, et ne *remontent* plus *le courant?...* »
Dieu ! les belles métaphores ! Et quel *hélas* ! de
cœur ! rêve Jean, qui s'injurie pour ce niais jeu de
mots... Et quand il serait un *déclassé ?* ça n'est donc
pas un *déclassé,* le *mendiant* ou le *va-nu-pieds?...*

« Si tu as une *vocation irrésistible* pour autre chose
» que *ce qu'on voudrait* te voir entreprendre, cette
vocation *percera* en dépit de tout... » Génial, ce trait
d'une *vocation,* dont le jeune homme pourrait jouir,
pour *ce qu'on voudrait* lui voir faire ! génial, ce
trait d'une vocation ! surtout tellement *irrésistible*
(pensez !... la vocation d'un arracheur de dents...)!
Toutefois, s'il en possède une autre, elle *percera* :
et Jean perce le vide, riant d'un rire d'idiot :

— Elle percera... elle percera... Ah ! ah !

Mais, — à propos ! — sa *lettre,* à lui, n'en demeure nullement moins *un acte,* et un acte *très
grave,* un *acte* — d'une *grââvité considérââble* !

— *A mon sens* ! relit-il de son organe flûté.

Et qu'elle est navrante d'amertume, d'ironie, de
férocité, cette mimique d'un enfant si doux, qui
aurait tant aimé, — et qui hait! qui hait ! oh ! qui
hait, avec cette frénésie de haine !...

« Tu ne te donnes aucun tort, aucun? »... Si,

brute ! si, misérable ! si, sans-cœur ! Si, bourgeois,
bourgeois !... De t'avoir demandé quelque chose...
Ah ! il te la recrachera, ta lettre, lettre à lettre, à la
figure, ta jolie lettre !... « *Devenir humble ?* » devant
toi, gredin, qui fais semblant de ne pas comprendre ?... « Implorer un *pardon complet ?* » Sur
ton conseil, « *ami dévoué, malgré les apparences,
peut-être ?*

« *Et que Dieu t'inspire, mon cher Jean !* » Et que
Dieu te damne, mon cher cousin : Tartufe biblique !
mielleux vomisseur de versets ! égoïste beau par-
leur lâche, qui t'en laves les pattes, pour bénir !...
Eh ! parbleu, c'est facile, bien facile ! d'exhorter :
« Hein ? *mets-toi au travail, comme un garçon
d'honneur...* » — encore une perle, ce mot-là ! —
... Alors, se faire dentiste avec dégoût, c'est honorable ? Alors c'est honorable, d'entendre — et de
laisser ! — outrager, calomnier, impunément, des
morts chéris, un père, une sœur. — ou bien
Jeanne, qui du moins existe ! mais pour laquelle,
hélas ! son fils n'existe plus ?... Alors c'est honorable, cela ? Dieu ! la haute idée de l'honneur que
vous montrez là, cousin Jules !

Vous n'y avez donc rien compris, à cette lettre —
cet *acte*, comme vous dites, cet *acte grââve, à votre
sens ?* — Mais relisez-là donc, avec votre conscience,
et votre cœur, s'il vous en reste ! Et Jean lui-même

en relit le brouillon : après tout, il ne sait plus guère ce qu'il y a jeté, si en hâte, dans une saute de rage et de fièvre... :

» Pardonne-moi, mon cher cousin Jules, de t'importuner aujourd'hui. Peut-être m'as-tu un peu oublié, depuis Tahiti ! peut-être les lettres que l'on t'a écrites d'ici vous ont-elles tous indisposés contre moi ? Mais enfin, ma tante Adolphine me l'a dit : « *Nos cœurs sont à toi, quoi qu'il arrive.* » Hélas ! il est venu, et si tôt ! le moment de me le prouver...

» Il va falloir, mon cher cousin, que je gagne ma vie. Aucun des miens ne peut m'aider : ma mère, ma mère qui ne m'aime plus, aurait plutôt besoin de secours ; enfin, de ceux qui m'ont adopté, je ne dois plus attendre d'argent, ils me l'ont signifié hier, après une scène épouvantable.

» Si j'eusse voulu être dentiste, on m'aurait, paraît-il, gardé : gardé, mais non nourri, habillé, ni blanchi, car cet argument, certes, est irrésistible : « *Vous êtes bachelier, mon ami : gagnez vos croûtes, ou frrrt ! décampez !* » Gagner mes croûtes, c'est me mettre sur un bureau, durant toute une journée, ce qui m'ôterait, en supposant que je n'en eusse pas le dégoût, toute possibilité d'étudier la dentition.

» Ainsi la situation est nette : tu reconnais avec moi que je ne saurais, en même temps, « *gagner mes croûtes* » et m'appliquer à la confection des dentiers.

» Cela posé, passons à la seconde partie de l'alternative qu'on me propose: laquelle partie, si tu t'en souviens, est celle-ci: « *ou frrrt ! décampez !* » Eh bien! depuis un an qu'on me répète ces mots, j'ai eu le loisir d'y songer, et je suis décidé : je « *décampe* »! On a bien voulu m'informer que, si j'avais eu un peu de cœur, je serais parti il y a longtemps : Si j'avais eu du cœur, je n'aurais pas souffert qu'on fît pour moi tant de « *sacrifices* »! Et il faut, en effet, que j'aie eu bien peu de cœur pour ne pas m'en aller plus tôt, bien peu de prévoyance pour ne pas sentir qu'un jour viendrait où je me lasserais d'entendre ce qu'aussi on se lasserait de répéter, pour passer à l'exécution... Seulement, ça n'arrive que plus tard, le cœur! ça arrive aujourd'hui que je comprends ce qu'on veut de moi. Et, comme je n'ai jamais contrarié volontairement personne, je vais les satisfaire, ne pas « *abréger leur vie de dix ans* » : on ne peut se figurer comme cela abrège la vie, ces petites misères!

» Mais je ris là d'un rire qui grimace et qui pleure; car une nouvelle blessure, n'est-ce pas? s'est mise, depuis la mort d'Edeline, à saigner en moi près des autres. La chère enfant, qui eût été le guide de mon âme tâtonnante, elle est là-bas dans un pays

17.

d'ombre ou de lumière éternelle... Maintenant, je
reste seul, tout seul : ceux qui m'ont aimé ne m'aiment plus, je n'ai même plus le droit de les aimer !
Vous devez pourtant bien deviner tous que je suis
bon, et ceux qui comprendraient mon âme tendre,
mais sauvage et triste, rêveuse et sombre, pardonne-
raient, certes, bien des choses à l'enfant que je suis
par l'âge, à l'homme que je suis par les idées, au
poète que je porte en moi. Et voilà le grand mot
lâché !...

» Tiens ! excuse-moi, mon cher cousin, j'oublie
le sujet de ma lettre... J'ai si besoin de m'épancher,
de dire toute ma pensée : hélas ! je l'ai trop dite ici,
jamais je n'ai su mentir, jamais dissimuler... Bref,
je voudrais, une fois à Paris, donner des leçons
si c'est possible. Je crois que, dans ton entourage ou
celui de ton frère Gustave, tu ne serais pas gêné de
m'en trouver quelques-unes. Je ne prendrais pas
bien cher, je suis si jeune encore, quoique le
chagrin, et la barbe, m'aient prématurément
vieilli...

» Adieu, mon cher cousin ; dis à maman que je
lui écrirai bientôt ; à ma tante, à ton frère Gustave,
que je les aime de tout mon cœur ; à toi-même que
je suis très franc et très sincère, et que j'ai dans le
cœur des souvenirs qui me déterminent en ce jour,
qui auraient suffi à me rappeler mon devoir, si je

n'eusse pas été certain que ma conduite s'y trouve conforme... »

Le voilà donc, cet *acte* grave ! dont Jean doit demander pardon ?... Cependant, Jean se calme un peu : certainement, il croit faire son devoir ; mais Jules, mais Jeanne, mais tous les siens, se croient sans doute aussi moralement obligés de le réconcilier avec leurs insulteurs. Car enfin ! il n'est ni logique, ni vraisemblable, que des gens adoptent un enfant, l'élèvent comme leur fils, mieux qu'un fils, et le jettent à la rue ensuite. Eh bien ? Jules dit-il autre chose ?... « Il est peu probable, dit-il, qu'après tant » d'années, ceux qui t'ont recueilli t'abandonnent » gratuitement : *personne n'acceptera cela* ».—Même contre l'évidence ? Quoi ! personne n'acceptera, personne, que Louis et son frère Edmond, reculant en présence de nouveaux *sacrifices*, exigent la soumission de Jean à d'inexécutables ordres ? D'abord, pas de littérature, qu'il n'en soit plus question jamais.., et puis, se résigner à devenir dentiste : accepter cette *carrière* ou bien *frrrt! décamper... gagner ses croûtes* en attendant... Quoi ! personne n'acceptera, cousin, que ces déraisonnables vœux cachent un prétexte à le chasser ?... Personne n'acceptera que Rosine, souffrant trop d'une jalouse passion pour cet *ingrat* qui la déteste, préfère le perdre, le rendre

17*.

aux siens, auprès desquels, du moins, il serait peut-être plus heureux?... Si, vous accepterez cela, cousin! et Jean s'attable : et il écrit une lettre, un second *acte* grave, avec un calme singulier...

« Si je leur demande pardon un jour, ce sera quand je pourrai leur rendre cet argent qu'ils me reprochent sans cesse d'avoir dépensé pour moi. Ce jour-là, je leur demanderai pardon, de leur avoir imposé mon odieuse et coûteuse présence, plus de douze ans, et déclaré que mon affection pour eux, ayant toujours été désintéressée, n'eût jamais su vaincre, en mon cœur, l'amour d'Edeline et de ma mère..... Je leur dois de la reconnaissance pour ce qu'ils ont fait en ma faveur, quand même ils l'auraient fait, comme en ces derniers temps, à cause *du monde*. Je leur dois de la reconnaissance, et aussi un peu de pitié... Mais du respect? Quel respect m'estimerais-je obligé de conserver pour ces gens-là, qui, tout en me traitant comme le dernier des gueux, s'abaissent à de bien pires outrages, et bien plus douloureux pour moi, envers nos morts, envers maman, envers vous tous, mon cher cousin?... C'est une épouvantable histoire à raconter, et tu l'entendras! c'est une épouvantable histoire, que celle de ces douze ans terribles... Douze siècles de résignation révoltée, et de luttes contre ma conscience

d'enfant qui me criait : « Tu es lâche ! va-t'en ! vis
n'importe comment, pourvu que tu restes honnête !
Avertis ta mère et ta sœur ! » Au fond, je les aimais
malgré tout, ces bourreaux, et je leur pardonnais
toujours ; et j'avais peur de les quitter, peur, en vous
écrivant, de vous faire de la peine...

» Et tu veux que je m'humilie? — Non, je ne
m'humilierai pas ! Cherche-moi un emploi quelconque, je ne puis plus rester ici. Et je crèverais
plutôt de faim, de misère ! car je suis décidé à
tout..., »

Et ce cousin qui écrivait : « *Donne-nous un mot
qui nous rassure !* » — Tiens, voilà pour te rassurer,
rumine Jean, sa lettre cachetée ; et il sort la mettre
à la poste ; car on le laisse étrangement libre : il est
vrai qu'on le sert dans sa chambre, *Monsieur !* et
qu'on refuse de le voir, *Monsieur !*...

— Vous n'existez plus pour nous, a dit Rosine.
Vous aurez à manger, à boire et à coucher, comme un
membre de la famille qui serait devenu misérable ;
nous pouvons bien encore vous *nourrir* quelques
jours : en attendant que vous *teniez le plumeau* dans
la loge de *votre belle Jeanne*... en compagnie de votre
beau-père, qui ne *fiche* rien du matin au soir. Du joli
monde, *gna pas à dire !* et c'est pour *ça* que vous
nous quittez... et après tant de *sacrifices !* est-ce notre

faute, je vous demande un peu, si nous ne pouvons plus en faire?... car vous nous avez ruinés, avec votre instruction... vous êtes cause de tout... et *est-ce que je vous l'ai jamais reproché?*... Seulement, vous nous voyiez pleurer les jours de terme, vous auriez dû comprendre que nous n'avions plus le sou, que vous nous avez vidé les poches... Vous êtes cependant assez *vieux!*... — Si vous croyez que je ne sais pas que vous correspondez en cachette avec votre belle famille! eh bien! allez la rejoindre, je ne vous retiens plus, *Monsieur*... je vous donnerai même l'argent du voyage, vous seriez capable de le voler! Oui, oui... quand vous gesticulerez!... vous vous rappelez que, sans ma bonté, vous seriez à Mettray maintenant!... Mais souviens-toi donc, malheureux! combien j'ai été bonne pour toi!... Et dire que je l'ai élevé, mieux aimé que s'il était à moi, et que voilà, une fois grand, il retourne avec eux! Mais tu ne comprends donc pas que tu souffriras, là-bas, que tu nous feras tous souffrir aussi?... Et tout ça pour *ces saletés de vers!*... Prends garde à ta passion des livres! c'est une monomanie, tu nous as volés, oui, volés! pour la satisfaire... Et je suis assez bête pour l'aimer, pour être folle de ce départ!... Eh! dis donc quelque chose! pleure donc! Rien! pas un cri, pas un élan, pas une larme, pas ça de cœur!... Ah! mon Dieu, ah! mon Dieu!

mon Dieu!... Mon Dieu! que je suis malheureuse !

Et des sanglots ! des pleurs... — « de crocodile »,
— pense Jean, aveuglé par l'avide besoin de sa famille et de Paris. Là, du moins, il sera aimé sans
jalousie, par cette si bonne tante Adolphine, il saura
reconquérir sa mère et jusqu'à ces bourgeois de
Tahiti, meilleurs au fond... Il rentrera, enfin, dans
ce milieu dont jamais il n'eût dû sortir, et où
manque maintenant celle, hélas ! qu'il regrette le
plus cruellement. Tant pis si c'est de l'ingratitude !
il a trop souffert, trop pleuré, pleuré trop de larmes
et de sang ! Ici, ce serait à recommencer toujours...
Toujours, il lui faudrait subir ces calomnies contre
les siens, cette profanation de ses morts, l'exclusif
amour de cette femme, qui, trop de fois ! a réussi à
l'écarter de Julien d'abord, puis de Jeanne, d'Edeline, et d'Estelle, de tout et de tous,.. Oui, de tous!
...Eh ! que lui importe un tel amour?...

Mais le malheureux doit s'avouer qu'elle est bien
sincère cependant, cette sauvage passion maternelle ! Bien sincère, et capable aussi d'un véritable
sacrifice ; car voici que Rosine entre, les yeux gon-
flés :

— Lis! ça vient d'arriver, de ta tante Adolphine.

Tante Adolphine consent à *recueillir* Jean chez
elle :

»... Mais rappelle-toi, mon cher enfant, que c'est en souvenir de ta sœur, de cette ange qui t'aimait assez aveuglément pour te pardonner toutes tes fautes, et qui te pardonnerait celle-ci, vilain ingrat !... »

Ainsi donc, ce n'est pas pour lui, et on a soin de le lui dire... Et toujours pas un mot de sa mère ! Ah ! bah ! tout vaut mieux, tout vaut mieux, que rester dans cette ville ignoble, à s'encroûter !... Dans la partiale violence de son espoir, de son désir, il ne voit même pas la douleur de cette Rosine bonne et mauvaise, qui a passé les jours, les nuits, de cette semaine, à lui préparer un trousseau, et qui d'une voix si basse, si humble, balbutie :

— Au moins, reviens chaque année, mon petit ! quelques jours, rien que quelques jours... Ecris-nous souvent, je t'en supplie ; et, si tu as besoin d'argent, je t'en enverrai bien en cachette... Oui, tu seras toujours mon enfant... Moi, c'est pour te retenir que je te voulais dentiste : Paris ne t'aurait pas repris à moi... Malheureusement, il est trop tard ; Louis ne veut plus de toi ici, son frère lui a monté la tête ; et je ne suis plus la maîtresse, toute ma dot se trouve dépensée... Si Louis mourait demain, je resterais sans ressources, à l'hospice comme ma pauvre mère... Un jour tu me comprendras, tu regretteras *ta mère Rosine.* Va, personne ne t'aimera

comme elle... Tu me reviendras peut-être, enfin ;
c'est mon espoir, je prierai Dieu... ah ! il n'est cependant pas juste ! T'avoir élevé, et puis si beau, si
instruit, pouvant être si heureux, te laisser aller je
ne sais quoi faire, pour cette saleté de poésie, et
pour des gens qui ne t'aiment plus...

... Et voilà Jean dans son wagon : avec cent francs
en poche, cent francs ! pour la première fois de sa
vie... Et à présent ses yeux se mouillent (on est
lâche !) lorsqu'il pense encore à cette femme : ah !
tout de même, elle le chérissait... Bêtement, mala-
droitement, sans doute ; et cependant ! pourquoi ce
sourd malaise d'un remords indéfini ?

— Enfin ! je lui écrirai, parbleu...

Quant à Louis, qui, dans l'emballement d'une
soudaine énergie de faible, n'a pas voulu revoir l'*ingrat* pour l'embrasser, — et quant aux autres,
Edmond, Julien, les camarades... rayé, fini ! Mais
cette pauvre petite Estelle, qui pleure sans cesse,
affirment ses sœurs?

— Eh ! tant pis, elle se consolera !... Elle m'a
trop longtemps pris mon cœur, tandis qu'Edeline
était mourante !... Et puis, où cela nous mènerait-il ?
c'est une enfant, je suis *un homme*... Et je ne puis
même pas me suffire...

N'importe ! elle a raison, peut-être, cette Rosine !

Peut-être dira-t-il, un jour, en se souvenant de cette sale vie : « Ah! c'était le bon temps, alors! » Qui sait? Retrouvera-t-il jamais cette fraîcheur de joie que lui ont donnée, tour à tour, l'amitié de Julien Lassète, la foi en sa vocation propre, le virginal amour d'Estelle, et tant de délicieuses puérilités, qui le consolaient, du moins?... Bah! vanité, que ces fadeurs!... Mais si l'Art aussi, le trompait! Si rien ne valait une libre existence, un peu comme l'existence d'Edouard, loin de cette Société stupide, qui l'a déjà tant fait souffrir? La fêlure paternelle se rouvre en son cerveau, et sa pensée ainsi s'en va là-bas, bien loin, vers les plaines de la Louisiane et les îlots d'Océanie... S'y créer une fortune, rembourser les *sacrifices*, puis, Jeanne sauvée de sa misère, courir le monde en dilettante... Après tout, qui est-ce qui l'aime, ici? Et les noires idées, et, terrible, le pressentiment d'un morne avenir sans gloire, sans illusion, au milieu du mauvais vouloir de tous les siens, de sa mère même, dont la complète indifférence lui apparaît enfin, évidente, irrémédiable et monstrueuse...

FIN

ÉMILE COLIN. — IMPRIMERIE DE LAGNY